スティーヴン・ハンター/著
染田屋茂/訳

●●

真夜中のデッド・リミット（下）

The Day Before Midnight

扶桑社ミステリー
1555

THE DAY BEFORE MIDNIGHT (Vol.2)
by Stephen Hunter

Published by arrangement with ICM Partners
through Tuttle-Mori Agency, Inc.

真夜中のデッド・リミット（下）

登場人物

ディック・プラー大佐――――デルタ・フォース指揮官
フランク・スケージー少佐――同副官
ジェイムズ・アクリー――――FBI特別捜査官。プラーの副官
ピーター・シオコール――――ミサイル基地建設方式研究グループの責任者
ミーガン・ワイルダー――――その妻
ネイサン・ウォールズ――――ベトナム戦争の英雄。トンネル・ネズミ
ジェフ・ウィザースプーン――デルタ・フォース隊員。ウォールズの相棒
チャ-ダン・フォン――――――元北ベトナムの女性戦士。トンネル・ネズミ
ティーガーデン――――――――デルタ・フォース隊員。フォンの相棒
ジャック・ハメル――――――溶接工
グレゴール・アルバトフ――――GRU(赤軍情報部)の情報部員
マグダ・ゴシゴーリアン――――同
クリモフ――――――――――GRUのワシントン代理駐在官
アルカーディ・パーシン――――GRU第五局(作戦情報担当)局長
モリー・シュロイヤー――――上院情報特別委員会スタッフの秘書
ニック・マホニー――――――FBI捜査官
ディル中尉――――――――――ブラヴォー中隊残存部隊の指揮官
将軍――――――――――――“アメリカ合衆国暫定陸軍”指揮官
アレックス(少佐)――――――“アメリカ合衆国暫定陸軍”の一員

一七〇〇時

アクリーは州警察のパトカーの前に、ぽつんとすわっていた。寒かった。誰かがもってきてくれた毛布を身体にまきつけた。まわりはまるで脈動する光の祭典だった。パトカーの世界大会でも開かれているように、ほこりっぽい空気のなか、赤と青の光が背後の家々や木立にぶつかって彼のほうにはねかえってきた。ひどい頭痛がするうえに、弾丸(たま)が防弾ベストにあたった部分がまだずきずきした。それでも、吐いて胃が空っぽになったぶん、楽になった。

すくなくともいまだけは、みんながそっとしておいてくれた。そのささやかな思いやりがありがたかった。彼はなにを見るともなく、前方を見つめていた。疲れはて、ほとんど無感覚になりかけていた。もっとも、彼にすればそのほうがよかった。あれこれ考えはじめたら、それを全部頭から振りはらうために死にたくなるだろうから。

子供たちには州警察の警官が付き添っていたが、父親も失踪(しっそう)しているいま、彼女たちをどうすればいいか誰もわからない様子だった。たしかさっき、ヘイガーズタウンに住む祖母のところへ送るようなことを言っていた。アクリーは子供たちを――腐敗や悪とは無縁の、ふたりの純粋無垢な小天使たちをまともに見られなかった。ちらりと目を向けると、傷ひとつないバラ色の小さな花びらのようなふたりが見えた。

なぜ彼女は二階へのぼってきたんだ？

なぜ自分は撃ってしまったんだ？

あがってきたのは、彼女が母親だからだ。

撃ったのは、ぼくが警官だからだ。

そこには、人間の力のおよばないものが、運命が、アラーの意志が、ヒンズーのカルマがあったのだ。あらかじめそうなるように決められ、避けられないことだった。神意によって定められていたのだ。

母親のところへ駆けよったときは、もう手のほどこしようがなかった。幼い娘がその横に腰をおろして、母親の手を握りしめていた。まもなく、もうひとりの小さいほうの娘が出てきて、反対側に腰をおろして泣きはじめた。アクリーはだまって娘たちを見つめ、死んだ女を見つめてから、外へ出て、救急隊員や警官、消防士、一般市民が駆けつけてくるあいだ、車のなかにすわっていた。なにをやるべきか心得ている人間にすべてまかせればいいと思った。

「きつい仕事だったな」不意に、デルタ・スリーの声がした。

アクリーは戸惑ったように顔をあげた。

「具合はどうなんだ、軍曹？」と、アクリーはぼんやりたずねた。

兵士は腿に包帯をぶあつく巻き、松葉杖をついていた。

「どうやら、生きながらえそうだよ。なあ、もしなにか問題が起きたら、おれが事情を説明してやるぜ。ミスター・アクリー、あんたは子供をふたり人質にした凶悪な男の待っている二階へひとりであがり、そいつをやっつけたんだ。たいした働きだよ」

「ああ。でも、ぼくははんぱにしかやれなかった」

「おれたちが押し入った家には三人の人質がいた。そのうちふたりを救いだした。あんたがやったことは誰にも文句がつけられない。それにあの母親は――彼女はいい母親だった。自分の命を捨てても、子供たちをたすけようとした。たまたま、そこにあんたがいたというだけだ」

「目的は捕虜を取ることだった」

「言葉を返すようだがな、ミスター、捕虜のことなど気にすることはないさ。おれたちは三人やっつけたんだ。それでよしとしなくちゃな」

そう言われても、なんの救いにもならなかった。

「早く報告をしといたほうがいいな。山じゃ、いまかいまかと待ってるだろうよ。そうとうかりかりしてるにちがいないぜ」

「わかった」

無力感が重くのしかかるのを感じながら無線のマイクをアームからはずすと、肋骨(ろっこつ)のあたりに痛みが走った。アクリーは送信ボタンを押した。

「基地へ、こちらアクリー特別捜査官だ。コール・サインを送って、デルタ司令部と話をさせてくれ」

「了解、ビューロー・ワン。いつでも送信できる。どうぞ」

「デルタ・シックス、聞こえますか? こちら、ビューロー・ワン。どうぞ」

しばらくくぐもった送信音に空電や周波数を変換する雑音がまじって聞こえるだけだったが、やがて声が伝わってきた。

「ビューロー・ワン、デルタ・シックスだ。聞こえるぞ。先をつづけろ」

「攻撃は完了しました。人質二名を解放。わが方は一名死亡、二名負傷ですが、負傷者は命に別状ありません。それに――現在はわが方が事態を掌握(しょうあく)しています。〝対抗者〟は重武装した男三名でした」

「捕虜は?」霧を通過してきたようなディック・プラーの声が聞こえた。

「それは、だめでした。デルタ・シックス。失敗です。激しい銃撃戦になったもので。われわれは、その、捕虜は手に入れられませんでした、デルタ・シックス」

無線が沈黙した。

アクリーはあわてててつけくわえた。

「デルタ・シックス、ぼくは一般市民を撃ってしまいました。解任してください。きっと代わりの者が――」

「だめだ、ビューロー・ワン」

「いいですか、ぼくは女性を撃ち殺してしまったんですよ。とても、これ以上――」

「ビューロー・ワン、こちらデルタ・シックス。戦闘に市民の犠牲者はつきものだ。気をしっかりもて」

「プラー大佐、ぼくは母親の心臓を一発で――」

「ビューロー・ワン、自分をあわれむのはやめて、よく聞け」

「でも、ぼくは――」

「聞け、ビューロー・ワン。これは戦闘作戦行動なのだ。命令にしたがえなければ、きみを逮捕させる。いいな、いまはきみの繊細な感情を大事にして、戦況を不利にする余裕はないのだ。わかったか？」

「わかりました」と、アクリーは言ったものの、のどになにかがつまり、目は焦点をむすんでいなかった。

「敵の武器を集め、製造番号を捜査局に報告して、そこから彼らの正体をつかめないか試してみてくれ。そのあと、きみが検視の指揮をとるんだ。そっちには、検視医かなんかがいるはずだ。死体をチェックしろ。着ていた服もだ。服を徹底的に調べろ。わかったな、ビューロー・ワン？」

アクリーは声を発しなくなった手のなかのマイクを見つめた。信じられないほど年齢をとり、疲れはててしまった感じがした。まもなく夜になるところで、街灯がつきはじめていた。

「わかりました」アクリーはそう言って、やるべきことをすませるために腰をあげた。

「一巻の終わりだ」と、ネイサン・ウォールズが言った。「このくそおもしろくもないお話も一巻の終わりだ」

たしかにそうだった。ふたりの懐中電灯の光は前に立ちふさがる壁を照らしていた。そこには、五十年かそこら前につけられたつるはしの跡が光のなかで輝いていた。エリザベスと呼ばれるトンネルは、不意に存在するのをやめてしまった。山に屈服していた。

「くそっ」ウィザースプーンが言った。「これでおしまいなんだな？」

「掘りはじめる気がなければな。半マイルは掘らなければならんだろうが。そうすりゃあ、好きなところに行けるよ」

「ちくしょう」ウィザースプーンは本気で腹をたてていた。ここまで身をかがめて墓穴を言いすすんできて、このざまとは。まったくの無駄働きだ。

　ウォールズは腰をおろした。

「まったくいまいましい牝犬だぜ。だから、白人女は信用できないんだ。色っぽい目でこっちを見て、これみよがしに足を組みかえたりするくせにな。おっと、あんたの恋女房は別だぜ」彼はポケットからタバコを取りだし、〈ビック〉のライターで火をつけ、紫煙を吸いこんだ。

「ここでタバコを吸うのか?」ウィザースプーンがとがめた。

「いけないか?　こんなところにいるまぬけはおれたちだけだよ」ウォールズが笑った。「やれやれ、おれは英雄になるつもりだったんだぜ。それがいまじゃ、とぼとぼもどるしかないってわけだ。おれがここに来たのは、ちゃんと目的があってのことさ。このウォールズじいさんが糞と煙と火と鉄砲の弾丸のなかを走りまわって、白人のお友だちのクロを案内してやるはずだった。田舎の散歩を楽しませてやるつもりだった。悪かないだろう?　そうすりゃ、ウォールズじいさんもすこしはひとりで静かな時間をすごせることになるだろうと思ってな」彼はまた笑い声をあげた。

「ああ、そいつはすごいな」ウィザースプーンは言った。「ほんとうの英雄がしゃべってるみたいだぜ。あんたのママも誇りに思うだろうよ」

「おれのママは死んじまったよ」ウォールズはそう言って、また笑った。

ウィザースプーンはH&KのMP-5を地面におき、防弾ベストを脱いで、暗視ゴーグルを頭からはずし、先の曲がった懐中電灯をそのうえにおいて光がトンネルの行き止まりにあたるように調節した。それから壁のところへ行って、あたりを調べはじめた。光が彼の姿を捉え、巨大な影をつくりだした。

だが、なにもなかった。かたい岩だけだった。彼のほっそりした黒檀のような指が岩のうえを這いまわった。

「おいおい、時間の無駄だぜ。気を楽にして、タバコでも吸いなよ。それから、世間にもどろうじゃないか」

まもなくウィザースプーンもあきらめた。手がかりになるものはなにもないようだった。彼らは負けたのだ。

ウィザースプーンは防弾ベストにとめていたPRC-88無線受信機からイヤホーンを伸ばし、ハンドフリー・マイクを口のまえにセットした。

「ラット・シックス、こちらチーム・ベイカー。聞こえるか?」

彼は耳をすました。返事はなかった。

「くそっ。奥まで入りすぎたんだ。無線がとどかなくなってる」

「寝てるんじゃないのか」ウォールズが言った。「ふたりの黒んぼが汚れ仕事をやってるあいだ、すわりこんで楽してやがるのさ。白人に仕事をさせると、どいつもこいつもみんな眠りこんじまう。もう一度呼んでみな」

「ラット・シックス、ラット・シックス、こちらチーム・ベイカー、聞こえるか？聞こえるか？」

　なにも聞こえなかった。

「そこに誰かいるのか？　誰かいるのか？　くりかえす、誰かいるのか？」

「あのどでかい爆弾が破裂したのかもしれんな。白人はみんな死んじまったんだ」と、ウォールズが言った。

「それなら、黒人もみんな死んでるさ」

「黒んぼの科学者は白人だけ殺す爆弾を発明しなきゃならないな。そういうのができるなら、おれもなにがしかの寄付はするぜ」ウォールズは笑って、タバコの吸いがらを放り捨てた。

「ラット・シックス、こちらチーム・ベイカー。聞こえるか？」

〈ジェイクズ〉が労働者たちで混雑する時間になっていた。グレゴールは彼らがきらいだった。トラックの運転手やフォークリフトの操作係、倉庫番、ペンキ屋、郵便局員など、みんなでかくて、ほとんどが薄汚く、みんな疲れていて、ほとんどが声の大きい連中だった。彼らはタバコを吸った。店の空気が煙で青っぽくなった。グレゴールは頭のなかでびちゃびちゃ音がするほどウォッカをのんでいたが、それでも頭痛が消えなかった。

彼は時計の針がのろのろと動くのを見守りながら、モリーにもう一度電話をかける時間が来るのを待っていた。そのとき、誰かがメリーランド州の真ん中に兵隊が集まって演習を行なっているという話をしているのを聞きつけ、テレビを見上げた。ちょうどニュースの時間で、画面には州警察の道路封鎖の現場に立つレポーターの姿が映っていた。そばには、まるでそこが世界の果てだとでもいうように、車がずらりと一列にならんでいる。

グレゴールは興味をひかれて身をのりだした。

「ねえ、あんた、東部地区ではどこを応援してる?」

「レッドスキンズだよ」グレゴールは答えた。「しー、テレビを見てるんだ」

「レッドスキンズなんか、プレーオフにも出られやしないさ!」

レポーターは山のなかでの軍事演習について話していた。飛行機とヘリコプターが墜落したといううわさが流れているとか、交通が麻痺状態になっているが、すべてが正常にもどるのがいつか、当局は言葉をにごしているなどとしゃべった。もっとも、そういったことは全部、民主主義をまもるためには当然支払うべき代価なのだ。

童顔のレポーターはしゃべりながら力をこめてうなずいたり、話に重みをつけるために目を細くしたりした。その後ろのはるか彼方(かなた)に、雪におおわれた大きなかたまりがそびえていた。山は真っ白で、光を反射してとても美しかった。

　レポーターはいま、またあらたな部隊が演習地に向かっていると早口にしゃべっていた。彼はわずかの間、停車したトラックに乗っている何人かの兵士にマイクを突きつけた。トラックの男たちは、自分たちはなにも聞かされておらず、今朝ワシントンで非常待機を命じられ、十一時にトラックで出発して、いまここに着いたところだと語った。

「だけど」トラックが走りだそうとした瞬間、若い兵士のひとりがレポーターに向かって言った。「いっとくが、なんであろうと、おれたちは文句をいえないのさ!」

「かなりでかい演習をやってるらしいな」バーにいた男が言った。「ボルティモアまでびっしり車の列がつづいてるんだぜ。こんなことはいままでなかった」

「どこがだね?」グレゴールは男にたずねて、こう言い添えた。「渋滞にまきこまれるのはごめんだからな」

「ああ、ルート40のバイパスだよ。ミドルタウンからブーンズボローまでだ。ルート70をそのまま行けば、渋滞にまきこまれることはない。あの山だ、サウス・マウンテンだよ。バイパスのすぐ右手にある。あそこを封鎖してるんだ。それと、あのあたりにあるけちな田舎町も全部な。だけど、まったく妙な話だな」

「なにがだね？」

「あのへんには国有地はないのさ。アバディーンにはいくらもある。フォート・ミードにも。パックス・リヴァーなんか、岸辺一帯がそうなんだぜ。フォート・リッチーにも広いところがある。だけど、サウス・マウンテンには政府の土地はないんだ。まったくおかしな話さ」

「なるほど」グレゴールはうなずいた。

行ってみるべきだろうか？

いま、自分はその現場のすぐそばにいる。そこへ行って、兵隊とでも話せば、なにか聞きだせるかもしれない。

そうさ、おまえの言葉のアクセントとソヴィエト連邦のヴィザがあれば、ダンベリーの連邦刑務所で二十年は暮らせるぞ。帰国してから、矯正労働収容所であと二十年てところか。だめだ、モリーにたよるしかない。

なにか重大なことが起きているのは、グレゴールにもわかった。もしかすると、それがなにかモリーがさぐりだしてくれるかもしれない。このニュースに最初に気づいたのは彼であり、これは彼の所属する機関が全力をあげて取り組むような重大事件である可能性もある。そして、彼、偉大なるアルバトフが真相を発見するかもしれないのだ！　グレゴールは立ちあがって足早に歩きだし、混みあった店のなかをぶざまな恰好（かっこう）で通りぬけ、男性用トイレに向かった。なかへ入ると、コインをスロットに押し込み、もう一度モリーを呼びだそうとした。

応じる声はなかった。

ああ、モリー、と彼は祈った。ああ、お願いだ、おれを失望させないでくれ。これほどきみを必要としているときに。

ハメル家での大失敗のあとも、デルタ司令部にはそれ以上いいニュースが入ってこなかった。レンジャー大隊はインディアナで悪天候にまきこまれ、南に迂回（うかい）してテネシーで給油を受けなければならなくなり、予定到着時刻は早くても一九〇〇時ということになった。おまけに、プラーが危険を避けて薄明かりのなかでパラシュート降下するのを禁じたために、二一〇〇時以前に大隊が配置について攻撃を開始するのはとうてい無理な状態だった。一方、第三歩兵師団も道路封鎖で拍車をかけられた交通渋滞のなかで立ち往生し、いつ到着するかわからないという。国防総省（ペンタゴン）の分析家たちは、いまだに〝アメリカ合衆国暫定陸軍〟が送ってきた奇妙なメッセージから手がかりを発見していなかった。ピーター・シオコールによる対抗部隊の正体解明の試みも行き詰まっており、そのためにエレベーター・シャフトへ入るドアの暗号解読はまったく進んでいない。さらに、彼の妻ミーガンを調べているＦＢＩからはまだ連絡がなく、ミーガンがこちらの力になってくれるのかどうかもさっぱりわからない。ハメル家のふたりの娘はまだ興奮状態で、朝から自分たちを人質にしていた三人の男の身元についてヒントになるようなものをしゃべることもできなかった。ペンタゴンはさかんに対占領軍作戦の進行具合を問いあわせてきたが、ディック・プラーには報告するものがなにもなかった。せいぜい、ブラヴォー中隊の死傷者の数が確定できたぐらいだった。五十六名が戦死、四十四名が負傷、今後の作戦行動に参加可能な者は五十名ほどだった。デルタの衛生隊によって設置された野戦病院では、医療関係者がフル回転で活動を行なっていたが、ここよりはるかに効果的な空中輸送システムが確立されていたベトナムでなら生きのびたはずの負傷者がつぎつぎと死にはじめていた。

すでに六時になっており、残りはあと六時間しかなかった。

プラーはＦＢＩの最新の調査報告を聞くためにシオコールを探しにいこうとした。だが、そこまで行きつけなかった。

「大佐。プラー大佐！　大佐！」

通信の専門家スペック・フォーの声だった。

「なんだね？」

「山の反対側にいるラット・シックスから十五分おきに連絡が入ることになっていたのですが、ここ二回、連絡がないのです」

「呼びだしてみたかね？」

「ええ。でも、応答がありません」

プラーはマイクを手にとった。

「ラット・シックス、こちらデルタ・シックスだ。聞こえるか？」

返事はなく、無線機は沈黙したままだった。

プラーはさらに二、三度試してみた。

「あの区域には誰がいるんだね？」プラーはそばにおいている下士官のひとりにたずねた。

「ラット・シックス・チーム以外は誰もいません。もっとも、山は州警察に包囲されていますから、近くにそのうちのひとりがいるはずですが」

プラーは地図を調べてから、無線機のところへ行って、数マイル離れたルート40の道路封鎖地点に設置されている州警察の本部を呼びだした。

「90（ナインティー）‐ヴィクター、こちら、デルタ・シックス。聞こえるか？」

「聞こえます。デルタ・シックス、どうぞ」

「90‐ヴィクター、きみたちは、モーザー・ロードとかいう道路にも見張りをおいているか？」

「ええ、しばらく前から道を封鎖させています」

「その男と話をしたいのだが、90‐ヴィクター?」

「わかりました。少々お待ちください」

数秒とかからなかった。

「デルタ・シックス、こちらは22(トウェンティツー)‐ヴィクターです。サウス・マウンテンの真西三マイルのところでモーザー・ロードの封鎖にあたっています。本部からあなたに連絡するようにいわれました」

「そうだ、22‐ヴィクター。どうだろう、ごく最近なにか物音を聞かなかったか?」

「いまもそれについて考えていたのです」

「それとはなんだね、22‐ヴィクター?」

「つまり、ヘリコプターの火が武器庫に引火したんじゃないかと思ってたんです」

「もう一度いってくれ、22‐ヴィクター」

「ですから、二十分ほど前、ヘリコプターが墜落した地点ですごい銃声や爆発音が聞こえたんです。十秒か二十秒つづきました。それ以後は静まりかえっています」

プラーはマイクをおろした。

「デルタ・シックス?」

プラーは答えなかった。

「デルタ・シックス、22‐ヴィクターです。それだけでよろしいのでしょうか?」

だが、プラーは答えなかった。

なんという野郎だ。

彼は振り向いて、一マイル前方にある山を見つめた。

なんという野郎だ。やつはラット・シックスを発見した。それを全滅させた。それから部下をトンネルに送ってネズミ・チームを追わせた。

「大佐、偵察隊にラット・チームの様子を見にいかせましょうか？」

プラーは首をふった。それがなにになる？　またしても〝対抗者1〟に先を越されたのだ。彼のネズミたちは穴のなかで死んでしまった。プラーにいまできるのは、死体袋を用意させることと、ピーター・シオコールの健闘を祈ることしかない。

「シオコール？」

シオコールは〝対抗者1〟のメッセージや自分のメモ帳、ＦＢＩ防諜（ぼうちょう）班の報告書がちらばっているデスクから目をあげた。スケージーだった。

「ちょっと話したいんだが」

「なんだね？　ぼくはやることがたくさん――」

「納屋まで来てくれ」

「どういうことだ？」ひと目でこの将校の顔に緊張と罪の意識の色があるのを読みと

って、シオコールはたずねた。「なにが起きたんだ?」

「納屋に来てくれ、たのむ、シオコール博士」

シオコールは二、三分、間をおいてから外に出て、スケージーとふたりのデルタ将校が待ちうける場所にゆっくりと歩いていった。ふたりの将校はスケージーより背が低く、もっとやせていた。迷彩服を着て、身体のあちこちにベルトやナイフや手榴弾をくりつけている、まじめそうな顔つきの男たちだった。

「それで? いったいなにが——」

「ある人物から目を離さないでいてもらいたいのだ」

「それはぼくの仕事じゃないね」と、シオコールは言った。「ぼくは誰かを見張るためにここへ呼ばれたわけじゃない」

「ディック・プラーから目を離さないでいてもらいたい」

シオコールの顔にショックの色がはっきり表われた。

「かつて」と、スケージーは言った。「ディック・プラーがこの陸軍で最高の人間といえる時期があった。正直いって、彼の下で働くことをとても名誉に思っていた。彼は偉大な軍人だった。プロ中のプロだった。だが、いまは変わってしまった」

「なにがいいたいんだね?」シオコールは話の展開が気に入らなかった。

「ときおり、数えきれぬほど戦闘を経験してきた連中が理性を失うことがある。部下を死地に送りだすことができなくなるのだ。大きな賭けをする勇気をなくしてしまう。自分をあざむくようになる。戦いを終結させる努力を放棄する。火中の栗を拾うこともしない。死傷者が出るのをおそれる。目的を達するために自分の部隊が傷つくのを見るのに耐えられなくなる。いま目の前にあるのが、そういう状況なのだ。まわりでは事態がどんどん進行しているのに、ここだけは、この危機の中心だけはなにも起こらない。ただ時がむなしく過ぎていくだけだ」

シオコールは微力ながらもプラーを弁護してやりたい気になった。

「だけど、彼だって努力してるんだ。まだたいしてできることはないし――」

スケージーが身をのりだして、顔を近づけた。

「イランの砂漠で、彼がそのためにすべてをささげてきた瞬間がやってきた。予定したものとはちがっていたから、大きな賭けをしなければならなかったが、その価値は充分にあった。この世界でいわれている言葉を知ってるかね？　大胆なものが勝利をおさめる――それが特殊作戦の第一原則なのだ。砂漠でのディック・プラーには大胆さという能力が欠けていた。あの山のうえにいる人間にはそれがある」

「なにがいいたいんだね？」シオコールは言った。

「彼がまたパニックを起こしたら、私は彼を排除するつもりだ。結果はあとで考えることにして、あくまで事を推しすすめる。砂漠でもそうすべきだった。あんたは、彼に目を光らせてるだけでいい。彼が度を失いそうになったら、私に知らせてくれ。いいな?」

シオコールは、病にむしばまれ、いびつになった家族の葛藤のなかにまきこまれてしまったのに気づいた。まるで、エドワード・オールビー脚本の六〇年代のテレビ・コメディー〈パパ大好き〉からユーモアを取りのぞいてリメイクしたパロディのようだった。長男役はこの狂気じみたスケージーで、彼はパパ役のフレッド・マクマレー=ディック・プラーをたたきだそうとしている。そのあいだ、ふたりの弟たち——シオコールともうひとりの無口な息子アクリーはおろおろとしながら、なにもできないで成り行きを見つめている。

「もう一度考えなおしたほうが——」

「シオコール、やつがおじけづいたら、大きな声で私を呼べ。それだけのことだ。さて、そろそろあのろくでもないドアの仕事にもどってくれ」

先へ進めば進むほど、ティーガーデンの気分はよくなっていった。ほんとうはその反対でなければいけなかった。いくら忘れようとしても、自分が義務を怠っているのは否定できない。彼は逃げだそうとしていた。顔があおざめているのを感じた。

それでも、アリスと名がついたトンネルの幅が広がりはじめ、大きく何度か曲がったあと、まっすぐに前方に伸びているのを見たときの安堵と解放感はなににもかえがたかった。くそっ、やけにいい気分だ。彼はおなじ気分をベトナムで敵の勢力範囲を脱出したときに味わったことがある。たしか七一年のことで、彼はほんの子供で、まだ特殊部隊に入ってまもないときだった。毎夜敵の攻撃を受けながら、長々とほんのちっぽけな土地にしがみついていたあと、ようやく救援部隊が包囲網を突破してやってきた。そのときもこんな気分だった。まだ空の気配は感じなかったし、星も見えなかったが——もっとも星が出ていればの話だが。もう時間がよくわからなくなっていた——すくなくとも、いやらしい闇に向かって進んでいるわけではない。

口笛でも吹きたい気分だった。だが、不意に前方で物音が聞こえた。なにか小さいものが岩にあたってこすれるような音だった。なんだろう？　ラット・シックスが応援部隊を送ってきたのか？　ティーガーデンは身を凍りつかせて足をとめた。将校とはちあわせして、パートナーと別れて何百フィートもあともどりし、まもなく側坑道という地点にいる理由を説明しなければならないとなれば厄介だ。ティーガーデンは懸命に頭を働かせて、不名誉をまぬがれるための弁明を探しもとめた。

無線機だ！

プリックス-88が通じなくなって、それ以上前進できなくなり、彼は通信を復旧させるためにもどってきた——

突然、光がのびてきて彼の目を捉え、その場に釘(くぎ)づけにした。

「おい！　よしてくれ、びっくりするじゃないか。どうしたってんだ、おれたちをチェックしにきたのか、ラット・シックス？　無線が通じなくなったんで、妨害物がないところまでもどろうと思ったんだよ。これから奥へ帰るところなんだ」

また別の光が襲いかかって彼の視力をうばいとり、脳のなかに火花を飛びちらせた。人のつぶやきと装備がぶつかりあうかすかな音がした。

「どうなってるんだ？　これじゃあ、まるで――」

一本の手が宙を一直線に飛ぶコウモリのように目の前にのびてきて、ティーガーデンのあごを押さえると、強い力で後ろにひっぱった。ティーガーデンは固い身体にぶつかるのを感じた。のどに攻撃をくわえるために、手があごをもちあげた。それとほぼ同時に――ティーガーデンには見えなかったが――もう一方の手が鋭利な戦闘ナイフのまがまがしい刃をのど笛と直角に動かし、氷のような正確無比なやり方で皮膚と軟骨、さらにその奥の頸動脈(けいどうみゃく)を切断した。

息子たち！　ティーガーデンは思った。ああ、おれの息子たち！

だが、彼自身意外だったが、ティーガーデンは最後の一瞬に反射運動を行なう余裕があった。MP-5の引き金にかけていた指に力がはいり、サブマシンガンが四発の連射を吐きだした。銃弾はでたらめに地面にばらまかれ、すぐに別の人間がティーガーデンに襲いかかり、ライフルの床尾で彼をなぐり倒した。

これこそ、初めての目に見える証拠だ。

銃は簡単だった。七・六二ミリNATO弾か三〇八口径弾使用のファブリーク・ナシオナル兵器工業製造のFAL――製造番号一四八八八〇三‐二一三。器用なイスラエル人たちのライセンスをもらって、やはりファブリーク・ナシオナルが製造した九ミリのウージー――製造番号一〇九四五八七三‐三八七七一。これには銃身からゆうに七インチは突きだしたプロ専用のサイレンサーがついていたが、出所は追えそうになかった。さらに、おなじ九ミリの〝スターリング〟と呼ばれるイギリス製のL2A3――製造番号一二九八四八‐五五五五。拳銃はチェコ製のCZ‐75――製造番号はけずりとられていた。この情報はすでにワシントンに送られていたが、ひと目で、世界中にちらばるあやしげな倉庫におさめられ、国際的な武器商人の組合を除けば、どんな国や団体にも所属しない余剰武器の巨大なプールからすくいあげられてきたものであるのがわかった。全部〈ショットガン・ニューズ〉を通して買うことができる品物だった。

アクリーを墓荒らしのような気分にさせはしたが、服や個人の持ち物のほうも手はかからなかった。だいたい、私物などないにひとしい。死んだ三人の〝対抗者〟は、愛する人間の写真も、聖書も、財布も、身元を示すものはなにひとつもたずに戦いにのぞんでいた。まるで三人ともいままで存在しなかった人間のようだった。服はきれいに洗濯されていたが、おなじくなんの特徴もなかった。重い黒のブーツは軍余剰物資のマーケットならどこでも手に入る名もない会社のものだった。それに、腿のところに蛇腹ポケットのついた黒の作業ズボン、もともとは海軍のものだったらしい青の当直員シャツ、黒のセーターと毛編みの防寒帽。穴だらけになった家からは彼らの手袋も見つかった。厚手のパーカ同様、野外作業を行なうためのものらしい。衣類はすべてワシントンの捜査局の研究所に送られ、いずれ高性能の顕微鏡にその秘密を明かすことになるだろう。だが、それは何週間も先のことで、あと数時間で世界は破滅してしまうのだ。だから、衣類はいまのところなんの役にもたたないわけである。となれば、残るは死体だけだった。これこそ、唯一の目に見える手がかりということになる。

三人の裸の男はバーキッツヴィル消防署の真ん中に敷かれた防水シートのうえにならべられていた。いずれそのうち、腹に青あざをつくった母親殺しのアクリーよりはるかに専門的な検視のできる医者がやってくるのはわかっていたが、まだ姿を見せていなかったし、ほかには誰もやりたがる者がいなかった。そこで、アクリーがひとりで三つの死体とともに過ごすことになった。

彼らをよく見ろ、アクリーは自分に言い聞かせた。

二階で死んだ大男がいちばんひどかった。彼はチェコ製の拳銃を口に突っ込み、一発撃ちこんでいた。弾丸は頭蓋骨の後ろの部分を吹きとばしていたので、頭はメロンを斧で半分に割ったように、奇妙にゆがんでいた。だが、それ以上に驚かされたのは、彼の右肩だった。まるで、丸ノコで切りとられた跡のようだった。デルタ・スリーの放った銃弾の一発が、文字どおりそこをけずりとっていた。こんな傷を負って、どうして生きていられたのだ？　アクリーはその目でたしかに、この男が階段をのぼり、銃を撃つところを、その一部始終を見ていた。こんな痛みのなかで？　きっと、スーパーマンの一種なのだろう。男は死体に変わっても、かすかな笑みを浮かべていた。その白い歯をむきだした笑いはどういう意味なのだろう？　優越感の表われか？

わかったよ、アクリーは思った。あんたのほうが強い男であるのは認めるよ。

ほかのふたりにはもっと弾丸があたっていたが、見ばえはまだよかった。二十五セント玉ぐらいの大きさの赤いかさぶたのような傷をもったただの死者にすぎなかった。ひとりは胸に三発あたっており、もうひとりは全身に十一個の弾丸傷があった。銃痕か、すてきじゃないか、とアクリーは思った。彼は歴史の本で見た写真を思い出した。十何発も弾丸を受け、柩のなかで上半身を起こしてすわっている昔の無法者の横で、町の住民たちが誇らしげに立っている写真だ。無法者のひげはだらりと垂れさがり、銃弾の痕がボタンのように日差しを受けて輝いていた。

考えろ、とアクリーは心のなかでつぶやいた。

まず、三人ともひきしまった強靭そうな身体つきであるのがわかる。しまった腹、盛りあがった筋肉は、訓練の行き届いた軍人、それもエリート部隊のものだ。髪は短く刈りつめている。ひとりはその朝、ひげを剃るときに傷を負ったようだ。みんな、二十代後半の年恰好だった。三人そろって上腕に――手首や胸にも若干あったが――一部分ひきつったような傷痕があった。いれずみだろうか？　そうだ、いれずみだ。いれずみを外科手術で取りのぞいた痕だ！

それに、彼らはいやになるほど日に焼けていた。顔と腕はなめし革の色だった。陽光の下で暮らしている者にしかない、漁師のようなつやのある深い色をしていた。

アクリーは最初の男のところへもどった。もうすこし顔を寄せて、丹念に死体を調べた。胸を手術の針の痕がひと筋はしり、もう一本の針の痕と交差していた。

あんたは前にも撃たれたことがあるんだな、とアクリーは思った。ずいぶんと波瀾万丈の人生を送ってきたようじゃないか、相棒。生きてたら、いろいろおもしろい話を聞かせてもらえただろうにな。

彼はほかのふたりの身体の傷も調べてみた。ひとりは古傷がなかったが、もうひとりの右の鎖骨近くに肉が盛りあがってしわになったものがあった。これも銃痕だ。

タフな男たちであるのは明らかだった。デルタのご同業だ。

アクリーは、つぎにどうすればいいのかわからなかった。彼はもう一度リーダーのところへもどった。ぼくは何なんだ？　法医学者か？　目の前にあるのは、頭を吹きとばされた男の死体だけじゃないか。彼は、幼い少女を身体でかばった自分のそばにこの男が立ったときのことを思い返した。どうか娘は見逃してくれ、とアクリーは言ったが、男はだまって見つめただけだった。

あのときはぞっとさせられたぜ、相棒。

だが、男はだまって立ちさり、自分の頭を撃ちぬいた。

アクリーはひざまずいた。男の笑みのなかになにかが見えた。どこか謎(なぞ)めいて、きらきらと輝いているものが。メリーランド州バーキッツヴィルの古い家の奥の部屋で自分の脳を吹きとばした、映画スターの歯をもつコマンドの口のなかに。

ほとんど無意識に、アクリーは指を一本突きだした。死者の笑みがどことなく不自然で気になった。歯が異様なほど白かった。指をかわいた口に突っ込むと、かわいた唇とかわいて動かない舌に触れた。さらに奥へ突っ込み、つまんだり、ねじったりしてみると――

まちがいない、にせものだ。

陶でできた義歯がアクリーの頭に浮かんだ。

彼は急いで調べた。三人そろって総入れ歯で、真新しいといっていい義歯を口にはめていた。

ウィザースプーンが急にしゃべりはじめた。

「おい、聞こえたか？　銃声みたいだったぜ。あんたには――」

だがその瞬間、ウォールズの手が彼の口を押さえ、びっくりするほどの力と断固とした意志で彼をしゃがませた。若くて身体のがっちりとしたウィザースプーンは、自分より年をとっていて身体も小さいウォールズがそれほどの力をもっているとは思っていなかった。

耳もとでささやく声がした。

「よし、いい子だ。楽にしろ。静かにしてればいい。そうだ、それでいい。わかったな？」

ウィザースプーンがうなずくと、ウォールズは口を押さえていた手を放した。

「くそっ、なんだって――」

「しーっ。チャーリーおじさんがトンネルにいるのさ。そうとも。ベトコン（チャーリー）が来たんだ。おれたちを追ってきたんだ。まちがいない、チャーリーおじさんだ。こうなりゃあ、覚悟を決めなきゃならん。やつらが狩りに来たんだ」

ウィザースプーンは自分の目が飛びだし、心臓が早鐘のように打つのを感じながら、ウォールズを見つめた。

「なあ――」

「なあ、じゃない。ウォールズのいうことを聞け。ウォールズはチャーリーをよく知ってる。ウォールズとチャーリーは古いつきあいだからな」

ウォールズの姿がなぜかさっきよりかすんで見えた。別の生き物に変わってしまったような感じだった。彼は、トンネルに黒い肌を溶けこまそうとするように後ずさりした。そうしながら、肩から十二番径をはずして、器用な手つきで銃口と排莢口にはってあった黒いテープをはがした。ベテランのトンネル・ネズミは一度だけかちりと音をさせて、大きな散弾を薬室に送りこんだ。

「いいな」ウォールズがそっと言った。「腹を決める時間だぜ。そのがらくたを身につけて、銃の用意をしろ。トンネルが熱くなるぞ。チャーリーがおれたちを殺しにくるんだ、おれたちもやつらを殺さなけりゃならん。生きのびるにはそれしかない」

ウィザースプーンは防弾ベストを着て、自分のドイツ製サブマシンガンを手にとった。銃身についている溝にそってノブを引き、コックした。ノブはかちりとはまって、動かなくなった。つぎに、暗視ゴーグルをずらして顔にかけ、レンズの蓋を開け、スイッチを入れてベルトに通したバッテリーから電流が流れるようにした。画像調整をして、焦点をあわせると、ゴーグルのうえについたランプが発する赤外線に照らされたトンネルが、海を思わせる色のなかで電気光学の生命を得るのが見えた。一面緑色の不気味な水中にいるような気がした。ウォールズのほうを振り返ると、炎につつまれた人間がいた。懲役囚の顔は恐怖映画の特殊効果のように赤と黄色の炎をあげていた。その姿がとても風変わりで、ひどく滑稽に見えたので、ウィザースプーンはもうすこしで笑い声をあげそうになったが、それはたんに、興奮したウォールズの脈拍が早くなり、またすぐそばにいるので彼の身体から発散する熱を、その運動する分子をレンズが捉えて映画の怪物のようにしたてあげたのにすぎなかった。

「よし」ウォールズがなだめるような口調で言った。「じゃあ、これからやらなくてはならんことを説明する。おれたちは前進して、できるだけ早く敵と接触しなければならない。そこでチャーリーに攻撃をかけ、後退する。また攻撃をかけ、後退する。いいな、一方通行のトンネルではチャンスはひとつしかない。何度もくりかえし攻撃をかけるほかに方法はない。おれたちの退路が失くなる前に、敵の駒が切れることを祈るんだな。なぜって、やつらの駒が切れる前に退路が失くなれば、おれたちは行き止まりに追いつめられるわけだからな。前におれがもぐっていたトンネルはいつも両側に出口があったが、こいつはひとつしかない。シロの女はいつだって見かけ倒しなのさ」

「わかった。いうとおりにする」

そのとき、ウィザースプーンのゴーグルのサイケデリックな画像のなかでなにかがちらりと動いた。ウォールズの歯だった。

ウォールズが微笑（ほほえ）んだのだ。

「なあ、仕事をするときは口笛でも吹けよ」と、ウォールズが楽しそうに言った。

アリスという名のトンネルにいたフォンもやはり銃声を聞きつけた。

母さん、娘が言った。母さん、アメリカ人が追いかけてくるのよ。

わかってるわ、フォンは言った。来るなら来させましょう。

だが、彼女の対応はチーム・ベイカーとはちがった。なぜなら、彼女はまだトンネルの端まで来ていなかったからだ。まだ先になにかあると信じていたから、このまま行動を継続するつもりだった。

彼女はベルトに手をのばして、タマゴのようになめらかなM-26破砕性手榴弾をすばやく取りはずした。ひざまずいて、テニス・シューズを脱ぐと、急いで靴紐（くつひも）を抜きとり、靴を背後に放り捨てた。靴紐を手榴弾のレバーがはねあがらない程度にゆるく巻きつけた。それから、慎重に手榴弾のピンを抜きとった。靴紐をわずかにもちあげるレバーの力が感じとれた。つぎにナイフを使って、靴紐全体をけずりはじめた。最後には、髪の毛ほどの幅しかない紐が残った。それは綿の織物としては、これ以上薄くも細くもなりようのない膜のようなものだった。注意深く、彼女は手榴弾の底を下にして、トンネルの真ん中に置いた。追手が明かりをつけずにトンネルを縦隊でやってくれば、それを蹴飛ばすのはまちがいない。蹴飛ばすかつまずくかすれば、手榴弾は倒れて、靴紐が切れ、そして――

二百ヤードほど進んだ地点で、彼女はもう片方の靴紐をつかっておなじ作業をくりかえした。

アメリカ人よ、来るなら来ればいい、と彼女は思った。昔のように、フォンのところへ来ればいい。フォンも昔のようにそれを待っている。子供たちを炎から救うために。向きを変えると、彼女は自分の故郷、トンネルの奥へと急ぎはじめた。

シオコールは書いていた。

わが国の暫定陸軍？？？　暗号――十二桁――隠された整数――分節区分対応は？？？　母音反復頻度特徴は？？？　12＝12＝12＝12――単一整数同値は？？　12＝12＝12＝トゥウェルヴ？？？？

彼は単純にa＝1、b＝2、c＝3と置き換えるやり方で、なにか解読できないかやってみた。出てきた答えは……なんの意味もないものだった。

しかたなく、12という数字をもてあそんだ。４の三倍、２の六倍、３の四倍、12の一倍……12、と彼は考えつづけた。12！

突然、ベルが鳴りはじめた。いったいなにごとだ？　シオコールが顔をあげると、通信関係のスペシャリストたちがやりかけの仕事も忘れて茫然(ぼうぜん)としている姿が目に入った。

「あれはどういう意味だね？」シオコールはたずねた。

「〝最優先事項〟の合図です」と、若いスペシャリストのひとりが答えた。「われわれの役に立つものをなにか発見したという意味です」

「最新ニュースを聞いてきたほうがよさそうだな」

だが、シオコールが速報テレタイプのところへ行くと、すでにスケージーがいちばんいい場所を占領していた。

「よし」スケージーは熱っぽい口調で言った。「よし、ようやく来たぞ」機械は情報をつぎつぎと吐きだしていった。

スケージーはその文書に目を走らせ、それを要約した。

「彼らは〝対抗者1〟の連絡文がなにに準拠しているかを発見し、そこから精神分析医によって彼の動機、精神力学、人物像、彼がどんな行動をとる可能性が高いか、なにができるか、われわれはそれにどう対処すべきかを推定できると考えている」

「それで？」と、プラーが言った。

スケージーは機械から吐きだされてくる文章に目を走らせた。二十行ぐらい出てくるたびに用紙を破りとり、部屋にいる者たちに回覧した。機械は何分もカチカチと動きつづけた。

「むろん、そういうことなのだ」と、スケージー少佐が言った。「これで、どこかで聞いたおぼえがあるような気がしたのも納得できる」

プラーは、彼にはめずらしく長い沈黙をまもり、部下が情報を咀嚼（そしゃく）するのを待った。

「もういいだろう」と、プラーは言った。「聞かせてくれ」

「どこかで聞いたような気がするのは」と、スケージーが言った。「たしかに聞いたことがあるからです。あれはジョン・ブラウンなのです」

部屋が急に静まりかえった。

「ええ、おなじです。わかりませんか？」スケージーはテレックス用紙をもてあそびながら、早口に言った。「これは南北戦争前に起きたジョン・ブラウンの襲撃そっくりなのです。彼は軍事工場群の真ん中にあるかなめの施設を占領した。そうでしたね？」

「一八五九年」と、シオコールが言った。「ハーパーズ・フェリーで起きたことだ。ここから七マイルと離れていない。ジョン・ブラウンは二十数名の部下をひきつれ、連邦政府の武器庫とマスケット銃製造工場を占拠した。こんどの場合は、もうすこし部下の人数が多いが、連邦政府のミサイル・サイロを乗っ取っている。つまり、戦略的マスケット銃というわけだな」

「それに、目指すゴールはおなじです」と、スケージーが言った。「大戦争を始め、善の軍隊の足かせをはずし、悪の軍隊を駆逐するためです。さらに、今回も前とおなじく、彼らを阻止するために銃剣をつかって占領地に侵入するのを余儀なくされたエリート部隊がまわりを取りかこんでいる」

「その根拠は?」自分が驚きをはるかに通りこした状態にいるのを意識しながら、シオコールがきびきびとたずねた。

「彼の送ってきたメッセージです」スケージーが答える。「あれは一八五九年十月十七日、ウェスト・ヴァージニアのチャールストンにある監獄で連邦当局によって行なわれたジョン・ブラウンの尋問からとられたものでした。彼が捕らえられ、処刑されるまでのあいだに行なわれた尋問です」

　スケージーはCIAの精神分析医の報告書を読みあげた。「歴史的人物への感情移入は、正常の域を越えた妄想性分裂症患者であることを示唆している。こういった人物がきわめて危険なのは、熱意のあまり、強固な意志とカリスマ性を誇示したがる傾向をもつからである。よく知られた例としては、アドルフ・ヒトラー、ジョン・ブラウン本人、ヨセフ・スターリン、ジンギスカン、ローマ帝国の何人かの皇帝、ピョートル大帝などがあげられる。標準的な症状は、きわめて発達した攻撃衝動と、幻想の自己正当化システムをつくりあげる傾向である。古典的症例としては、そういった患者は破綻した家庭――だいたいが父親の不在または疎遠によって、父性的絆が母性的絆にとって代わられた場合に多く見られる。彼らはふつう異常なまでに高い知能指数をもち、きわめて発達した〝ゲーム的知性〟を有している。おおむね、たぐいまれな戦術家で、せまい範囲の技術的または戦略的問題を解決することにたけている。そのほとんどが、つねに自分たちの私欲というせまい根拠にもとづいて行動を起こす。俯瞰的視野に欠けており、〝大きな問題〟を当面する部分に小さく切りとって見る能力しかもっていない。協調性がなく、さらにいえば、中庸を目指す性向は皆無にひとしい。たいへんなナルシストであり、多くは聴衆を魅了する雄弁家の素質をもち、ほとんどが冷酷な性格の持ち主である。過去の例を見れば、彼らの欠点は〝無理をする〟ところにある。世界を変革できると考えがちで、ほとんどの者がやり過ぎて、妥協する能力の欠如から――通常、自分と身内に非常な損失をもたらして――破滅することになる」

「やつを殺す方法をのぞけば、われわれの知らなければならないことはすべて書いてあるようだな」ディック・プラーが言った。

スケージーはつづけた。「このことから、彼らはその人物がアメリカの軍人であり、限定された技術に習熟し、模糊とした政治への憎悪を胸に秘めた人物であると見ています。部下もアメリカ人で、おそらくは指導者に呪縛（じゅばく）されたグリーン・ベレーの予備役ではないかということです。指導者は保守派の資金援助を受けているとも考えられます。驚いたな――」彼はヒューッと口笛を吹いた。「ありとあらゆるシナリオがここに書きならべてあるぞ。予想したとおりのものが。気の狂った将軍、感激屋の兵隊たち、準軍事的組織の可能性あり、〈ソルジャー・オブ・フォーチュン〉（元グリーン・ベレーの中佐が創刊した軍事雑誌。反共運動の核となっている）を読み、ショッピング・センターで迷彩服を買いそろえて傭兵をきどる男たち。サバイバリスト、狂人集団、その他もろもろ」

　プラーは宙に目をすえて、耳をかたむけていた。

　やがて、彼は言った。「で、彼らの勧告は？」

「正面攻撃です。彼らがいうには、敵は未熟な部隊であるから、死傷者が増大すれば簡単にくずれるということです。正面から何度も何度もくりかえし攻撃をかけるよう求めています」

「もっとたくさん死体袋を送らせたほうがいいようだな」プラーはそれだけ言った。

　それから、彼はたずねた。「きみの意見はどうだね、少佐？　正面攻撃か？」

「そうです。もう一度攻撃をしかけるべきです。早ければ早いほど、回数が多ければ多いほど、結果はよくなります。デルタに準備をさせてください。ただちに出発します。ブラヴォーを支援にまわします。今朝の無線通信にあったように、別の部隊がここを背後から攻撃してくる場合にそなえ、予備の小部隊を残していきます。第三歩兵師団とレンジャーが到着し、それまでにわれわれがあそこを落とせなかったら、彼らを差し向けてください」

プラーは部屋のなかを行き来しはじめた。みんながイエスと言っていた。やつをたたけ。たたいて、たたいて、粉砕しろ。待っていたところでなにも解決はしない。とくに、ラット・シックスが襲撃され、地中ではなにも進行していないとすればなおさらだ。

あの気むずかしいディル中尉――いまはブラヴォーの生き残りを指揮している体育教師でさえ、攻撃に同意するにちがいない。やつらをたたけ、と彼はいうだろう。粉砕するまで攻撃をつづけろ、と。

やがてプラーはシオコールのそばへ近づいた。

「ここは民主主義の国だから、みんな投票する権利がある、シオコール博士。きみも票を投じたほうがいい。いってくれ。やつを粉砕するまで攻撃をしかけるべきだろうか?」

シオコールは考えこんだ。スケージーが鋭い目つきでにらんでいるのを感じた。だが、彼などこわくはなかった。かつては怒りくるった五つ星の将軍ににらみつけられたこともある。

シオコールは言った。「それで粉砕できなかったらどうするんです？　彼の部下たちが最高の部類で、どれだけ死傷者が出ても浮き足だたなかったら？　あっちに一個師団を相手にできる武器弾薬があったら？　われわれが攻撃をかけられるのは山の一方向からしかなく、せまい正面をつかなければならないのを敵が承知していたら？

それになにより重要なのは、もしこれが策略だったら、どうなります？　われわれに相手は狂人だと思わせ、自分をジョン・ブラウンの生まれかわりと思い込み、プレッシャーをかければこなみじんになる人間だと信じ込ませるのが、精巧に組み立てられた彼の計画の一部だとしたら？　あなたがたが攻撃をかけ、つぎつぎと兵を失い、基地の外側に死体が薪の束のように累々と積み重なることになったら？　レンジャーが現われても、第三歩兵師団が現われても、敵が彼らをおなじようになぎ倒していったらどうなります？　生き残った兵隊は消耗し、士気をそがれたら？　そのときはどうなるんです？」

「そのときは、やつの勝利だ」

「そのとおり。われわれは基地に入れない。ワシントンの読みがまちがっていたら、そうなるでしょう」

「彼らは経験豊かな人々だ。医者なんだ」と、スケージーが反論した。

「スケージー少佐、ぼくも精神分析医についてはいくらか知識がある。これだけはいっておくが、二たす二の答えが四だとそのまま鵜呑みにする精神分析医は世界に三人といないだろうな」

スケージーはだまりこんだ。

シオコールは言った。「ぼくには、やつが狂人だとは思えない。途方もなく頭の切れる人物のような気がする。このジョン・ブラウンのまがいもの説もふくめて、すべて計算ずみなんだ。なぜなら、やつはわれわれが偏見をもつことを、偏見にどれだけしがみつきたがっているかを承知しているからだ。やつはそう思い込ませることで、われわれの損害をできるだけ大きくしようとしているのだ」

彼は、さっきからひどく頭を悩ませつづけている、これ以上ないほど不気味で、おぞましい感じのことは口に出さなかった。この事件の全体像は歴史にもとづいているのではなく、もっとはるかに個人的な問題に由来しているような気がしてならなかった。記憶に関係しているといったほうがいいかもしれない。それも彼の記憶だ。たしかに、事件の背後にジョン・ブラウンの存在があるのはまちがいない。だが、最初にジョン・ブラウンのことを思いつき、その人物をミサイル・サイロの乗っ取りの類型に利用したのは誰だったか？　『核戦争の終末——ハルマゲドン展望』という本のなかで？

ピーター・シオコールだ。

シオコールは思った。こいつはぼくの本を読んだにちがいない。

だが、プラーが先に話しだした。

「いまアクリーから連絡が入った。彼はバーキッツヴィルで三人の敵の死体を調べた。三人とも義歯をはめていた」

プラーはその言葉がみんなの頭にしみこむのを待った。

「ある人物の国籍を確認するいちばんてっとりばやい方法は、法医学者の手で歯の治療痕を調べることだ。だから、その男たちは歯を抜いて——一本残らずだ——第三国製の義歯をはめた。死ぬか捕獲されるかしても、自分たちがどこから来たかたどらせないための処置だ」プラーはつづけた。「この連中は狂人でも、狂信的異端分子でも、極右主義者でも、悪党の集団でもない。彼らは任務を遂行する外国のエリート部隊だ。ここに来たのは、特殊かつ合理的な目的があったからだ。われわれは、彼らの正体をつかむまで待たなければならない。それがわかれば、やるべきことも見えてくるだろう。いまの限られた情報で行動を起こせば失敗はまぬがれない。踏みきるにはまだ不充分だ」

「いつ踏みきるのです？」スケージーが苦々しげに言った。

「私がいいといったときだ」と、ディック・プラーは言った。「彼らが何者かわかったときだ。それまでは動かない」

一八〇〇時

ウィザースプーンが先に彼らを発見してしかるべきだったのに、ウォールズのほうが早かった。発見したというより、彼らの存在を感じとり、においを嗅いだのだ。感じるとすぐに、彼はなにもいわずウィザースプーンの胸をひじでつついて合図に代えた。ウィザースプーンの電気光学による視野のなかに、彼らが緑の小部屋を通ってぼんやりと近づいてくる濃厚な色の渦まくパターン模様となって現われた。まるで夢に出てくる怪物だった。大きなこぶのあるおぞましい姿で、たえず形が変化し、ひとつがもうひとつにつながって見えたりした。それは、ウィザースプーンの放った赤外線が捉えた、銃をもって闇のなかを進む白人たちの姿だった。

死へ向かってな、とウィザースプーンは思った。

彼が先に発砲した。MP - 5は痙攣するように手のなかではねながら、銃弾を矢継ぎ早に送りだした。いい感じだ！　もう恐怖感は消えていた。レンズを通すと、曳光弾の筋や着弾点は見えなかったが、その代わり赤外線に捉えられ、拡大された純粋な熱の赤い矢が、偏執狂の絵筆からしぼりだされたどろどろの色のかたまりのように、彼らに向かって飛んでいくのが見えた。夢の怪物たちの形がずるずるとすべり、砕け、ふるえた。魔法をかけられたようにそれがまたつながり、別の形になった。アルコール溶液を連想させる刺激臭がウィザースプーンの鼻に立ちのぼってきた。銃は知らぬ間に空になっていた。

彼は狂ったように笑いながら、トンネルの奥へ走りだした。やったぜ、大勢ぶち殺してやった。背後で叫び声があがった。いいぞ、やつらに不意討ちをくわせてやった。あわてふためかせてやった。そうだ、肝をつぶしてやったんだ！

「伏せろ！」ウォールズが叫んだ。走るふたりの足音にまじって、何かが壁にはねかえる音がした。自分の意思をさらに明快にしようとするように、ウォールズはウィザースプーンにタックルをかけて、地面に押したおした。ひざがすりむけ、手のひらの皮が裂けた。その瞬間、手榴弾が爆発した。

至近距離だった。いちばんひどかったのはその音だったが、むろんそれだけではすまなかった。音は途方もないもので、一瞬のうちにウィザースプーンの両耳の鼓膜を破り、頭蓋骨のなかに永遠に消えそうもないほどの深い傷を刻みつけた。閃光（せんこう）もこの世のものとは思えないほど強力で、とくに暗視ゴーグルでゆがめられた色は自然には存在しないけばけばしさと輝きをもっていた。そういった一次的現象の直後に、爆風が襲いかかった。それは、神がくりだしたパンチほどの力をもっていた。ウィザースプーンの身体はぼろ人形のように放りだされ、壁にぶつかった。身体から血が流れだすのがわかったが、まだ痛みは感じなかった。

頭が完全に混乱した状態で、ウィザースプーンは身を起こした。一瞬、自分が誰で、いまどこにいるのかわからなかった。彼はまばたきして、生まれたばかりのひな鳥のように頭をもたげてみた。金属の破片となにかの液体が顔にこびりついていた。四〇年代の映画のように、ほこりとこわれたネオンとタバコの煙があたりを満たしていた。頭が痛かった。

「さあ、坊や、撃ちかえせよ！」すぐそばで怒鳴り声が聞こえた。ウィザースプーンは声の主のほうを振り返った。彼の暗視ゴーグルは手榴弾の爆風でななめにかたむき、片目しかはまっていなかった。そのせいで、ウォールズの半分は赤外線の様式化した抽象作用を受けて、怒りと筋骨と優美さがごちゃごちゃにまじりあう、真っ赤な炎につつまれた神のように見えた。だが、残りの半分はただの人間だった。死をおそれながらも、体内にあふれでたアドレナリンと強い責任感にささえられ、闇に身をひそめて押しよせる銃火の波に立ちむかい、モスバーグ５００からつぎつぎと重い衝撃音を吐きだしつづけていた。銃口から出る閃光は一秒の何分の一かもつづかずに消えたが、それでもトンネルをピンクとオレンジのまざった色で照らしだし、荒々しい表情を浮かべたウォールズの顔を白人のように見せた。

ウォールズの銃は弾丸切れになったが、そのころにはウィザースプーンの意識もはっきりしており、ドイツ製のサブマシンガンに新しい弾倉を入れ、トンネルの先に向けて銃弾をばらまきはじめていた。弾丸が光の線を引きながら飛び、闇のなかにちらばって光の花びらを描きだした。一瞬間を置いて、すさまじい音とともに怒りに満ちた反撃が始まった。ウィザースプーンの周囲いたるところを銃弾が飛び交い、砕けた石炭の小片が顔にぱらぱらとふりかかった。

彼はひざまずいて弾倉を入れ替えた。

「手榴弾だ」状況の一歩先を読んだ、百戦錬磨のウォールズが言った。ウィザースプーンは目の隅で、相棒が古代の槍投げ選手の彫像のような姿勢をとるのをかいま見た。すぐにそれがばねのようにはじけた。前方へ身を投げだすように身体が伸びると同時に、驚くほど近くであわてふためいた叫び声があがるのが聞こえた。だが、彼は不幸にも——そして愚かにも——手榴弾が炸裂した瞬間、爆発のほうへ目を向けてしまった。脳の奥で細胞がめちゃくちゃに火を吹きだしたような感じがして、視野を失った。後ろへもんどりうって倒れる拍子に、ゴーグルがさらにずれて、頭からころげ落ちた。

「目が見えない。見えなくなっちまった！」彼は悲鳴をあげた。ウォールズが彼を押さえつけた。銃撃はやんでいるようだった。ウォールズはウィザースプーンのひじのすこしうえの肉がたっぷりついた部分を力強い手でつかむと、めちゃくちゃな取っ組み合いをする老いぼれ黒人のように彼の身体をトンネルの奥へ引きずっていった。ウィザースプーンは、自分が古い映画に出てくる気のきかない黒んぼになったような気がした。

ウォールズはなおも遠くへ、トンネルの奥深くへと彼を引きずっていった。すこしずつ、ウィザースプーンの視力がもどりはじめた。前を行くウォールズの汗まみれの顔が見えた。

「見えるようになった」

「なあ、爆発するときはあんなものを見るんじゃないぜ」

「何人、殺った？」

「わからんね。なんともいえない。闇のなかだと、実際よりずっと多く見えることがあるからな」

ふたりはだまった。ウィザースプーンは荒い息をつきながら、身体に残っているエネルギーをふりしぼろうとした。このまま百年も眠りつづけられそうだった。そばにいるウォールズのにおいが嗅ぎとれた。だが、ウォールズはまるで緊張しているふうがなかった。

「あんたはこういうことが好きなんだ、そうなんだろう？」ウィザースプーンは驚きあきれながらきいた。

ウォールズは鼻でせせら笑った。「おいおい。白人を殺すチャンスが好きかって? ああ、こいつはまるで休暇みたいなもんだぜ」

「やつらもこりただろうか?」

「いいや。あの白人どもはだめだ。ほとんどの白人ならそうだろうが、あの白人どもはこりてなどいないさ。あいつらは怒りくるってるよ」


フォンは、足音で五人以上はいないと判断した。彼らが重い装備とはやる気持ちで荒い息をつきながら、急ぎ足で進んでくるのが聞こえた。やがて、最初の爆発が起き、閃光が壁にはねかえってつぎつぎと曲がり角を通過し、彼女のところまでとどいた。それから半秒とたたずに、熱くかわいた衝撃が伝わってきた。悲鳴があがり、うめき声がした。だがすぐに——地中では音が彼女のいる方向以外に逃げ場がないので、びっくりするほどよく伝わってくる——また走りはじめる足音が聞こえた。

母さん、あの人たちはまだこっちへ来ようとしてるわ。

私にも聞こえるわ。

彼女もこうなるとは予想していなかった。戦争中、アメリカ人は死傷者が出るとかならず引き返していった。地上でも、仲間が減っていくと、すぐに退却して飛行機かヘリコプターを呼びよせた。だが、トンネルには飛行機もヘリコプターもいない。ただ後退するしかないのだ。それなのに、足音はまだ近づいている。前とちがうのは、さっきより確信ありげな足どりであることだけだった。

動転し、はじめて恐怖を感じて、フォンは向きを変え、さらにトンネルの奥へ後退をはじめた。

急いで、母さん。彼らはきっと二発目の手榴弾を見つけて、爆発しないようにしたにちがいないわ。だんだん近づいている。

フォンは懸命にトンネルを走った。トンネルはすでに小道ほどの幅しかなく、坑夫たちが作業のために取り付けた梁(はり)もとっくになくなっていた。いまはク・チーの典型的な地下通路とおなじく、頭をかがめなければならないほどせまく、悪臭で息苦しいくらいだった。彼女は行く手を探りながら走りつづけた。子宮のなかへ這いもどっているような感じがした。自分がどんどん深く、どんどん奥へ入りこんでいるのを強く意識した。

やがて足をとめ、振り返って耳をすました。足音は聞こえなくなっていた。もう安全だ。

私は安全かしら？

母さん、気をつけて。様子をみなくちゃいけないわ。

フォンは身じろぎもせず立ちつくした。時間の流れがおそくなった。

母さん、我慢して。あせりは禁物よ。

これはなにかしら？　におい？　なにかが空気をかきまわしているの？　人間の心のエネルギーが伝わってきたの？　それとも、心の奥にしまっておいた本能が働きはじめただけなのかしら？　とにかく、ここにいるのは私ひとりじゃない。

彼女の手がベルトを探り、ナイフをそっとぬきとった。絶対に動くまいと決意した。身体を壁のなかに溶けこませてしまおう。彼女は娘とふたりきりの暗闇のなかに横たわり、動きをとめ、鳴りをひそめた。自分がトンネルの素材のなかに織り込まれ、身体を構成する無数の原子が動きまわるのをやめ、鼓動もとまったような感じだった。一度、物音が聞こえたような気がした。つづいてまたなにかの音がした。時間が流れていったが、どれだけ経過したかさっぱりわからなかった。

やがて、また誰かが近づいてくる音が聞こえた。重い装備をつけた男たちがトンネルを進んでくる音だ。さっきよりかなり近かったが、トンネルが細くなっているのに気づいたのか、前とくらべると、先へ進むことへのおびえとためらいが感じられる足音だった。

彼女は、トンネルが急にせまくなった地点に立ちどまっている彼らの姿を思いうかべた。突然の収縮とこの先で待ちかまえる苦難を思って、彼らの虚勢が萎えていくのを想像できた。西洋人たちはひとりで暗闇に入っていくのを嫌っている。動くことも、話すことも、見ることも、たがいに触れあうこともできない暗闇を苦手としていた。なにかちょっとしたことがあれば、さすがの彼らも前進を断念するにちがいない。閉ざされた空間と暗闇が彼らの足を押しとどめるだろう。

男たちは派手な音を立てはじめた。なにか議論をしていた。ひとりがとくに大声を出している。フォンには、ゆがめられてとどく声がなにをいっているのかわからなかった。だが、やがて声がいちだんと高くなったあと、唐突にまったく聞こえなくなった。つづいて、彼らが歩きさっていく音がした。足音はゆっくりと消えていった。

フォンはもうすこしで動きそうになった。だが、思いとどまった。

待って、母さん。動いたら死ぬわ。待って。待つのよ。

闇が柩の蓋のように彼女のうえにのしかかっていた。腰の下に突きでた岩があり、肌が傷つくのを感じた。筋肉がこわばり、痛みはじめた。頭がひりひりした。上腕が痙攣を起こした。全身が動きたいと悲鳴をあげていた。

彼女は戦争が起こる前の故郷の村を思い出そうとした。それはタイン・ディエン森林地帯のベン・スクの近くにあった。彼女は姉がひとりに、男兄弟が九人いた。父親はベトミンの一員として、旧式のカービン銃をもってフランス軍と戦った。銃がこわれてからは、竹槍が彼の武器となった。当時、ベン・スクは豊かな土地だった。果物がたわわに実り、たくさんの家畜がいた。暮らしは楽ではなかったが、まじめに働いていれば充分生活していけた。彼女はそのとき十五歳で、家が爆弾で消滅してしまうまで家事を手伝っていた。

彼女は思い出そうと努めた。爆弾が落ちはじめる前の数年が、黄金の時代に思えた。トンネルのなかでも、何度かその思い出にすがって生きのびたことがあった。娘に、いつかそういう時代がもどってくると語りかけた。太陽の下で暮らす時代が来ると。いたるところに果物や米が実るのをこの目で見られると。いつかきっと来るわ、かわいいおちびちゃん。そして、ぬくもりを求めて自分の身体をきつく抱きしめ、かすかな鼓動に耳をかたむけながら、子供のために子守歌をうたってやった。

ぐっすりおやすみ、かわいい赤ちゃん、
朝が静かに訪れるまで。
ぐっすりおやすみ、小さなおじょうちゃん、
戦いはもうすぐ終わるわ。
ぐっすりおやすみ、かわいい赤ちゃん、
朝が静かに――

いるわ、母さん。心のなかで娘が話しかけた。感じない？　もうひとりいるわ。

フォンもその男の体温を感じとっていたので、身じろぎもせず横たわっていた。その男はとても優秀だった。彼女とおなじ裸足で、装備はいっさいつけていなかった。蛇のようにゆっくりと我慢強く前進し、無理をせず、決して急がなかった。途中で引き返した男たちがわざと声高にしゃべる騒音にまぎれてきたのだ。音もない敏捷な動きで彼女を追っていた。その男はとてつもなく勇敢な、最高の兵士であるのが彼女にもわかった。こういう男なら愛することができる。死んだ夫のように。これこそトンネルの男だ。近づくにつれ、ほんのかすかなにじみのようなものが、闇のなかのもうひとつの影がしだいに大きくなった。彼の身体のぬくもりが感じとれた。彼の呼吸のやわらかさが、甘さが感じとれた。彼がとても親密な存在に思えた。あなたとお別れしなければならないわ、と彼女は娘に語りかけた。これから行くところには、これからやらなければならないことには、あなたを関わらせたくないの。愛してるわ。すぐに会えるはずよ。

娘は答えなかった。行ってしまった。フォンは白人の男とトンネルでふたりきりになった。

ふたりの身体は闇のなかの恋人同士のように近づいた。あまり近くに男のしなやかな身体を感じたので、フォンは男を愛撫したい、彼にすべてをあたえたいという強い衝動をおぼえた。この十年、彼女は男に身体をあたえたことはなかった。

だが、彼女がその男にあたえたのはナイフの刃だった。それは、闇のなかを這いよってくる彼に向かって驚くほどの力で突きだされた。フォンは、刃が男の筋肉のなかに埋まり、筋肉がさらに奥へ押し込もうとする彼女の力に抗うのを、ふたりの身体がぴったりとよりそうのを感じた。ふたりの腰がからみあった。トンネルのなかでは、死とセックスがおそろしいまでによく似ていた。彼女は、相手の両腕が身体にまきつき、息づかいがセックスのエネルギーをふりしぼるように苦しげで、せわしなくなるのを感じた。彼の血は精液のようにあたたかく、なめらかだった。彼は狂ったように骨盤を押しつけてきた。その激しい動きから生じる摩擦は、決して不愉快なものではなかった。そうしながらも、無我夢中でふるった彼のナイフがいつのまにか彼女の肩に深い傷をつけていた。服を破り、肉を突きとおし、骨に達しかけていた。彼女は刃が自分の肉を切り裂くのを感じて、男の胸に顔を押しつけてくぐもった悲鳴をあげた。

彼女は自分のナイフを抜きとった。それから、もう一度刺した。さらにもう一度、二度と、おなじ動作をくりかえした。

やがて、男は動かなくなった。呼吸がとまっていた。

ぐったりとして、彼女は男から身を引きはがし、手で肩を押さえた。全身、まざりあった男と自分の血にまみれていた。男の姿はもう見えなかった。腕がずきずきと脈打ちはじめたので、彼女は破れた服を引き裂いて、止血帯にしてゆるくまいた。そこへナイフを差しこみ、血がとまり、感覚がなくなるまで、ナイフを時計方向にまわしつづけた。

なんとかして奥へ這いすすもうとしたが、その力がまったく残っていなかった。しかたなく、彼女は山のちょうど真ん中にある暗いトンネルの闇のなかで、壁に背をもたせ、口を半分開いて、目を閉じた。完璧な静寂があたりを支配していた。トンネルの天井は顔から一インチもないところにあった。彼女はその存在を感じとって、悲鳴をあげたくなった。

そのとき、すこし先で物音が聞こえた。水たまりに水滴が落ちる音だった。手をのばすと、水の感触があったので、そこへ口を近づけた。水たまりからがつがつと飲みほし、ひと息つくと、ふと思いついてベルトのポーチを探り、マッチを取りだした。燃えあがった炎の光はびっくりするほど強烈で、彼女は痛みを感じて目をきつく閉じたほどだった。やがて、おそるおそる目を開けてみた。トンネルの天井にぽっかりと穴が開いていた。彼女はそれが別のトンネルであるのに気づいた。身体が入るかどうかあやしいほど小さかった。

だが、もっと重要なのは、それがうえへ向かってのびていることだった。

ウィザースプーンは二個所、撃たれていた。なんとなく不公平な気がした。力をぬいて、ごちゃごちゃになった頭のなかを整理しようとした。あそこには何人いたんだ？　どうして自分にだけ、世界があれほど超現実的なものに変わってしまったのか？

「よくがんばったな、坊や」そばでウォールズが言った。「あのシロどもに、目にもの見せてやったじゃないか、ええ？」

ウィザースプーンの傷は答えることもできないほどひどかった。あれはまるで夢のなかの戦争のようだった。完璧な静寂、やがて突然の閃光。銃弾がうなりをあげて飛び、トンネルの壁を砕いた。敵のすばやい反撃。よろめきながらの後退。そして、手榴弾の爆発。あれからどれぐらい時間がたったのだろう？　三分か、四分か？　相手を何人殺したのだろう？　こちらの手榴弾は何発残っているだろうか？

いや、そんなことより、トンネルはあとどれくらい残っているのだ？

その答えはすぐに出たが、喜ぶべきものではなかった。

「やれやれ」ウォールズが低くうなるように言った。「どんづまりだぜ、坊や」

彼らの後ろでトンネルが終わっていた。ここが終点だ。

「こいつは誰も帰りたがらないパーティなのさ」最初の口数がもどってきたウォールズが言った。だが、おれたちもシロどもにちょっと痛い目を見せてやれたんだ。そうだろう？」

ウィザースプーンはだまっていた。もっていたMP－5はとっくの昔になくなっていた。両手でオートマチックを握っていたが、それは小刻みにふるえていた。プラスチックが金属と触れあう音がした。ウォールズがモスバーグに散弾を装填している音だった。

「こいつを持ち主に返せないのは残念だな」カチカチと音をさせてスライドを引きながら、ウォールズが言った。「ほんとうにいい銃だぜ。大事にしてたんだろうな。女とちがって、ショットガンは持ち主を裏切らないからな」

「おれの女房は裏切ったことなどない」と、ウィザースプーンが言った。

「わかってるよ。おとなしく寝てな」

トンネルのなかは硝煙のにおいがあふれていた。ウィザースプーンの口はからからだった。水でもいい、なにか飲みたかった。左足全体に感覚がない。もうこれ以上動けそうになかったから、逃げる場所がないのがかえってよかったかもしれない。妻のことがつぎつぎと頭に浮かんできた。

「おい、ウォールズ。なあ、ウォールズ」

「なんだ」

「おれの女房のことだ。愛してたと伝えてくれ、いいだろう？」

「坊や、おれが外でいろんなことを言ってまわれる身だと思ってるのか?」ウォールズはその馬鹿げた言葉を聞いてくすくすと笑った。「まあ、いずれにしても、あんたの女房はちゃんと知ってると思うぜ」

「ウォールズ、あんたはいい男だな、そうだろう?」

「ちがうね。おれはとても悪い男さ。どうしようもないろくでなしだよ。たまたまトンネルの仕事が性にあってただけさ。とにかく、じっとしてたほうがいい。もうすぐおちおち寝てられなくなるだろうよ」

たしかにそうだった。闇のなかから彼らの足音が聞こえてきた。姿は見えなかった。これはあまりぞっとしない状況だった。撃たれるまで、こちらから撃つことはできないのだ。じっと横たわって、世界の終わりが来るのを待つしかない。ウィザースプーンはブローニング九ミリ口径をかまえた。弾倉には十三発残っていたが、それでおしまいだった。身を隠す場所はなかった。

足音はじりじりと迫ってきた。まったく、えらく度胸のいい連中だ。こんな優秀な男たちと戦うはめになったのが腹立たしかった。不公平に思えた。いくら殺したところで、彼らの前進はとまらないだろう。彼らは最高の兵隊なのだ。

第三歩兵師団第一大隊は、彼らの乗ったトラックの車列が作戦区域周辺の大交通渋滞のなかで立ち往生したわりには、三時間の遅れで到着することができた。

夕暮れのなか、本部の前にとまった大型トラックからつぎつぎとおりてくる兵隊を見ているうちに、プラーは彼らがどこかふつうとちがうような気がした。まもなく、それがなにか思いあたった。彼らはひとりの例外もなくハンサムな白人で、髪を短く刈りつめ、ここ何年か見たおぼえのない、昔は〝側壁〟と呼ばれていた髪型をしていた。まるでドイツの士官候補生といった感じだった。つぎに、ありきたりの黒いプラスチックでできた名高きM‐16の代わりに、木製銃床のついた旧式のM‐14をもっていることに気がついた。ほんものの戦闘用歩兵銃だ。さらにプラーは、彼らの野戦服に糊（のり）がついているのを見て、目を疑った。

「これはいったいどこの連中なんだ？」彼はスケージーにたずねた。

「儀典用の兵隊です。無名戦士の墓とか、その他ろくでもないものを守ってますよ。パレードで行進し、アーリントン墓地の葬儀も取りおこなうし、ホワイトハウスにも出張業務に行きます。ハリウッド製の兵隊ですよ」

「なんてことだ」プラーは言った。

彼は指揮官を探しだした。相手は大佐だった。たとえ増援部隊とはいえ、大佐が大隊の指揮をとることはめったにない。

「私はプラーだ」と、彼は自己紹介した。「大佐、兵隊をトラックからおろしたら、弾薬を配ってくれ。時間があれば、食事をさせてもいい。だが、トラックのそばを離れないようにしてくれ。まもなく一筋縄ではいかない戦いが始まる。もっともそれは、ペンタゴンがどんな情報を手に入れるか、それにドアの問題をまかせているこの若い切れ者が、エレベーター・シャフトへおりる方法を発見できるかどうかにかかってるがな」

大佐はぽかんとしてプラーを見つめた。

「できれば、なんのことをおっしゃってるのか聞かせてもらいたいですね」

「状況報告は受けていないのかね、大佐？」

「ええ。核関係の事故が起き、それを封じ込める仕事にひっぱりだされたんだと思ってました」

「これは歩兵による夜襲なんだ、大佐。きみたちは外縁部への侵入の任務にあたるために呼ばれた。州軍が支援するが、彼らはすでに半分以上の戦力を失っている。それに、州警察の警官が何人かと、地元の警官がひとりかふたり応援する。必要なら、ハイスクールの予備将校訓練隊を呼んできてもいい。うまくこの天気がもってくれれば、いまC‐130に乗ってテネシーとここのあいだのどこかにいるレンジャー大隊が駆けつけてくる可能性もある。きみたちの仕事は、デルタが接近して、サイロに侵入するのを助けることだ。重火器チームを臨時の機関銃小隊に編成換えするよう考慮してくれ」

「わかりました」

「よろしい。すぐに下士官と将校に指示したまえ。最終状況報告は二〇〇〇時に行なう。デルタのスタッフと地図をチェックしてくれ。状況報告までに、士官全員がここの地形をすべてのみこんでいるようにしてほしい」

「わ、わかりました」

「ベトナムの経験は、大佐?」

「あります。一〇一師団です。連隊長をしていました」

「それなら、きみは今日あそこにもどるわけだ、大佐。ちがうのはすこし寒いのと、はるかに重要な任務であることだけだ」

ウォールズは撃った。撃って撃って撃ちまくった。横では、ウィザースプーンが拳銃の引き金を絞りつづけていた。その音が犬の吠え声のように響いた。やがて、大口径の自動火器の曳光弾がこちらに向かって飛びはじめた。頭上をかすめて飛びすぎた弾丸がトンネルの行き止まりの壁にぶつかって、はねかえった。跳飛弾が頭上の暗い空間をめちゃくちゃに飛び交った。まるで、ジュージュー音をたてるフライパンのなかにいるような感じだった。いたるところで熱せられた油の泡が踊り、はねたしずくがところかまわず飛びちっている――ウォールズの頭にはそんな光景が浮かんだ。だが、むろんそうではなかった。ここはトンネルだった。

ベトコンが射撃をやめた。

「よし」と、ウォールズは言った。「たぶん、さっきひとり殺ったはずだ。相手はたいして残ってないかもしれんぞ。もうすぐ敵の駒が切れて、おれたちはトンネルの外へ出られるかもしれん。聞いてるのか、坊や？」彼は、そんなありえないことを考えている自分がおかしくて、笑いだした。

「まあ、こっちがやる前にあの小隊がおれを八つ裂きにしちまうだろうがな」彼はまた笑い声をあげた。ふと、ウィザースプーンがだまりこんでいるのに気づいた。手をのばすと、その若い兵隊が銃撃戦のさなかに死んだのがわかった。静かに血を流しながら死んでいったのだ。

ウォールズはがっかりして、首を振った。この先、誰に話しかければいいんだ？おいおい、ひとりぼっちになるより悪いことはないんだぜ。

前方で物音が聞こえた。銃の状態をチェックし、射撃準備をしているらしく、金属のぶつかりあう音だった。よし、白人どもがまたやってくるぞ。ウォールズは、やってくるのが斧と燃える十字架の模様がついたピックアップ・トラックに乗ったクー・クラックス・クランの貧乏白人だと考えようとした。あるいは、赤ら顔をして、馬のうえでふんぞりかえり、黒人を見ればすぐになぐろうとするボルティモアのアイルランド系の警官だと。それとも、犬が道路にした糞を見るような目つきで彼を見る、白人のお偉いさんか。

彼はまた笑い声をあげて、モスバーグのスライドを押し、散弾がしかるべき場所におさまるのを感じた。

「さあ、来いよ、まぬけども！」彼は笑いながら叫んだ。「来いよ、シロのまぬけども。ドクター・Pがお相手するぜ！」

そのとき、やつらをもっとからかってやれるおもしろい手を思いついた。まるごと全部吹きとばしてやればいいんだ！　ウィザースプーンは優等生の兵隊だった。たしか、C-4プラスチック爆薬をもってたんじゃないか？　ウォールズはベトナムのトンネルでその爆薬をつかったことがあった。取り扱いは心得ている。彼はウィザースプーンの死体のところまでころがっていった。

悪いな、坊や。彼は死体に言った。ちょっと調べさせてくれ。彼はこちらがびっくり箱を用意する前に白人たちが撃ってこないかびくびくしながら、死体を探った。まもなく野戦ズボンの蛇腹ポケットのなかに、本ぐらいの大きさの脂っぽいかたまりがあるのを見つけた。それを取りだし、冷たくこわばったかたまりにぬくもりと伸縮性をあたえようと、力強い両手で押しつぶし、こねはじめた。

爆弾をつくるんだ、彼は思った。あのまぬけどもを吹きとばすために。

やがて、かたまりは空気の抜けたフットボールくらいの、素材に見合った大きさになった。手榴弾がまだ一発残っていた。彼はそれをベルトからはずすと、慎重にヒューズの部分をはずし、本体は投げ捨てた。それから身をかがめて、またウィザースプーンの身体を探り、ポケットから導火線を巻いたものを取りだした。導火線をほんのすこし切りとって――それはパテのような感触をもち、きわめて高温の起爆剤の役割を果たす――ヒューズの端にある信管の先端につけた。それをC‐4爆薬のかたまりに差し込み、手早く爆薬をこねながら、手榴弾のヒューズのまわりに巻きつけた。ただし、ピンを抜けばはねあがるように、手榴弾のレバーだけは気をつけて別にしておいた。そっとふくみ笑いをしながらも、時間がほとんど残っていないのを意識して、懸命に作業をつづけた。彼らがトンネルの行き止まりの壁に曳光弾があたるのを見たのはまちがいない。ウォールズがトンネルのどんづまりに来ていることを知っているのだ。

「おい、シロのくず野郎、一発やりたいだろう？　ウォールズおじさんがかわいこちゃんを世話してやるぜ。いいとこのお嬢さんでも、シロふたりでも、赤髪(あかげ)でも、ほんものの雌ギツネでも、お望みしだいだぜ。こっちへ来て、一発かましたらどうだ、シロのにいさんがた」

三梃(ちょう)の自動火器がいっせいに火を噴き、銃弾がウォールズに向かってほとばしりはじめた。彼の身体をかすめて、左右の壁に、トンネルの行き止まりにばらばらとあたり、地面から石炭のくずが雲のようにまきあがる。だが、ウォールズは手榴弾のピンを抜き、弧を描くように爆薬を放った。それが手を離れ、ゆっくり飛んでいき、充分とはいえない距離に落下するのを感じ、自分も爆発で死ぬのを覚悟した。それでも彼は懸命に奥へ奥へと走った。だが、走れる距離はほとんどなかった。

閉ざされた空間で起きた爆発は途方もないものだった。熱い光と容赦ない爆風が押しよせるなか、ウォールズの身体がもちあがり、放りだされた。土くれや石くずがふりそそぐ。世界が破裂し、老年期の山が大きく身をふるわせ、トンネルの天井がくずれはじめた。ウォールズは大地が自分をつつみこむのを感じた。身動きできなかった。落盤が起きたのだ。身体がすくんだ。彼は墓のなかにいた。漆黒の闇が彼をつつんだ。

シオコールはなにか腹にいれるべきだと思った。力がはいらなくなり、頭痛がした。最後に食事をしてから何時間もたっていた。この前食べたのは前世だったような気がした。

だが、ドアの問題を放りだすわけにはいかなかった。

いまいましいドアめ。

それはじつに単純明快なアイデアで、プログラムをつくるだけで、ほかになにもする必要はなかった。それが――その単純さが――このアイデアの見事なところだった。もしデルタが発射管制施設のエレベーター・シャフトまで達することができれば、今度はシオコール本人がコンピューターで暗号化されたシャフトへのドアと対決しなければならないのだ。そいつは巨大(メガ)ドアであり、超(ウルトラ)ドア、完全(トータル)ドアだ。それを開けるためには、十二桁の暗号を知る必要があった。対抗部隊が暗号を変えたのはまずまちがいない。発射管制室のコンピューター・ターミナルで簡単に変えることができるのだから。

では、いったいなにに変えたのだろう？

問題はそれだった。新しい暗号は十二の――それ以下のこともあるが、それ以上のことは絶対にない――文字か数字、あるいはその組み合わせでできている。シオコールは、その暗号が意図的になんらかの法則にしたがってつくられているにちがいないと思った。なぜなら――そう、これは〝対抗者1〟のゲームの一部だからだ。彼の頭はそういう具合に働く。シオコールはそれをはっきり感じとりはじめていた。

問題はコンピューターのプログラム自体にあった。ＭＸ基地建設方式研究グループのピーター・シオコールによってつくられたプログラムは、まさにいまシオコールがやらなければならないことを阻止するためのものだった。だからこそ、試し打ちの回数制限のシステムを採用した。最初の三回で正しい暗号が打ちこまれなければ、プログラムは侵入者がドアをたたいているものと見なし、自動的に暗号をでたらめな数字の組み合わせに変更してしまう。それを解読するには、別のコンピューターで何百万もの順列組み合わせをつくっていかなければならない。最大速度で動かしても、最低百三十五時間はかかる。

ストライク・スリーでおまえはアウトだ、シオコールは思った。

だが、それほど細かい配慮がされているのは、そういうものがそれほど必要とされているのは、サウス・マウンテンがミサイル単独発射の能力をもっているからだ。もしミサイル基地が特殊な訓練を受けたソ連のサイロ占領部隊——ＣＩＡはそういうものがあると主張していた——の攻撃目標となったら？　カダフィが特攻チームを送りこんできたら？　あるいは、ちょっととっぴすぎるかもしれないが、アメリカの軍人の極右主義者が赤い国に先制攻撃をかけるために、サイロを乗っ取ったら？　こういった筋書きはすべて、シオコールの本のジョン・ブラウン・シナリオに関する一章で触れられているが、それを防げるか否かは、空軍警備隊員の補充や水際で侵入者を発見するドップラー・レーダーなどではなく、このドアの仕組みやキー保管庫の存在にかかっていた。

まさにジョーク以外のなにものでもない。シオコールは自分自身と戦っていた。

彼は、あわれな妻を通じて、ジョン・ブラウンだか〝対抗者1〟だか知らないが、その人物にあらゆる情報をあたえてしまった。自分のアイデア、洞察力、理論上の推測を。その人物はぼくが知っていることをすべて知っている、とシオコールは思った。ある意味で、彼はぼくなのだ。ぼくの生まれかわりだ。完璧なクローン人間だ。その男がぼくの人格を吸いとってしまったのだ。

シオコールはFBIの精神分析医が〝ジョン・ブラウン〟像をつくりあげた書類をもう一度ひっくりかえした。精神分析医たちの評価を読んでいると、自分のことをいわれているような気になった。彼はこれまでにないほど不安をおぼえた。まるで現代のジョン・ブラウンはシオコールという存在を知り、彼の本や有名なエッセイを読んだうえで事を起こしたような気がした。今度の計画はそこから生まれたものであり、サウス・マウンテンを支配するというより、ピーター・シオコールなる人物を支配するのを目的としているようにさえ思えた。

シオコールは身震いした。寒くなっていた。腕時計に目を落とすと、デジタルの数字がつぎつぎと変わっていった。

六‐三四‐三二

六‐三四‐三三

六‐三四‐三四

あと六時間を切っていた。

ジョン・ブラウン。ジョン・ブラウン、おまえとおまえのドア。ストライク・スリーでぼくはアウトになる。

彼はいたずら書きを始めた。ピーター・シオコール＝ジョン・ブラウン＝12＝9＝12＝9？

くそっ、ジョン・ブラウンという名前が十二のアルファベットでできていれば、ずっと筋が通るのに。ちょうどピーター・シオコールがそうであるように。

将軍はほとんどの時間を、地上にいるアレックスからの連絡に辛抱づよく耳をかたむけるのについやした。そうしていないときは、静かに壁ぎわに立ち、ジャック・ハメルが彼と二番目のキーとのあいだに立ちふさがるチタニウムのかたまりに穴を開けていくのを見守っていた。

穴はすでにかなり開いていた。金属の奥深くに入りこむと、作業をするスペースを見つけるのがむずかしくなった。腕が痛み、汗がジャックの顔を流れ落ちた。それに、なんとも腹がへってしかたがなかった。

「ミスター・ハメル。ミスター・ハメル、どのぐらい進んだかね？」

「自分で見てくれよ。おれはずっとここにいるんだからな。かなり深いところまで行ってるよ」

ジャックは、将軍が自分の肩ごしに開いた穴を――金属についた傷をのぞきこむのを感じた。

「正しい方向に進んでるんだろうね？」

「絶対にまちがいない。ど真ん中を進んでるよ。もし小室かなんか知らんが、それが真ん中にあるなら、そのうち底に着くさ」

「あとどれぐらいだね？」

「そうだな、はっきりはいえないね。あんたはこのブロックの厚さが二百四十センチだといってた。いま、その三分の一というところかな。近づいてるよ。あと二、三時間かな。もうすぐわかる」

彼は、底知れぬ食欲でチタニウムをけずりとっている炎を見つめた。分厚いレンズを通しても、それが途方もない力であるのがわかる。これに対抗できるものは地上には存在しない。これほどの熱を受ければ、どんなものでも白旗をあげ、溶け、液体となって流れだしてしまうはずだ。

彼はその小さな炎が百万倍に広がったところを想像してみた。巨大な炎が光りかがやきながら、風景をかたっぱしからむさぼり食っている場面を思い浮かべようとした。巨大なトーチが地球上のあらゆる都市や町を破壊し、男や女や赤ん坊を灰に変えていくのを思い描こうとした。そこにあるすべての死を、死の惑星のことを考えようとした。それはただまわりつづけるだけの孤独な星になるはずだ。

だが、頭に浮かんできたのは、陳腐なテレビ映画の数場面だった。きのこ雲、破壊された都市、死体の山、突然変異した人間、腹をすかせて廃墟(はいきょ)をあさるネズミ人間、そして、突然スポンサーからのひと言、お肌をまもる食器用洗剤〈アイヴォリー〉をどうぞ……

おれには思い浮かべられない、とジャックは思った。とても無理だ。まして、自分がいましていることがそういう結果に直接結びつくとはとうてい考えられない。それほどの想像力はもちあわせていないのだ。

おれの過ちではない、と彼は自分に言い聞かせた。おれはなにを期待されてるんだ？　やつらがおれの子供を殺すのを指をくわえて見ていろというのか？　たしかに、子供の命など、世界全体とくらべれば重要ではない。父親でなければ、誰でもそう考えるはずだ。

それができるのが、いわゆる非凡な人間なのだろう。

だがおれは凡人だ、と彼は結論を出した。爆弾があろうとなかろうと、戦争があろうとなかろうと、あのふたりはおれの子供だ！

彼は、真夜中へ向かってもの欲しげな舌を伸ばしていく炎に目をもどした。

「もう話したわ」と、ミーガンは〝三人のむっつり男〟に向かって言った。「何度おなじことをくりかえせば気がすむの？　彼らはイスラエル人と名乗ったのよ。私もそれを信じたわ。ユダヤ人よ。ただのユダヤ人。あなたがたのなかにユダヤ人はいないの？」

〝三人のむっつり男〟は首を振った。

「ＦＢＩはユダヤ人を雇わないの？」信じられない思いで、彼女はたずねた。「こんな時代になっても、まだＦＢＩにユダヤ人はいないの？」

「あなたは話を脱線させている、ミセズ・シオコール」三人のなかでいちばん辛辣な男が言った。「われわれはここでたいへんな時間を無駄にしている。お願いですから、話をもどしてくれませんか？　あなたは彼らの仲間に引きいれられた経緯を話してくださった。そのころの精神状態も、彼らにあたえた情報の詳細も、アリ・ゴットリーブとイスラエル領事館にいた謎の情報将校についても話してくれた」

「私が知っているのはそれだけです。知ってることはすべてお話ししたわ。なんでもお話しするつもりよ。でも、もう全部話してしまったわ」

すでに外は暗くなっており、窓から近所の家の明かりが見えた。

「どなたかコーヒーをお飲みにならない？」彼女は言った。

返事はなかった。

「コーヒーをいれてもいいかしら?」

「もちろんです」

彼女は〈ミスター・コーヒー〉の機械が入っているキャビネットへ行き、一度使ったフィルターとコーヒーの粉、水を適当に調節して、機械を動かした。ライトがついて、コーヒーのしずくがポットに落ちはじめた。

捜査官のひとりが電話をつかい、またもどってきた。

「ミセズ・シオコール、いま捜査局の防諜班に連絡して顔写真帳をもってくるよう手配しました。ペンタゴンからも、あなたに見ていただけるよう、写真を取り寄せてあります。あなたを仲間に引きいれた男と領事館にいた男の顔を見つけていただきたいのです。よろしいですね?」

「私、人の顔をおぼえるのが苦手なの」

「できるだけ努力していただきたい。さっきから申しているとおり、時間がたいへん重要な要素になっているのです」

「なにが起きてるの?」

「いまの時点では説明するのが困難です、ミセズ・シオコール」

「あそこでなにかあったのね、そうじゃなくて? 私があの人たちにしゃべったために起きたことなのね？　サウス・マウンテンに関係あることじゃない？」

しばらく間があいた。〝三人のむっつり男〟はたがいに顔を見合わせ、結局いちばん年上の男が口を開いた。「ええ、そのとおりです」

「殺された人がいるの？」

「残念ですが」

ミーガンは〈ミスター・コーヒー〉を見つめた。なにかを感じるべきだ、と彼女は思った。手を血で汚したのだ、それを感じてしかるべきじゃないかしら？　だが、疲れしか感じなかった。ただ、へとへとなだけだった。

「ピーターね」と、彼女は言った。「彼がそこにいるのね？　あなたがたが彼を呼んだのでしょう？」

「まあ、そういうことですね。たぶん、シオコール博士も現場におられるでしょう」

「現場ですって？　あなたがたはそういう言葉をつかうのね。彼は撃ち合いが行なわれている場所にいるのね。あの人、根っからの臆病者なのよ。銃がものをいう場所ではまったく役に立たないわ。彼は本にかこまれた部屋にいてこそ最高の能力を発揮するの。彼が愛してるのはそれよ。本を読み、考え、研究し、ひとりでいるのが好きなのよ。ほんとうの神経症患者ってわけね。まさか彼に銃をもたせたり、危険に近づけたりすることはないでしょうね？」

「ミセズ・シオコール、われわれにはほんとうにわからないんです。この件は別の人間が統括していますので。博士が撃ち合いのそばにいるのか、離れた安全な場所にいるのか知りません。ですが、もしそのときが来たら、博士も撃ち合いの現場に行かなければならなくなるでしょう。そのときは、どう関わるかは別にして、こわがってばかりはいられないと思いますよ」

「たぶん、それが私ののぞんでいたものなんだわ。私がのぞんでいたのは、彼を殺すことだったんだわ」

「そういうことは精神分析医にお話しなさい、ミセズ・シオコール。フレッド、もう一度防諜班に電話しろ。もう写真帳が着いていてもいいころだ」

「いま電話したばかりだよ、レオ」

「とにかく、もう一度かけろ。そんなところにすわりこんでるよりはましだ」

「わかった」

「コーヒーがはいったわ」と、ミーガンが言った。「ほんとうにお飲みになる方はいないの？」

「いただきます」〝むっつり男〟のひとりが言った。「お願いします」

彼女はコーヒーをそそいだ。

「ミセズ・シオコール、話をもどしましょう。あなたはどうやって友人と連絡をとり、資料をわたしたのですか？　アリを通してですか？」

「それは一度だけでした。二、三週間前、彼がめずらしく私を家まで送ってきたときのことです。でも、いつもはたいていニューヨークで会ってましたから――こんな話をほんとうにお聞きになりたいの？　こまごましたつまらない話ですわ。私にはとても馬鹿げてるとしか思えない姑息な方法で――」

「話してください」

　彼女はコーヒーをすすった。

「とても馬鹿げていて、とてもこみいった方法でした。彼らはこまかく私に教えこみました。私は毎週日曜日の〈ワシントン・ポスト〉をチェックする。広告欄で、書店のチェーン店の名前を選ぶ。〈ポスト〉の個人広告にそれを載せる。現金で――つねに現金で、と彼らは言いました。暗号をつかって、書店を指定するわけです。それからレンタ・カーを借りる。ああ、そうそう、なにかチェックの模様のものを乗せておくのを忘れないようにするんだったわ。それから、約束の日にその店に行く――たいていベルトウェイ周辺のショッピング・センターにある店だった。そこで、私は紙切れに数字を書いて、『風と共に去りぬ』の三百ページにはさんでおく。私が子供のときに好きだった本だし、どこの店にも置いてあるからよ。そのあと……」

「資料を拾っていくのは誰なんです？　ご存じですか？」

「ええ、一度好奇心にかられて、隠れて見てたことがあります。太った神経質そうな中年男でした。どこかめめしい感じの。例の男ではありません――」

ドアが開いて、数人の捜査官が重そうな荷物をかかえてどやどやと入ってきた。写真帳が到着したのだ。

グレゴールは、とくにあてもなくルート1の車の流れに乗ってベルトウェイに向かった。そのままベルトウェイに乗り換えようとしたが、寸前で思いとどまり、すぐにそう決断したのを喜んだ。ベルトウェイの上を通りすぎるとき、ひどい交通渋滞を示す光のリボンがのびているのが見えた。おびただしい車の光が広い道路いっぱいに凍りついたように止まっていた。

これがアメリカ人だ、グレゴールはほろ酔い気分で笑い声を上げた。世界一たくさん車をつくって乗りまわし、とんでもない交通渋滞のなかに放りだされてしまう。アメリカ人以上に頭が狂っているのはロシア人しかいない。ロシアに交通渋滞がないのは、それだけの車をもっていないからだ。

彼はもう一度モリーに電話してみようと思った。道路をはずれ、カレッジ・パークのみすぼらしい小さな店に入った。なかでは、さっきまでいた〈ジェイクズ〉とそっくりおなじ光景が――煙と寂しいひとり者であふれた混雑した薄汚いバーが待ちうけていた。彼の生活はすこしも改善されていなかった！　ただ、ひとつだけ新しい、思わずにやりとさせられる要素があった。それは、グレゴールの専門分野といえるほど太ったゴー・ゴー・ダンサーだった。トラック運転手の愛人にふさわしい容貌で、鈍感そうな顔にぼんやりした表情を浮かべ、小さな台のうえで不愉快なロック・ミュージックに合わせて身体を揺すっていた。女がちょっとモリー・シュロイヤーに似ているのに気づいて、グレゴールはいやな気分になった。

グレゴールは公衆電話を見つけて、ダイヤルをまわした。ベルが一度、二度、三度、四度と鳴るのに耳をかたむけた。ちくしょう！　彼女はどこへ行ったんだ？　どうやらオフィスにはいないらしい。なにが起きたんだ？

彼はつかみかけた大手柄が逃げだしていくのを感じた。もしモリーがなんの情報もつかんでいなかったら？　そう思うと、ひどく不安になった。そこで即座に、慰めを求め、冷静さを取りもどすために、いちばん気分のよい筋書きの空想にふけった。

モリーは彼のために、最上層部しか知らないすばらしい情報を手に入れる。彼は明朝ちび豚クリモフのところへ行き、書類をデスクに放りだしてこう言う。「さあ、どうだ、ちび豚め、グレゴール・アルバトフが掘りだしてきたものを見ろ。偉大なるグレゴール・アルバトフは資本主義者の戦争機械のまっただなかにもぐりこんだ。彼はメリーランド州のど真ん中で起きている重大事件に関する書類を手に入れたんだ。おまえは彼をただめそめそしてばかりいる阿呆だと思ってただろう。だがな、若造、今度めそめそするのはおまえのほうだぞ。おまえとおまえの権力者の伯父アルカーディ・パーシンのほうだ。パーシンの力をもってしてもどうにもならんからな。祖国へ呼びもどされるのは、偉大なるグレゴール・アルバトフではなく、おまえだ」

それは絶対に手放したくない至高のひとときだった。だが、そのとき飲んだくれのアメリカ人が早く電話をかわってくれと、彼をつついた。グレゴールは自分がカレッジ・パークの煙たいバーにいて、大きなアメリカ人の売春婦が乳首を彼のほうに振ってみせているあいだ、タバコの煙を吸い込みながら、応答のない電話にしがみついて立ちつくしていたのにようやく気づいた。

ウォールズは死んで、腐りはじめていた。ものが腐敗する毒をふくんだいやな臭いが鼻をついた。墓のなかにいるはずなのに、彼は無意識に顔をしかめて臭気を追いはらい、片手を顔にかぶせようとした。驚いたことに、土に埋まっているはずの腕がまだ動いた。一瞬目の前が黒く塗りつぶされ、やがて臭いがまたもどってきた。それは人間の精神を狂わせるほど強烈で、彼は咳き込み、あえぎ、身体の奥深くからふるえが走った。彼がふるえると同時に、身体をうすく覆っていた石炭くずが振りはらわれた。

生きてるぞ！

彼はまばたきした。

くそっ、なんてひどい臭いだ。

上半身を起こしてみた。頭痛がして、片腕が麻痺し、力の抜けたひざが小刻みにふるえた。のどがとてもかわいていた。空気はほこりまみれで、舌や唇、歯もほこりをかぶっていた。前に這いでようとしたが、なにかがひっかかっていて、後ろへ引きもどされた。振り返ってみると、役たたずのショットガンだった。ショットガンの負い革がだらりと腕に巻きついていた。うなり声をあげて、そこから腕を引き抜き、同時にベルトを探って先が曲がった懐中電灯がまだあるかどうかを調べた。すぐに見つかった。

ひでえもんだ。もどることも、進むことも、動くこともできやしねえ。トンネルが落盤を起こし、石炭くずがゆるく身体を埋めて、彼を完全に孤立させていた。破壊のあとをたどる懐中電灯が映しだしたのは、けずられて新しい面がむきだしになった石炭と土の光沢のある壁だけだった。死だ、彼は思った。死だ、死だ、死だ。

彼はほんのわずかのスペースしかない石の柩を調べた。のっぺりした四方の壁が懐中電灯の大きな光の円のなかに映しだされた。結局、さっきの戦いの前とすこしも変わっていないわけだ。壁は刑務所の独房のドアによく似ていた。くたばれ、黒んぼ。

ウォールズは笑いだした。

おまえはゆっくりと死んでいくんだ。なにはともあれ、あの白人どもはこの黒んぼの息の根をとめたことになる。

だが、まだ臭いがしていた。ウォールズは顔をしかめた。さっき即座に腐敗の臭いと見抜いたものだ。ベトナムで何カ月も地下にもぐっているあいだ、頻繁（ひんぱん）に出くわしたものとおなじだった。東洋人たちは死体をトンネルの外に運びだせないときに、壁にそれを埋めこんでいくことがある。戦闘や爆発があったあと、ときおりそれが――というより、その一部がころげ落ちてきた。それがいまとそっくりの臭いを発した。

おい、どうしてこんなに臭うんだ？　こいつはおまえの旧友の〝死〟の臭いなのか？

自分がおかれた状況を考えれば考えるほど、好奇心はつのってきた。もとがなければ、臭いはしないはずだ。なにもないところから臭いが出るはずはなく、調べた範囲ではなにも見当たらなかった。

ウォールズは自分のいる小部屋を嗅ぎまわり、いちばん耐えがたい臭いがするのはどこか調べはじめた。鼻といっしょに、指で壁の割れ目を探った。それほど時間はかからなかった。

見ろ、やったぜ。まちがいない、ここだ。ウォールズはその部分を発見した。壁の地面に近いところに割れ目があり、そこからかすかな風が――湿っぽいじめじめした悪臭をふくんだ風が流れこんでいた。

ウォールズはベルトを探った。よし、まだあるぞ。塹壕用の作業道具だ。彼はトンネルでの長い戦いのあいだ、それがうるさく腿にぶつかっていたのを思い出した。ベルトからはずすと、ナイフの刃を割れ目に差し込んだ。力をこめてナイフを容赦なく突きたてると、壁の割れ目が大きくなり、ナイフがさらに奥に喰いこんだ。ほこりがますますひどくなって目がちくちくしはじめたが、それでも彼はナイフを押しこみ、ひねりまわした。びっくりするほど簡単に割れ目が広がっていった。最後にもうひとひねりすると、目の前の壁がいったん盛りあがってから、くずれ落ちた。懐中電灯の光のなかをほこりが狂ったように舞いおどった。よし、いいぞ。探していたトンネルだ。

出口だ。

いや、出口ではないかもしれない。だが、すくなくともどこかにはつづいている。

顔、顔、顔。世界全体が顔になってしまった。

「さて、これはアメリカの軍人です、ミセズ・シオコール。かなり急いでそろえたものですが、ここにあるのは現在われわれがサウス・マウンテンで直面している軍事行動を計画し実行する技術をもっている男たちの顔です」

ミーガンは自分がどれほど兵隊をきらっていたか、あらためて思い知らされた。そこにあったのは、彼女が絶対に魅力を感じることのない、見ているだけであくびが出て、気がふさいでくるような種類の男たちだった。もしパーティでこの手のむっつりした、単純に深刻ぶった顔に出会ったら、すぐに部屋の反対側に逃げ出していただろう。まるで保険の勧誘員といった顔で、そろいもそろって髪をきちんと刈りそろえ、目には一点の曇りもなく、角ばったあごばかり目立つ顔を、角ばった力の強そうな肩と、きちんとアイロンのかかった制服、角ばった分厚い胸の勲章のモザイクのうえにのせていた。彼らに期待される仕事は死ぬことだったが、外見はＩＢＭのセールスマンと変わりなかった。いかめしい顔つきをし、仕事ひと筋で、内心うぬぼれが強く、いかにも退屈そうだった。

それでも、なかにはほかとくらべて多少は興味を引かれる顔もあった。目にかすかな苦痛の色が浮かんでいたり、遠くを見る目つきをしていたり、とくになにか悩んでいるような表情をしている者たちだ。あるいはそれは、ただ罪の存在を暗示しているだけなのかもしれない。自分の天職である死の権力をもてあそんでいることに罪の意識をいだいているのだろうか？

「これね」

「これ？　この男に見おぼえがあるのですか？」

「いいえ。ただちょっと興味を感じただけ。とてもおもしろい人生を送ってるみたいだから」

　捜査官のひとりがため息に近い息をついた。

「この男は特殊部隊の大佐です。ベトナムにまる七年いて、そのほとんどを彼らが〝インディアンの土地〟と呼んでいる地域で過ごしました」

　ミーガンには、それがどういう意味なのかさっぱりわからなかった。

「でも、たしかに彼はおもしろい人生を送ってきたようですな。いまはタイのバンコクにいて、ヘロイン商人を守るきわめて優秀な私設軍隊を指揮しています。つづけていただけますか、ミセズ・シオコール？」

「どうもあまりお力になれそうもないわね。そうじゃなくて？」

「私たちを喜ばせることに気をつかう必要はありません。私たちを喜ばせたところで、なにも意味はありませんから。この事件の背後にいる人物を、あるいは集団を発見することに意義があるのです。フレッド、私にもう一杯コーヒーをもってきてくれないか？」

　ミーガンはまた写真帳にもどった。だが、いくら見ても、あの朝イスラエル領事館にいた魅力的で説得力ある人物にわずかでも似ている顔は出てこなかった。

「ごめんなさい。だんだん目がかすんできたわ。もう何時間も見つづけてるんですもの。ここにはないと思うわ」というより、彼女はその人物がこの世に存在しないのではないかと思いはじめていた。

「まだ見はじめて三十分ですよ。私から見ると、あまり真剣にごらんになっていないようですね」

その言葉に、彼女はかっとした。

「真剣に見てるわ。私の記憶にはそのときの情景がはっきり映ってるのよ。そのなかに彼の顔もあるわ。顔はよくおぼえてます。いまでもすぐに思い浮かべられるわ。簡単に思い出せます。もう一度見直しましょうか？」

「いいえ、けっこうです」

「警察のモンタージュ・スケッチみたいなものをつかったらどうかしら？　私、くわしく特徴を話せるし、コンピューターをつかえばなにかの助けになるんじゃない？」

「それはあまり見込みがないのがわかっています。統計的にいっても、ほとんどうまくいったためしがない」

「もしかしたら、私が絵を描けるかもしれないわ。つまり、私は——」

捜査官たちは、まるでほんものの〝三人のむっつり男〟であるかのように、たがいに顔を見合わせた。飛行機も楽々飛んで入れるような大きな口を開けていた。そのアイデアは、彼女にすればごく初歩的なものに思えたのだが。

「芸術家だ、そうだよ！」と、ひとりが大声を出した。「そうとも、ちくしょう。なんで、もっと早く思いつかなかったんだろう？」

「私が悪いのよ。すぐに——」

「いまさら気にしないでください。フレッド、彼女に紙と、それから——ペンでいいですか？」

「ペンでけっこうよ」

彼女は〈ビック〉のボールペンをもち、前に置かれた白い紙に目を落とした。

「いいわ」彼女は大きく息を吸って、そう言った。ここ何年も絵は描いていなかった。手にもったペンがだんだん重くなるのを感じて、習いおぼえた腕にまかせて一本線を引いた。それからは一本が別の一本を生みだし、その一本がまたちがう一本を導くというふうにつづき、知らぬ間に描くことに熱中しはじめ、やめられなくなっていた。そして、描けば描くほど、頭の奥にイメージが浮かびあがってきた。彼女は、その男に奇妙な堅苦しさがあったのを、それでいながら明るく、リーダーの素質をそなえていたのを思い出した。ひと目で、すでになにかをなしとげた人物であるのがわかった。そのときの彼女は、彼がユダヤ人で、イスラエルの英雄だと信じこんだ。どうしてそんなまちがいを犯してしまったのだろう？　いまでも、自分がユダヤ人の顔を描いているような気がした。彼には、それほどまでに彼女を信じこませるなにかがあった。それが巧妙に組み立てられたつくり話であるのも、彼がつくり話を組み立てるだけの狡猾（こうかつ）さをそなえていたのも否定できないが、その裏に本質的にそういう部分があったのではないだろうか？　彼はほんとうに英雄のひとりなのだ、と彼女は判断した。イスラエルの英雄にも負けないだけの勇気をもっているのだ。そうであれば、この絵にもそれを――彼の勇気を描きいれなければならない。彼女は彼が非凡な男だと判断し、それも描きいれようとした。彼のカリスマ性も描こうとしたが、それがいちばんむずかしかった。目のなかにあった鋼鉄の輝きを、内に秘めた不屈の精神を描けばいいのか？　とがったあご、引きむすんだ口、背筋をぴんとはった姿勢、澄んだ目がそれを表わしているのか？　それとも、自分の〝魅力〟に自信のある人々がよくやるような、横向きや斜めの顔を人に見せることは決してなく、まっすぐ相手と対面する率直さが生みだしたものなのか？　彼女はなんとかそれを描きだそうとした。

だが、顔はそういった思いから自然に立ち現われてきた。思わずペンに力が入り、指が痛くなった。彼女の目と手は忠実に記憶の画像を再現していった。

ミーガンはその顔を見つめた。そう、これが彼だ。くどい説明は必要ない。これこそ、彼だ。たぶん、活力が年齢をあいまいにし、いきいきとした目が内心の緊張を押しかくしていたのだろう。だが、これは彼だった。たぶん髪型はちがっているはずだ。

彼女はあまり髪には注意をはらわないから。それでも、これが彼であることに変わりはない。

三人の捜査官がまわりに集まって、じっと見守っている気配を感じた。

「これよ」と、ミーガンは言った。「誰かに似ていて？」

しばらく、彼らは押しだまっていた。それからひとりずつしゃべりだした。

「いいえ。でも、ほんとうによく描けてる。生きてるみたいだ。だが、だめだな。いまのところはこれに似ている人間は思い浮かばない」ひとり目の〝むっつり男〟が言った。

「ちょっと待ってくれ」と、ふたり目が言った。「こいつは七年前に不動産詐欺に関係して解雇された戦略空軍の大佐に似てるな。お昼すぎまでは、有力候補者のひとりだったんだが、モンタナ州バットのハイスクールで教えてるのが見つかって候補者リストからはずされたんだ」

長々と沈黙がつづいた。やがて、三人目の〝むっつり男〟――電話をかけたりコーヒーの用意をしたりしていたいちばん若い捜査官がまだ発言していないのに、みんなが気づいた。

「フレッドは？」

フレッドはおずおずと口を開いた。「ＣＩＡ関係のものをもってきたほうがいいようだな」

　彼は立ち上がって、分厚い写真帳が四、五冊おいてあるテーブルのところに行った。バインダーのタイトルを確認して一冊引きだすと、ミーガンのところへもってきた。彼女にも、三人の息づかいが荒くなるのがわかった。彼女にはその写真帳のタイトルが見えなかったが、フレッドが手早くそれを開いて、目当てのページを探しだした。

　目の前に差しだされたのは、五、六人の軍服姿の男の写真だった。だが、アメリカ軍のものではなかった。アメリカ軍のはいままでいやというほど見ていたから、ミーガンにもすぐにわかる。こんどの軍服にはチュニック風のえりにくすんだ色の肩章がつき、やたらに勲章をぶらさげていた。顔はそろって肉づきがよく、固く、いかめしい役人風の表情を浮かべていた。

　ミーガンは指を一本突きだし、ひとつの顔に触れた。

　その顔は何ポンド分か太っており、微笑んでもいなかった。カリスマ的な輝きはなく、ただの権力者という感じだった。それでも、白髪や知的なコスモポリタン風の大きな目、自信と強い意志、内に秘めたウィットはあのときとおなじだった。多くが潜在しているとはいえ、そこにはすべての要素がそろっていた。

「これが彼です」と、ミーガンは言った。

「まちがいないですか、ミセズ・シオコール？」

「レオ、自分の目で見てみろよ。彼女が描いた顔とおなじじゃないか！　これだよ！」

だが、レオはまだ信じなかった。

「絶対にまちがいないんですね、ミセズ・シオコール？」

「レオ、絵を見ろよ！」

「絵なんかどうでもいい」レオは言った。「ミセズ・シオコール？　私を見てください。これはあなたの人生で、いちばん重要な判断になるのです。私を見て、これがほんとうに、あなたがニューヨークのイスラエル領事館だと思った場所で会った男なのかどうか言ってください」

「彼女は記憶をもとに絵を描いたんだよ」と、フレッドが言った。「彼女にはこの男を知りようがないんだ」

「ええ、これが彼です」

「レオ」と、フレッドは言った。「ぼくは知ってるんだ。九年間、防諜班にいたからね。こいつはいちばん大きな悩みの種のひとつだった。こいつが行動を起こすと、ぼくたちはニューヨークじゅう追いかけまわしたものさ。たいへんなプロであるのは保証するよ」

レオはその言葉を無視した。「ホワイトハウスに連絡したほうがいい。それにサウス・マウンテンにいる連中にも」

「この人は誰なの？」ミーガンがたずねた。誰も彼女に目を向けなかった。やがて、〝三人のむっつり男〟の最年長者であるレオが振り向いて、こう言った。「いまあなたが指差したのは、ソ連のGRUの第一次官である中将ですよ、ミセズ・シオコール。ロシアの軍情報部の最高位にいる男です」

彼女はとても信じられなかった。

「私――」そう言って、言葉をのみこんだ。

やがて、またこう言った。「彼の名前よ。名前を教えて。知ってるかもしれないわ」

「名前はアルカーディ・パーシンです」

壁の穴からほこりが舞いのぼって、ウォールズの懐中電灯のまたたく光のなかに、何層にも重なってただよった。どんよりした吐き気をさそう甘さをふくんだ冷たい空気が鼻孔に流れこんできた。彼はうずくまって吐いた。なにも出てこなくなっても、まだ身を引きつらせて吐きつづけた。それから、ようやく立ちあがった。

やれやれ、と彼は思った。いやだぜ、おれは行きたくない。

行くんだ、坊や。ほかに行くところはないんだ。あっちへ行けばなにか見つかるかもしれない。さあ、行けよ、坊や。

くそっ。

悪態をつくのはやめろ。クロの誇りをもって前へ進め。さもなければ死ぬんだ。街だっておなじさ、ろくでなし、どこのトンネルもおんなじだ。さあ、立ちあがれ。クロの誇りをもて。前へ進め。ここなら、誰も怒鳴りつけはしないぞ。

クロの誇りだ、と彼は思った。クロの誇りだ！

ウォールズは首をちぢめて穴を通りぬけ、つぎの小区画に入った。あるものが目に入り、身をこわばらせた。だがそうしたところで、懐中電灯の光の輪に照らしだされたものがもっている力はいささかも弱まらなかった。

クロの誇りだ、彼は自分に言い聞かせた。おたつくんじゃない、そうだ、クロの誇りだ！

それは死の顔だった。むろんそんなものはこれまで何億回と見ていた。漫画の海賊旗やハロウィーンの仮面、恐怖映画、それにコーンフレークの箱におもしろおかしく描かれたもの——だが、ここにあるのはおもしろおかしいものではなかった。こちらをにらみつける骸骨(がいこつ)の顔——気味の悪い典型的なにやにや笑いを浮かべた、生と死の境界線の向こうから来た顔だった。だからといって、それを見たショックがやわらぐわけでもない。なにより、その真っ白な骨にまだ虫のようにはりついている腐った肉にぞっとさせられた。目はなくなっていた。しかし、あるいはグロテスクにふくれあがったせいで、目のように見えなくなっただけなのか？　髪は固そうなかたまりになって顔の前に垂れさがり、頭頂にはなにげなくはすかいにかぶったように坑夫用のヘルメットがのっていた。小さなライトはとっくの昔に消えていた。いかにももろそうな骨が浮きだした手にはつるはしが握られ、つるはしは倒れて死者の胸にぶつかり、先端が黒ずんだ腐肉とすべすべした肺のなかに埋めこまれていた。光がそのうえを走ると、がさがさと動きだすように見えた。急いで、ウォールズはあたりを照らしてみた。いたるところで、明るい輪がおなじ光景を浮かびあがらせた。まだ原形をたもっている道具とからみあって、うじ虫にたかられながら大地の元素にもどる途中の死者たちの姿だ。彼はふと自分がひとりではないのに気づいてぞっとした。ご馳走にありついてまるまると太った小さな生き物が、光にせきたてられてこそこそと動きまわり、不気味な尻尾を振りまわしていた。

ウォールズはしゃがみこんだ。死にたえた世界のイメージが頭に浮かんだ。それは、この絶望の穴とおなじく、死体が累々と積みかさなり、腐っていく世界だった。

クロの誇りだ！　彼は自分に言い聞かせた。

ウォールズはまた吐いた。嘔吐物がかからないように身体を前にかたむける力さえなかった。だが、口からはなにも出てこなかった。吐きだそうとする努力で、肺と胸が破れそうな気がしたが、吐くものはなにも残っていなかった。ぶるっと身震いすると、彼はやみくもに前進することができるだろうかと考えながら立ちあがった。やってみると、ほんの一瞬ブーツの底になにかの抵抗を感じた。すぐに、それはブーツの重みでぐにゃりとつぶれた。

彼はなにかのなかにいた。

ブーツを振って底についたものをはらい落とし、よろめくように前へ進んだ。いたるところに、どれをとっても見分けのつかない、ちがうところといえば分解の進行状態だけの、うじ虫がたかってぬらぬらと光る死体がころがっていた。なおも前へよろめきすすむと、さらに大きな穴へ出て、ここでどんなドラマが展開されたのかが推測できた。懐中電灯の光がその推測を裏付けた。ここは落盤事故があったトンネルだった。出口が完全に閉ざされ、崩壊した坑道で、この男たちは――五十年前のことだったか?――ここに閉じ込められ、死んでいったのだ。出口へ向かってくずれた坑道を後もどりする力も時間も残っていないと判断した坑夫たちは、自分たちがいた坑道から――キャシーという名だったか?　たしかCではじまる名前だった――ウォールズの通ってきた坑道、エリザベスまで掘り進もうと心を決めた。だが、エリザベスは一筋縄ではいかない女だった。ウォールズとおなじく、彼らもこの女に裏切られた。あと数インチというところで、疲労と酸素の欠乏で最後のひとりが力つきた。彼らは必死の努力のすえに死んでいったのだ。

ウォールズは彼らの努力と根性に涙をこぼした。生きのびるために最後まで掘りつづけたトンネルのなかの白人。自分と同類のトンネルの男たちだ。そうさ、トンネルのなかにほかの死に方はない。ウォールズはこれまでいやというほどそれを見てきた。だが、なんでいまごろ腐りはじめたんだろう?

彼はその謎を解くことに心を集中し、まもなく答えを見つけだした。そうにちがいない。彼らは半世紀にわたって空気もなく細菌からも保護された場所に隔離されていた。空気がなければ、腐ることもない。おそらく地中の冷気にも助けられ、静かに皮と筋だけのミイラに変わっていったのだ。だがやがて――彼は死者たちに説明してやるために、懸命にこまかい点を思いだそうとした――何年も何年もこの穴が手つかずのまま放っておかれたあと、ついに去年の夏、ミサイル・サイロ建設のために掘削工事が行なわれ、そのときたまたま大量に降った雨が地表からしみこんで坑道を流れ落ち、この柩まで達して穴をうがった。雨が墓荒らしのように静かな墓穴に浸入したとき、何百万もの微生物が彼らの肉をむさぼりはじめたのだ。

さあ、そのろくでもない腰をあげて、前に進むんだ!

ウォールズは残りの坑夫たちが眠る主坑道に入っていた。懐中電灯が死体を照らしだした。天井は低かった。なんとか想像力を働かせないようつとめたが、頭にその光景が浮かんでくるのを止められなかった。この湿った暗闇に閉じ込められ、空気がだんだん薄くなっていくのを感じながら、やってくることのない——やってこられない——救援を待っている彼らの姿が。

ウォールズはときどき頭をぶつけながら、腰をかがめてさらにすこし前進した。冷たい空気が押し寄せてくるのを感じ、肉のあいだをうごめく小さな虫といっしょに、顕微鏡でしか見えない微生物が自分の肺に流れ込んでくる光景を想像して身がすくんだ。さすがの彼も、トンネルに入れば誰よりも抜け目なく、手に負えない悪党である彼も、街でも決して能なしとはいえない彼も——ありがとうよ、奥さん——もうすこしでパニックを起こしそうになっているのを意識した。たぶん、彼にとってはそれが最悪の瞬間だったのだろう。死体に取りかこまれ、行くあてもなく、彼らの仲間にくわわってもおかしくないのだ。ウォールズは、不気味な輝きを放つ古いアフリカ人の骨が何本かからみついた、ぼろぼろの青白い腐肉のかたまりになった自分の姿を想像した。何年かのち、白人たちがやってきて、ドラムのスティックのような彼の骨を拾いあげ、嫌悪に満ちた声でこういうだろう。「こいつはどうだ、ラルフ、このぼろぼろの骨はほかの連中のよりえらく細いぜ。どういうわけか、こいつだけ色つきだったらしいぞ」だが、ウォールズは落ち着きを取りもどした。クロの誇りだ、クロの誇りだ！　何度もそう言い聞かせると、パニックが胸からはじきだされ、忍びこむ他の胸を探しに、世界のどこかへ飛んでいった。そして、以前のウォールズがまたもどってきた。

誰にも、この黒んぼのいちばん大切な部分に触れさせはしないぞ！

この坊やは生きるんだ。それがわからんのか？

ウォールズは手さぐりで前進した。もう懐中電灯は必要なかった。なにも必要ない。彼は明かりを消した。彼は暗闇を愛していた。闇の男だった。闇が彼の故郷だ。彼をかたちづくったのは闇だった。トンネルの鼓動を聞きわけることができた。このろくでなしは彼のものだった。このろくでなしの尻は彼の一部だ。

闇のなかで、ウォールズの指があたりを探った。死者にかこまれてひとりきりでいるのも、もうこわくなかった。

そのとき、光が見えた。ぼんやりとはるか遠くに見えただけだが、光に変わりなかった。

いいぞ、ろくでなし、と彼は思った。

かすかな空気の流れがまだつづいていたが、それがしだいに強くなり、甘さをふくんでいるのに気づいて、ウォールズははっとした。死体のうえを這いすすむと、彼の重みで死体がくずれるのを感じた。彼らはなんの害もない。ただ死んでいるだけなのだ。

ついにそこに着いた。天井の穴から風が流れこんでいた。見上げると、煙突のような長い穴がうねるようにつづいているはるか先に光が見えた。それでも、光は光だ。それがなにかはわからないが、とにかくこの先に光がある。

そうだ。ついにウォールズがやって来たぜ。

彼は友であり相棒である十二番径を身体にしっかり引き寄せ、光へ向かって旅を始めた。

すでに、かなり深い穴ができていた。金属のかたまりの中心に向かうトンネルだ。

「ミスター・ハメル？」

「なんだね？」

「あとどれくらいだね？」

「さっきはかったときには、百二十五センチだった。それから十センチか十五センチ進んでいるはずだ」

「時間でいってくれ」

「ああ、そうだな、三、四時間ってところかな。午前零時だ。真夜中までには終わるだろうよ」

「すばらしい。それでみんな家に帰れるというわけだ」

ジャックはもう何時間も作業をつづけていた。チタニウムのブロックの奥深くへトーチを突きいれる無理な姿勢がたたって、両腕がひどく痛かった。それでも、彼は自分の仕事に誇りをいだいた。これほどのことができる者はそう多くない。正確で、優美で、きれいな、じつに手際のいい仕事だった。不満は頭から追いはらって、ここまでなしとげた。だが、彼はまだおびえていた。

「陸軍だな。ここに入るために、うえで攻撃をしかけてるんだ。そうじゃないかね?」

「そのとおりだ、ミスター・ハメル」

「彼らがそこのドアを蹴破って、銃を撃ちまくりはじめたら、おれはどうなる?」

「ここへはおりてこられない」

「なんとか道を見つけるだろう。頭のいい連中がそろってるんだ」

「それほど頭のいい人間はいない」

「あんたたちは誰なんだ? それぐらい教えてくれてもいいだろう」

「愛国者だよ」

「兵隊はみんな自分が愛国者だと思ってるよ」

「そんなことはない。兵隊の多くは虚無的になっている。われわれこそ本物だ」

「だけど、あんたがあれを発射したら、みんな死んじまうんだぜ。ロシア人も自分たちのを撃ってくるだろうからな。ありったけのものを撃ってきて、みんな死んじまうんだ！」

この男にさからうのはこわかった。だが、泣き言が思わず口をついて出ていた。

「ミスター・ハメル、私だって全面的な核戦争が起きるのは許さない。きみのいうとおり、地球の終末になるのは明白なのだからな。きみは、ただ世界を破滅させるために、この決死の任務におもむくよう部下たち全員を説得できると思うかね？」

ジャックは将軍の顔を見上げただけで、なにもいわなかった。

「おわかりだろうが、ミスター・ハメル。みんなが負けてしまったら、戦争をしても意味はない。だが、もしわれわれが勝てるとしたら？　そのときはどうなる？　状況を有利に導くことが職業軍人に課せられた道義的責任ではないかね？　それこそ、より重要な義務ではないだろうか？　世界が破滅するのを見ている代わりに、それを救おうとすることが？　何百万人か死ぬかもしれない。だが、長い目で見れば、何十億人か死ぬよりはましなのだ！　国を生かすことより、世界を生かすほうが大切ではないかね？　それも、その何百万人かが敵国の人間であるなら？」

男の目は強い信念と確信の光を放っていた。情熱と狂気でぎらぎらと輝いていた。

ジャックはおそろしくなった。ごくりと唾（つば）をのみこんだ。「自分がなにをしているか、あんたがわかっていることを願うよ」

「それは請け合うよ、ミスター・ハメル。私はちゃんとわかっている。さあ、仕事をつづけてくれ」

ジャックは炎を穴に差しいれた。重い罪の意識が彼にのしかかっていた。

「終わりました」と、工兵士官が言った。

「ついにやったな」アレックスが大声で言った。「よし、よくやった。防水シートをはずしてくれ」

うなり声やかけ声とともに、レッド小隊の兵士たちが自分たちの作業をおおいかくしていた重いキャンバス地のシートをはずしはじめた。

闇のなかではっきり見えなくても、アレックスはそこになにがあるのか知っていた。

「彼らもここは突破できない」と、彼は言った。「われわれにはわかっている、そうじゃないかね？　たっぷり痛い目にあったんだからな」

「そのとおりです」工兵士官が言った。

大気は身が引きしまるほど冷たく、頭上はるかに火の車をまわしながら宇宙のガスを燃やしつづける星がまたたいていた。あたりはひっそりとし、聞こえるのは梢(こずえ)をさわがせるそよ風と、闇のなかでときおり兵士たちが低い声でささやいたり、身をふるわせる音だけだった。

「それに、時間にも間にあった」と、アレックスは言った。「まもなく彼らが来る。

攻撃が始まるんだ」

「まだその兆しは？」

「ない。静まりかえっている。何分か前にまたトラックが到着しただけだ」

「増援部隊ですね」誰かが言った。「あれだけ痛めつけられたのだから、もっと兵隊が必要になるはずです」

「少佐！」

外縁部の十数個所からいっせいに声があがった。爆音は聞こえたが、アレックスは双眼鏡を目にあてた。最初はなにも見えなかった。そのとき、誰かが叫んだ。「道路です！　道路です！」

アレックスは双眼鏡をまわして目をこらした。距離はかなりあったが、その光景ははっきり見てとれた。飛行機が一機――着陸灯とぼんやり光るコックピット、翼の先端の点滅灯でしか輪郭は捉えられなかったが――いかにも重そうに、ぎこちなく降下してきて、ハイウェイの直線部分に着陸し、一度二度とバウンドしながらすこし滑走したところで制動用パラシュートを開いて速度をゆるめた。

「C‐130だ」と、アレックスは言った。

やがて飛行機は乗せている兵員をおろすために停止してから、またタキシングを始めてハイウェイをそれ、機体がこわれてしまいそうな勢いで溝を越えて草原に入った。

つぎの飛行機に場所をゆずるためだ。数秒とたたずに、二機目がおなじ酔っぱらい運転のようなたどたどしさでハイウェイに着陸した。つづいてもう一機、最後に四機目がおなじことをくりかえした。

「見事だ」アレックスが言った。「見事な手際だ。じつに優秀なパイロットだ。勇気もある。道路に着陸したのだからな」

「またお客さんですか？」部下のひとりが言った。

「エリート部隊だ。レンジャーだろう。さてさて、これから二、三時間はおもしろくなりそうだぞ」

彼は腕時計をたしかめた。真夜中がせまりつつある。だが、それまでもちこたえることができるだろうか？

一九〇〇時

実際には、なんら目新しいことはなかった。ディック・プラーは簡潔さと兵器の火力の忠実な信奉者であり、装飾的要素や才気ばしった手段とはまるで無縁だった。彼が考えだしたものは、第二次世界大戦でレンジャー部隊が伝説になるほどの活躍をしたノルマンディー上陸作戦中のポワント・デュ・オク攻撃を土台にしているらしかった。

そのときと同様、ここでもレンジャー大隊が第一目標攻撃の責任をにない、ブラヴォー中隊とおなじ地点で行動を起こすことになった。もっとも、ブラヴォーより兵員数も多く、ずっと戦闘に熟達した部隊ではあったが。レンジャーの指揮官はプラーの旧友で、すでに兵を飛行機から直接山へ展開させていた。彼らはもう山をのぼりはじめていた。第三歩兵師団が右翼から彼らを掩護（えんご）する手はずだった。射程の長い彼らのM - 14は正確な掩護射撃を行なえるし、レンジャーが外縁部に達したのちに、彼らも前進することになっていた。無線の符牒（ふちょう）は、レンジャーがハーフバック、第三歩兵師団がビーンストークと決められた。

「ディル中尉？」

「はい？」

「ディル、おめでとう。きみの部隊は今回主力からはずれることになった。きみたちには左翼を担当してもらう。主力攻撃部隊とは離れて、山頂に陣をしいてくれ。そこにいれば、戦傷者が多かった場合は担架係を補給できるし、もし敵が無線妨害に出た場合は伝令をつとめられる。敵が反撃に出て、そちらの方角に攻撃をしかけてきた場合も、きみたちの火力をあてにできる。地図の座標でいえば、一-九-二の位置だ。わかるな？　暗闇のなかでその地点を見つけられるか？」

「できます」ディルは興奮を押さえながら答えた。

そうしながらも、プラーは状況説明をつづけた。デルタの攻撃部隊──地下カプセル破壊だけを目的に選抜されたチームで、彼らの仕事はシャフトを懸垂下降して通路に侵入し、発射管制室へ突入して、そこを無力化することだった──は、発射管制施設を占領した時点で、ヘリコプターをつかって乗り込むことになった。彼らといっしょに、ピーター・シオコールも──本人の希望で──彼の復讐の女神であるドアと戦うために行く予定だった。

「ドアのほうはなにか進展があったかね、シオコール博士？」

シオコールはゆがんだ笑みを浮かべた。彼のツィードの上着はしわだらけで、厚手のブルーのシャツは汗でぐっしょり濡れていた。開いたえりから、Tシャツの白い三角形がのぞいて見えた。

「やってますよ」彼は快活すぎる口調で言った。「自信はあります」

パーティの開始は二二〇〇時、とプラーはつづけた。各部隊はその時間までにそれぞれの位置に移動しおえておくように。シオコールの話では、キー保管庫の構造からいって、カプセルにいる者たちの作業はどんなに早くとも、午前零時近くまでかかるということだった。

「それはたしかかね?」プラーはもう何百回もしている質問を、もう一度くりかえした。

そう、たしかだ。すくなくとも、それだけは自信があった。シオコールはだまってうなずいた。

プラーは兵隊たちのほうに向きなおった。

「なにか質問は?」

「攻撃開始の符牒は?」誰かがたずねた。

「〝天がくずれ落ちる〟で攻撃を開始する。昔の詩からとった言葉だ。いいな? 〝天がくずれ落ちる〟だぞ」

将校のひとりが負傷者収容の手順について質問し、デルタの兵員運搬用ヘリコプターが衛生隊のヘリも兼ねることになっているが、兵員運搬終了まではその任務にはつけないという説明を受けた。

地上支援はどうするんです？

デルタのヘリコプターはエマーソン・ミニ・タッツ、つまり砲架にのせた回転銃身の七・六二ミリ・ゼネラル・エレクトリック社製ミニガンを装備していた。それがスキッドの下にぶらさがった姿は、ジョンソンの一九三四年型船外エンジンを連想させた。攻撃のごく初期に、コール・サインをシックスガン・ワンとシックスガン・ツーと決められたこの二機が敵の強力な防御陣地に牽制(けんせい)砲撃を行なう。ただし、ヘリコプターの安全を守るために標的から千フィート以内には接近せず、砲撃時間も二十五秒を越えないものとする。それは、昼間の攻撃で対空ミサイル、スティンガーにさんざんな目にあわされた結果生まれた安全策だった。

「二機以上のヘリコプターを失えば、デルタの攻撃部隊を時間内に移動させるのが困難になる」と、プラーは言った。「イランでの救出作戦と似ているな。任務を達成するために一定数のヘリコプターが必要だが、余力はほとんどないというわけだ。きみたちには悪いが、そういうことなのだ。空中輸送ができないために兵員の命が失われることにもなるだろうし、地上支援が完璧でないせいで被害が増大するかもしれない。だが、それがいやなら、補給品の到着を待つしかない。いまは、その代案を採用する余裕がないのだ。われわれがもっているものをすべてつかってやるしかない」

「すべて?」誰かが知りたがった。

「そうだ。攻撃支援のために、州警察にも参加を呼びかけた。誰か、ボーイスカウトを集められる者はいないか?」

何人かがうつろな笑い声をあげた。

「火力制限についてはどうなんです?」レンジャーの上級将校がたずねた。「あそこにあるコンピューターの周囲で手榴弾はつかえるんですか?」

「シオコール博士?」

シオコールは咳払(せきばら)いした。

「申し訳ないが、銃撃戦に限定してもらいたい。チタニウムの外被は小火器の弾丸がいくらあたってももちこたえられる。最大七・六二ミリ弾まではだいじょうぶだ。だが、爆薬類の使用は許可できない。爆薬を使用せず、小火器に限定すれば、コンピューターのことは心配する必要がない。コンピューターがこわれてしまえば、すべて終わりだ」

「彼らがコンピューターを吹きとばすことは考えられませんか?」

「それはない」シオコールは言った。これも、絶対の確信がもてるもののひとつだった。「〝対抗者1〟は、まずそんなことはしない。彼の心の隅には、頭の勝負で自分を負かす者はいないという自負がある。試し打ちの回数制限があるかぎり、われわれは絶対に侵入できないと信じているはずだ。それが彼の思考パターンだ」

つまり、そういう思考パターンでぼくはあれを設計したんだ。相手はぼくのつくったもので、ぼくを打ち負かそうとしている。

シオコールはその男について思いをめぐらした。

ぼくは、これほどの相手を敵にまわすようなことをなにかしたんだろうか？　なぜ、彼の〝白鯨〟になったんだ？　ぼくが彼になにをしたというのだ？

「シャフト内はどうですか？　爆薬は使用できますか？」

「それもだめだ」と、シオコールは言った。「下へおりるのに爆発物をつかわなければならないのは知っている。だが、管制室に近づいたら、悪いが爆薬の使用はやめてくれ。配線の一部が切れたらどんなことが起きるか、予想もつかないからだ。もし彼らが秒読みを始めていたら、発射を中止させることができなくなる。とにかく、非常に精巧にできているんだ。場合によっては、発射の引き金になることもある。目標に近づいたら、銃をつかうしかない」

「キャンバスの下になにがあるのか、報告は入ってませんか？」将校のひとりが質問した。

「ペンタゴンの分析家たちは、重火器の砲座であろうと予想している」と、プラーが答えた。「ベトナムでは、北ベトナム軍に対してわれわれは散弾子の詰まった百五ミリの弾体をつかった。重火器を分解してあそこまで運ぶのは可能だ。あるいはヴァルカン砲かチェコ製の二十三ミリ速射キャノン砲かもしれない」

自分が話していないとき、シオコールは少々かたくるしいほどの礼儀正しさでじっと耳をかたむけていた。いま頭にあることをこの男たちに知らせてもなんの益もないのはわかっていた。まるで冗談のような話だった。彼はこんな言葉を思いついた。〝おめかしは全部終わったのに、行くところがない〟――もし彼がドアを開けられなければ、まさにそういう状態になるわけだ。

「それからシオコール博士がドアを開け、デルタがなかへ入り、すべてかたづいて、めでたしめでたしというわけだ」と、プラーが言った。「そうだね、シオコール博士?」シオコールはうなずいた。

そうとも。礼儀正しくうなずきながら、シオコールは思った。〝対抗者1〟がつくったものという以外、ドアの暗号を解く手がかりがまったくないのを考えなければの話だが。

最終戦争へようこそ。

不意にベルが鳴りひびき、まわりの男たちがばたばたと動きはじめた。

シオコールは物思いからさめて、顔をあげた。甲高い声で、口々に〝まさか〟とかいた。

〝うそだ〟とかいっているのが聞こえた。状況説明の一般的原則は完全に無視されていた。

「なんの騒ぎだね？」シオコールは隣にいた男にたずねた。

「聞いてなかったんですか？」ヘリコプターのパイロットだというその男が言った。「彼らの正体がわかったんですよ。ロシア人だそうです」

つづいて、スケージーがスペツナズのサイロ占領チームがどうのこうのとしゃべる声がした。だが、ほかの者たちは〝そんなはずはない〟〝ありえない〟とか言いつづけていた。なんで、自分の国を吹きとばそうとするんだ？　それに、いったいどんな意味があるというのだ？

やがて、あたりが静かになった。

「シオコール博士、こっちへ来てくれ。われわれにわかるように説明してくれないか？」

スケージーはシオコールに黄色いテレックス用紙をわたした。その上端には、〝最優先事項――緊急〟という文字が入っていた。シオコールは中身にざっと目を通した。

ＦＢＩ本部は、サウス・マウンテンにいる対抗部隊の指揮官が、ＧＲＵ第一次官で戦略情報部会（第五幹部会）首席であるアルカーディ・パーシン中将であると確信する。CIAの資料によれば、このパーシンは過去十年、合衆国の戦略兵器生産工場群への浸透工作の陣頭指揮をとっていたとされる。参謀本部アカデミー情報学部をはじめ、非合法工作員訓練センター、軍事外交アカデミー、外国語軍事アカデミー――ここで流暢（りゅうちょう）な英語を身につけた――、高等通信アカデミー特別学部、キエフ高等士官学校、第二カールコフ陸軍高等航空エンジニアリング学校特別学部、参謀本部アカデミーを卒業。十年間、国連代表団に随行して合衆国で生活した経験をもつ。特記すべき事項として、彼がソ連軍指導部の高官のなかで、ただひとり公式に父姓をつかうのを拒絶された人物である点があげられる。一九八二年十一月には正式にアルカーディ・シモノヴィッチ・パーシンの名で本部に登録されていたのが、その後はたんにアルカーディ・パーシンとして知られている。このような前例のない決定がなされた理由については、いまだに情報を入手していない。わが方の情報源にも、その意味を解明できる者はいない。もうひとつつけくわえるべき事項は、このパーシンがポーミャット（記憶）という名で呼ばれる組織の後援者としても知られている点である。この組織はゴルバチョフの西側接近の政治姿勢、中距離核兵器制限交渉、グラスノスチ（情報公開）政策の許容に触発されて、行動を起こした右翼思想家の集団と考えられている。

シオコールはテレックス用紙を下におろした。

「クーデターの一種かな？」ディック・プラーがたずねた。「ソ連の軍部か、あるいはこのポーミャットとかいう狂人集団が政権を乗っ取るために、ある一定期間、核ミサイルの発射ボタンに手をかけていたいと思ったのか？」

「そうではない」と、シオコールは言った。彼は瞬時にすべてを見抜いた。彼にはわかった。これまで何度もおなじ議論の袋小路に引きこまれたことがあった。その誘惑をよく知っていた。それは人を催眠術にかけるような強烈な魅力をもっている。彼には、どうやってそれが人を誘惑して、ボタンを押すことの道徳的正当性を信じこませるかよくわかっていた。

「ちがいます。クーデターではありません。たんなる論理的帰結です。というより戦略的論理の帰結というべきか。それを究極まで推し進めたにすぎないのです」

彼はかすかに暗い笑みを浮かべた。パーシンのことは、その男の心がどんな動き方をするかはわかっている。なぜなら、自分の心もおなじように動くからだ。

「いいですか」と、シオコールは言った。「これはじつに単純なことなのです。このパーシンという男は……彼はいままで誰もなしえなかったことをやったのです。第三次世界大戦を勝ちぬく方法を考えだしたのです」

彼はパーシンの精神の力を、その広がりを、その掌握力を、その緻密さを、そしてなによりその意志を感じとることができた。

　彼は大きく息を吸い込んだ。

「パーシンはMXミサイルが先制攻撃用の兵器であり、それが完全に配備され、われわれが優位な立場になれば、われわれはボタンを押し、彼らを殲滅する挙に出るだろうと信じているのです。さらにいえば、われわれの側の論理にしたがって、そうせざるをえないと考えています。このミサイルをもったために、必然的にそうなるのだと。MXミサイルの命中精度とサイロ破壊能力の優越性は明らかであり、一方でわがほうの司令、通信、管制システムが脆弱で、ソ連の先制攻撃に耐えられないのがはっきりしている以上、われわれはそのミサイルをつかわざるをえないのです。つかうか、負けるかのふたつしかなく、パーシンはわれわれがつかうほうを選ぶと考えました。それが彼の考えの第一の根拠です。たしかにいちがいに否定できない考えです。私には――誰にも――そういう可能性がまったくないとはいいきれません。そうなることを望んではいないし、将来もそうならないよう注意が必要になるでしょう」

　部屋は静まりかえっていた。

「彼の論拠からいえば、選択は戦争か平和かではなく、すでに避けようのない戦争に勝つか負けるかということになる。それしかないのです。いったんその論拠を受け入れれば、つぎに来るものは決まっています。とくに、保守主義者であれば論理は一本道です。ポーミャットとかいう組織のメンバーであることから、彼が保守主義者であるのはまちがいないでしょう。彼はやがて核戦争が起こると考えました。われわれのシステムが作動しはじめたらすぐにも——六カ月から一年のあいだに——戦争が勃発し、結果はアメリカの完勝で、彼らの国の都市はすべて焼きはらわれ、サイロのミサイルは破壊され、指揮用地下壕はバーベキュー用の穴に変わってしまうと。それを避けるためにはいますぐ、今夜にも、これから数時間以内に戦争を起こし——」シオコールはみんなの頭にその言葉がしみこむように間をおいた。「自分たちが勝つしかない」

部屋は静寂につつまれていた。

「そこで結論はこうなります。彼はMXミサイルをソヴィエト連邦に撃ちこむ。もっとも、ここで忘れてならないのは、この特別なミサイルの目標設定のことです。十発の弾頭はわれわれが第三、第四世代と呼んでいる強固な目標を破壊する能力はもっていますが、都市とか人間といった柔目標は対象にしていません。それに、わがW87は卓越した命中精度をもっており、絶対に狙いをはずすことはありません。弾頭が自分の標的を心得ているわけです。ですから、十発の弾頭はそれぞれ、三つの主要長距離レーダー基地、ソヴィエト防空軍司令部、モスクワから三十マイルの地中深くにある指導者用シェルター——勝負は敵の指導部を断頭できるかどうかにかかっています——、シベリアの五つのミサイル・サイロに向かって散開します。そのころには、むろんサイロは空っぽになっているでしょう。なぜなら、ソ連のレーダーが十発の弾頭が接近するのを捉えた瞬間、ロシア人たちは無我夢中でボタンをたたき、自分たちのミサイルを全部飛びたたせるはずだからです。わが方の十発の弾頭は合わせて三・五メガトンの破壊力で、いまあげた施設を消滅させ、周辺にいた人間——数ははっきりしませんが、おそらく多くて三十万人というところでしょう——を殺します。その七分から九分あとに、彼らの四千メガトンの核がわが国で爆発します。全米の各都市、ミサイル・サイロが消滅し、レーダーとコンピューターは電磁パルスで使用不能となり、おそらく三億人の死者が出るでしょう。われわれは見事に地球上から一掃されるのです。そういうことです。ゲーム・セット、ソヴィエト連邦の勝利、というわけです。パーシンの計画の主眼は、自分の国を先制攻撃に匹敵する攻撃に駆りたてるところにあるのです。先制攻撃の効率はきわめて高いとはいえ、むろん、政治局や正常な軍部指導者が進んでボタンを押すわけがありません。そこで彼自身が、おそらくポーミャットなる組織の助力ないし精神的支援、それに小規模のコマンド部隊を支えとして、自分で手に入れた情報をもとにそれを行なおうとしたのです。わかりますか？じつに簡単なことなのです。感嘆を通りこして、見事というしかありません。事が終われば、彼は山頂へのぼり、ヘリコプターを迎えによこして、全ロシアの皇帝となるわけです」

「だが、こちらの潜水艦がいるじゃないか。潜水艦があれば、こちらも——」

「残念ですが、そうはなりません」と、シオコールは言った。「むろん、彼らも潜水艦を排除する必要があります。まず、核攻撃が終わって数分以内に一部を破壊するでしょう。それから追跡を始め、わが方の主要潜水艦連絡網を超長波でつなぎ、報復攻撃の指令を出すことになっている通信中継機を撃ち落とす。そうなれば、電波妨害なり電磁パルスをつかうなり、あるいは単純に撃沈するなりして、潜水艦を一隻一隻つぶしていける。ロシア人が二、三週間かかって狩りをつづけるあいだ、潜水艦は孤立して狩られるのを待っていることになる。いちばん厄介なのは、彼らには都市の住民を避難させる充分な時間があるということです。必要なら、じっくり腰をすえて、頭脳戦を挑むこともできる。パーシンの計画どおりです。それで終わりです。潜水艦隊は壊滅します。敵もそんな戦いはやりたがらないでしょうが、パーシンが選択の余地を奪ってしまうのです。彼の命令にしたがわざるをえません。おそらく彼は、ひそかにおそるべき方法で、国の指導者たちがつくりだした混乱をきれいに洗濯していくつもりでしょう。彼は洗濯女なんです」

「なんで、彼はロシアのミサイル基地を乗っ取って、先制攻撃をしかけないんですか?」と、誰かがたずねた。

「なぜなら、ここが世界で唯一の単独発射能力をもつサイロだからです。自分の指でボタンを押せるのはここしかない。その選択がいちばんむずかしかったとは思うが、彼の見解からすれば筋の通った決断だったにちがいありません。おそらくある特定のモラルを基準にすれば、正しい選択であったのでしょう。彼は狂人ではありません。ただ、ゲームのルールにのっとって動いているだけです。そのゲームは、われわれと彼の国がつくりだしたものです」

「彼についてきた連中は誰なんです？」誰かがたずねた。

「ワシントンでは、スペツナズであると確信している」と、スケージー少佐が答えた。「ソ連の特殊部隊だ。正規の陸軍ではなく、ＧＲＵの指揮下にある。パーシンがＧＲＵの大物だったことを思い出してくれ。彼らはサイロ占領作戦の訓練を受けており、アフガニスタンで実戦の経験をもつ。それで、彼らが日に焼け、国籍を不明にするために義歯をはめていた理由がわかる。それに、あちらは六十名の部隊じゃなかったかな？　つまり、十五名のチーム四つということになる。十五名のチームはスペツナズの作戦行動部隊の基本単位なのだ。それに、彼らがスティンガーをもっていた理由も納得できる。わが国はソ連のＭＩ‐26攻撃ヘリに対抗するために、アフガニスタンの反政府ゲリラにスティンガーを供与していた。あの連中は輸送中にそれを奪いとり、われわれに向かって飛ばしたわけだ。彼らは非常に優秀な兵隊だ。あれだけタフなのもうなずける」

だが、プラーは聞いていなかった。彼はなにか考え込んでいた。最後の疑問が解けていなかった。「シオコール博士」唐突に、彼が口を開いた。「彼らがミサイルを発射した時点でわれわれが報復攻撃に出たら、きみの理論は崩壊してしまうのではないかね？　ロシアのミサイルがレーダーに入れば、われわれもボタンを押す。そうなれば、彼らの国も消滅する。放射能が広がり、世界全体が死滅し――」

「まだおわかりになっていないようですね、プラー大佐。ぼくが前にいったように、別のなにかが起こるのですよ。われわれにボタンを押させないなにか――ここのピースキーパーが発射され、ロシアの大報復攻撃が始まるまでの七分から九分間の決定的な時間に、われわれの反撃態勢を完全にぶちこわしてしまうようななにかが」

ふたたび、部屋が静まりかえった。

「ミサイル発射は作戦の半分でしかないんです。もう半分があるのです。なければ、意味をなさない。最初からあなたにいっていたように、ぼくにもそれがなにかはわからなかった。でも、いまはわかりました。今朝、占領が行なわれた直後、あの男が無線でメッセージを送った意味が理解できます。彼はそのもう半分に、キー保管庫のせいでそれを十八時間遅らせるよう指示したのです」

「なにを遅らせるって？」スケージーがたずねた。

「〝断頭〟と呼ばれているものです」シオコールは言った。「いいかえれば、指導者の抹殺です。頭を切り落とすのです。そして、頭はすべてワシントンに集まっています。すぐにもFBIと話させてください。彼らにそれを阻止させなければなりません。パーシンはサウス・マウンテンでミサイルを発射し、そのあとワシントンで核爆発を起こすつもりなのです」

いくら考えても、それがいちばんきびしい仕事だった。アクリーは、それをしなくてすむならどんなことでもできそうな気がした。しかし、事態は驚くべき早さで展開しており、ワシントンからそれが彼のしなければならない最後の仕事だと命じられていた。

「ぼくには――ぼくにはできるかどうか自信がありません。誰かかかわりの人間がいませんか?」

じりじりするような短い沈黙のあと、電話の向こう側の声がこう言った。「時間内にそちらへは着けないのだ。フレデリック郊外のルート40沿いにある州警察の宿舎にファックスで写真と資料を送る。二十分以内にきみの手にわたるはずだ。そこにはきみしか連邦政府の上級係官はいないのだ。きみがやらなければならない」

アクリーはごくりとつばをのみこんだ。ほかに選択の余地はないじゃないか?

二十分後、州警察のパトカーが派手にサイレンを鳴らし、回転灯を光らせながら町に走りこんできた。それから数秒とたたないうちに、メッセンジャーがアクリーに書類を手わたしていた。

「四、五分前にワシントンと直結している端末に送られてきたものだ。よう、あんた、だいじょうぶかね？　人生で最悪の一日って顔してるぜ」

「最良ではなかったね」

「撃ち合いがあったって聞いたが」

「ああ。ぼくもいたんだ」

「そうか、そりゃ悪かったな。なあ、連中、やけに急いでたみたいだぜ――」

「今日は一日急ぎっぱなしさ。ありがとう」

アクリーは男から封筒を受け取り、歩道を歩きだした。ハメルの屋敷は家じゅう明かりがついていた。牧師も来ており、かかりつけの医者もすこし前に到着した。医者が連れてきた老夫婦は娘たちの祖父母らしい。

アクリーはドアの前で立ちどまり、ここから何百万マイルも離れたところにいるのならいいのに、もうすべて決着がついていればいいのに、ここにいるのが自分でなければいいのに、とくよくよ考えつづけた。だが、ここにいるのはまちがいなく彼だった。しかたなく、ドアをノックした。

誰かの声が応じるまで何分もかかったような気がした。出てきたのは六十代のでっぷり太った無表情な目つきの男だった。

「なんだね？」彼はたずねた。

「あの、アクリーといいます。連邦捜査局の特別捜査官です。こんなことはしたくないのですが、お嬢さんたちの話を聞かなければならないんです」

男は長々とアクリーを見つめた。

「娘たちは疲れきっている」ようやく、男が言った。「今日はたいへんな一日だったからな。あんまりいろんなことがありすぎた。いまちょうど休ませたところだよ。寝つきが悪かったら、薬を飲ませるつもりだった。祖父母も来ている。別の機会にしてもらうわけにはいかんかね？」

「そうしたいのはやまやまですよ、ドクター。でも、話を聞かなければならないんです。たいへんな緊急事態で、時間が重要な要素になっているのです」

「きみ、ここの娘たちは今日、目の前で母親が撃たれて死ぬのを見たんだぞ。きみにすこしでも――」

「いいですか、ぼくだってこんな間のぬけたことをするのは、ほんとうにいやなんです。でも、事態がたいへん緊急を要するものであることを理解してほしいのです、ドクター。現在、核緊急事態第四段階に入っており、ぼくは法律上、自分のしたいことをなんでもできる権利をあたえられています。お願いですから、ぼくにこれ以上馬鹿な真似をさせないようにしてください」アクリーは居心地わるげにのどを鳴らした。息が荒くなり、ひざから力が抜けていた。

医者はだまって彼をにらみつけていたが、やがて一歩うしろに下がってなかへ通した。

アクリーはおそろしいほどの静寂のなかに足を踏みいれた。ふたりの老人はソファに腰をおろしていた。女性のほうはすすり泣いていた。老人は茫然と宙を見つめている。部屋は薄暗かった。隣家の住人キャシー・リードが台所のテーブルのそばでもじもじしていた。どうやらみんなのためにキャセロールをもってきたようだが、誰も食べないので、皿にのせた料理が弱い光のなかで脂の鈍い輝きを放っていた。まだあちこちに銃撃戦のなごりの木や漆喰の破片、絨毯のけばが散らかっており、あらゆるもののうえに砂まじりのほこりの層ができていた。ただし、破れた窓だけは警察がプラスチックの覆いをしていったようだ。部屋には、アクリーがそのときの恐怖を思い出して吐き気をもよおすたぐいのものが満ちみちていた。

「キャシー」と、医者が言った。「きみが行って、娘たちを起こしてきてくれないか？　この人がいうには、急いで娘たちと話をする必要があるそうだ」

「このうえまだ、そんなことをさせるなんて――」ミセズ・リードが口を開いた。声が感情のたかぶりでだんだん甲高くなった。

「申し訳ありません」と、アクリーは言った。「どうしても必要なのです。でも、たぶん上のお嬢さんだけですむでしょう。プーでしたか？」

「ビーンよ」ミセズ・リードが言った。彼女は立ちあがると、階段をのぼりはじめ、途中で振り返った。

「今日の午後、あなたはとても積極的だったわ。とても興奮していた。それがどうなった？　あなたがしたことでこの一家がどうなったか、よくご覧なさい」

アクリーはなんと言えばいいのかわからなかった。もう一度、ごくりとつばをのんだ。

「あんなにしあわせな一家だったのに。非の打ちどころのない家族だったわ。なんで、あなたはこんな目にあわせなければならなかったの？」

アクリーは自分の靴に目を落とした。医者がそばにやってきた。

「二階に行ったのはきみなのか？」

「そうです」つばをごくりとのみながら、アクリーは言った。「ぼくだって、あんなことはしたくなかった。それは信じてほしいと思います」だが、医者はまったく信じていないようだった。

まもなく、キャシー・リードがビーンを連れて階段をおりてきた。娘の顔はいかにも眠そうで、ピンクのローブをはおり、ウサギの毛皮のスリッパをはいていた。娘は目をこすっていたが、アクリーが待っているのに気づくと、急に動きをとめ、まじめな顔つきになった。アクリーの目には、彼女が神秘的な光を放つ特別な存在に映った。キャシー・リードが手をとって階段をおり、アクリーの前に連れてきた。

「やあ、こんちは」つとめて明るい口調で、アクリーは言った。「ねえ、起こしてしまってほんとうにすまなかったね」

「漫画映画みたいなしゃべり方をする必要はないわ」ミセズ・リードが言った。

アクリーは子供が苦手だった。あまり子供に接したことがなく、これまでの数すくない機会にも、おざなりで情のこもらないあつかい方しかしてこなかった。だが、いまこの娘を見ていると——彼女のおごそかな表情、青白いボタンのような鼻、大きな黒いもの問いたげな目、前で握りあわせた小さな手を見ていると、すぐにもひざまずいて、許しを乞いたいという衝動にかられた。首の肌はとてもやわらかそうだった。

「ぼくの名前はジムだ」と、アクリーは言った。「きみにすこし写真を見てもらわなければならないんだけど」

「私を撃つつもり?」彼女はきいた。

アクリーは、心の痛みが何千もの破片にくだけちり、そのひとつひとつがずきずきと痛みはじめるのを感じた。

「そうじゃない。今日起きたことは、とてもおそろしい事故だったんだ。ほんとうにすまないと思ってる。取りもどせるなら、なにをしてもいいくらいだ」

「ママは天国にいるの？　イエス様がいちばんの親友になさるために、ママを天国にお呼びになったんだって、ナナがいってたわ」

「ぼくもそう思うよ。イエス様は、えー――」どういえばいいのかわからなかった。「イエス様はときどき不思議なことをされる方だからね。でも、なにがいちばんいいかはちゃんとご存じだと思うよ」

ビーンは重々しくうなずいて、考えこんだ。

「イエス様は私たちみんなをとても愛してくれるけど、ママをいちばん愛してたのね。ママもイエス様といっしょならしあわせになれるわ」

「そうだろうね。さて、悪いけど、ちょっとぼくの手伝いをしてくれるかい？　それが終わったら二度とここへは来ないよ。写真をすこしもってきたんだ。ワシントンから送ってきたものだ。それを見て、なかに今朝パパを連れていった人たちがいたら教えてほしいんだよ」

彼は娘をテーブルのところに連れていった。娘は一枚一枚、彼女らしいじっくりとしたやり方で目を通していった。

やがて一枚拾いあげて、それを差しだした。

「この人よ。今朝、家に来たわ。パパの新しいボスよ。パパを新しい仕事に連れていったの。ハーマンのお友だちよ」

アクリーはその写真を見た。たくましい顔つきの、ひと目で職業軍人とわかる男だった。鼻はつぶれ、髪を短いクルーカットに刈りつめ、目にはけわしい表情を浮かべていた。迷彩服らしいチュニック型の軍服を着て、肩からアクリーにもＡＫ‐47のものだとわかる、負い革で吊っているらしい自動火器の銃口がのぞいていた。写真はかなりぼけており、おそらく何百フィートも離れた場所から超望遠レンズをつかって撮ったものだろう。

アクリーは写真についていた略歴に目を通した。

極秘事項

中央情報局

調査幹部部会――ソヴィエト軍事デスク／エリート部隊班

アレクサンドル・ヤソタイ、少佐。最終確認済所属部隊はＧＲＵスペッナズ第二十二師団。第十五自動車化狙撃旅団に随行し、アフガニスタンのカブールに赴任。フルンゼ軍事アカデミー情報学部、チェレポヴェッキー高等軍事通信エンジニアリング学校、リャザン高等空挺学校、セルプホフスキー高等エンジニアリング士官学校を卒業。ソヴィエト空挺部隊で、狙撃手ならびにＨＡＬＯ侵入の訓練を受け、優良な成績をおさめる。アンゴラ、中央アメリカ、中ソ国境での任務の経験をもっと考えられる。このヤソタイという人物を初めて発見したのはイスラエルのモサドで、彼が一九七二年にイラクのゲリラ訓練所で教官をつとめているのを確認した。つぎに姿を見られたのは、黒海沿岸にあるカルロヴィ・ヴァアリのKGB訓練所で、さらにアンゴラで作戦活動中のキューバ軍第十五コマンド部隊の歩兵顧問もつとめている。一九八四年一月十四日、アフガニスタン入国をカブールのエージェント、〝ホーテンス〟が確認。モスクワのエージェント、フラワーポットの一九八六年の報告によれば、ポーミャット(記憶)のメンバーである可能性が高いという。ポーミャットは右翼の外国人排斥運動組織で、その全体像は明らかではないが、勢力は政府上層部にもおよんでいるふしがあり、現在西側情報機関がなみなみならぬ関心を寄せている。


「彼はいい人なの?」ビーンがたずねた。

「ああ、とってもいい人だよ」

「パパを私たちのところへ連れてきてくれるかしら?」

「もちろんだよ。きっと連れてきてくれるよ」アクリーは、娘の大胆で率直な目を見つめた。「ぼくが約束する。きっと彼がきみのところにパパを連れてきてくれるよ」

二〇〇時

電話のベルは鳴りつづけた。

「はい？」

グレゴールの心臓がはねあがった。彼女の声は音楽のように耳に心地よかった。あまり息を詰めていたので、窒息するかと思ったほどだった。頭がぼんやりとして、なにをいっていいのかわからなかったが、やがて無意識にこう叫んでいた。「モリー、ああ、モリー。きみだね、神様、きみなんだね！」

返ってきた答えも、おなじくらい彼をびっくりさせた。

「ああ、よかった。グレゴール、いとしい人。あなたが私を捨てて、二度と電話してこないんじゃないかと心配だったわ。グレゴール、手に入れたのよ！　なにが起きてるか信じないでしょうね。ほんとうに、信じられないことなのよ。私、あなたのためにそれを全部手に入れたわ」

「モリー、いったいなんなんだい？　教えてくれよ。おれは知らなきゃならないいんだ」

「グレゴール、あなたが考えてもいなかったものよ。うまく利用すれば、あなたの地位は安泰よ。とても信じられないことなの。あなたのために手に入れたのよ。いまどこにいるの？」

グレゴールは十四丁目にある別のバーにいた。そこは市内に残っている数すくないゴー・ゴー・クラブのひとつだった。

「えーと、ジョージタウンだ」と、彼はうそをついた。

「グレゴール、すぐにこっちへ来られない？　書類があるのよ。写真も報告書もあるわ。きっと信じないわね。たったいま、メリーランド州の真ん中で起きてるのよ、たいへんなことが――ねえ、できるだけ早くこっちへ来て」

「すぐに行くとも。ああ、モリー。モリー、愛してるよ、わかってるかい？　きみを愛してる。おれはとてもうれしいよ」

喜びのすすり泣きをしながら、グレゴールはバーを飛びだした。夜風が新鮮で、肌に心地よかった。勝利のにおいがした。彼は乾杯が必要だと思った。見まわすと、一ブロック先に酒屋があった。だが、そこへ行き、まばゆい照明のなかに入ったとき、自分が三ドルしかもっていないのに気づいた。

「ウォッカをくれ。パイント瓶でいくらだい？」彼はたずねた。

「なんといってもロシア製が最高だね」売り子が言った。「ストリチナヤが四ドル二十五。アブソルートが五ドル五十。それに――」

結局、グレゴールは今朝とおなじく〈ウォッカ・シティ〉とかいうアメリカ製のまがいものを買い、外へ出るとさっそくひと口ためしてみた。小柄な女性の平手打ちぐらいの強さしかなく、彼の心を満たしている喜びを増幅してくれることはなかった。まあ、いいさ。どんなウォッカだって、ないよりはましだ。彼は何度か瓶をあおりながら、車のところへもどった。車にはいまはられたばかりの駐車禁止のステッカーがくっついていた。彼は楽しそうにそれをまるめると、道路に放りなげた。それから車に乗って、アレクサンドリア目指して走りだした。

二十分ほどのドライブだったが、そのあいだにも何度かウォッカの瓶をかたむけたあと、彼はモリーの駐車場に車を乗り入れた。今朝まだ暗いうちにここを出て、また暗くなってからもどってきた。一回転したわけだ。絶望から勝利へ――彼の進む道は巧緻（こうち）をきわめたすぐれた戦術によって、魔法のように方向を変えた。彼はウォッカを上着のポケットにすべりこませ、急ぎ足で玄関ホールに入った。エレベーターで階上にのぼり、わき目もふらずに廊下を進む。

彼はノックした。

モリーがドアを大きく開けはなった。

「グレゴール！」

ああ、なんてかわいい女なんだ！　モリーはいつもとおなじムームー姿だったが、もりあがった肩がプロのフットボール選手のようだった。青いアイシャドーをつけた目がいつもより大きく生き生きして見えた。髪は入念にウェーブがかけてある。ずんぐりした足の先には、金ラメのストラップがついたハイヒールをつっかけていた。足の爪の色はピンクだった。

「今夜だけはきれいになりたかったの」

「きれいだよ。ああ、とってもきれいだ。すばらしいよ」

モリーは彼の手をとって、部屋のなかに導きいれた。興奮のあまり、グレゴールの心臓がメトロノームのように高らかに鳴った。SS‐24のような力強い勃起を感じた。発射寸前の勢いだった。部屋はロウソクの光で照らされていた。奥のテーブルにワインの瓶が置いてあり、ふたり分の食事の用意ができていた。

「ささやかなお祝いをしようと思ったの」と、モリーが言った。

「やろう！　やろうとも！　これでおれは永久にここにいられるんだ」

「すわってちょうだい、あなた。シャンパンをすこしいかが？」

「シャンパンだって！　もらうよ！　そいつはすてきだ！」シャンパンとウォッカとは、これ以上はない組み合わせだ。

彼は薄暗い居間のすわり心地のいい大きな椅子に腰をしずめた。待つほどもなく、彼女が栓をしたままの瓶とグラスをもってもどってきた。

「さあ、ぼくは全身を耳にして聞いてるよ」グレゴールはモリーの顔がいつにない輝きを放っているのを感じて微笑み、その瞬間の喜びを身体全体にしみわたらせながら言った。

モリーは向かいに腰をおろした。

「ねえ、グレゴール」彼女は言った。「その前に、ちょっとお話ししときたいことがあるの。あんまりおもちろくないことよ」赤ちゃん言葉でそういうと、モリーはまるまるふとった顔に、間のぬけた幼い少女のような笑みを浮かべた。「おねがい、しからないでね」

「きみのやることなら、なんでも許すよ」と、グレゴールは言った。「きみが犯した罪を全部ひっくるめて、ぼくが引き受ける。きみがまちがったことをするはずがない。きみは天使だよ、かわいこちゃん、聖人だ」彼はモリーのびっくりするほど小さな手を握って、彼女の目をのぞきこんだ。おかしなことに、彼女の顔には頬骨がないのにいまはじめて気づいた。それはまるで目がついた白いまくらだった。

「じつはね、私、連邦捜査局防諜班の特別捜査官なの」と言って、彼女はにやりとした。

　グレゴールはとてもおもしろいジョークだと思った。

「ああ、モリー、きみってなかなか役者だな」彼は笑いながらそう言ったが、すぐに部屋がこんなに暗いのは、大勢の人間がいるのを隠すためであるのに気づいた。その瞬間、あっという間にスーツ姿の男たちが彼を押さえこんだ。彼にはなすすべもなかった。明かりがついた。捜査官がひとり寝室から出てきて、ロウソクの火を吹き消した。クロゼットから、寝室からつぎつぎと男たちが姿を現わした。それは、劇場で芝居がはねて、明かりがつき、自分がずっとすき間風の吹き込む古いビルにいたことに気づくあのおそるべき瞬間によく似ていた。

　モリーが立ちあがった。

「いいわよ、ニック。彼をおゆずりするわ」彼女はグレゴールのほうを振り向いた。「ごめんなさいね。人生にはときどき辛いことがあるのよ。あなたはとてもいい人ね。でも、悪いけど、スパイとしてはおそまつだったわ」

　モリーは寝室に姿を消し、かわりに中年の男がグレゴールの向かいに腰をおろした。

「さてと」と、男は言った。「ようやくご対面できたな、グレゴール・イワノヴィッチ・アルバトフ。おれはマホニー、ニック・マホニーだ。この二年間、きみを近くから観察させてもらっていた。なあ、モリーはいい腕前だろう？　最高の部類に入るよ。ほんとうにすばらしいと思わないか？」

「おれは――おれは――」

「さて、グレゴールじいさん。われわれはひとつ問題をかかえている」

グレゴールは茫然として相手の顔を見た。

「一杯のんでもいいかね？」

「悪いな、グレゴール。しらふでいてもらう必要があるんだ。そう、ぜひともきみにはしらふでいてもらわなければな」

グレゴールはだまって男を見つめた。

「グレッグ、われわれはたいへんな厄介事をかかえてるんだ。それこそ、Aクラスの、大リーグ級の厄介事をね」

マホニーは腕時計に目をやった。

「きみはアルカーディ・パーシンという男を知ってるかね？」

「おれは――」

「むろん、知ってるな。実は、いまこの瞬間、そのアルカーディ・パーシンなる人物が世界一の権力をもってるのさ。彼はワシントンから五十マイルのところにあるアメリカのミサイル基地のなかに腰をおろして、大戦争をおっぱじめようとしている。ミサイルを発射して、最後のダンスを踊らせようってわけさ。そばにスペッツナズの阿呆どもがついてて、やつにやりたいことをやらせようとしてる。きみはスペッツナズのことは聞いたことがあるね？」

グレゴールはごくりとつばをのみこんだ。「電撃隊員、のど切り屋、英雄。最高の殺し屋、といわれている。だけど、なぜなんだ？」

「つまりやつの狙いは、おたがいの兵器が対等であるあいだに、自分の国に先制攻撃をかけさせることにあるらしい。やつは十発の弾頭を自分の国の司令管制網にばらまく。当然、きみたちは警報の段階でミサイルを発射させる。あっとびっくり、第三次世界大戦の始まり始まりってわけさ。やつは政治局が動かないのは知っている。だから、自分でそれをやることにした。きみには想像もつかんだろう？　この男の根性だけはほめてやってもいいくらいだ」

グレゴールはなにもいわなかったが、アルカーディ・パーシンならやりそうなことだと思った。

「ポーミヤットとかいう狂人集団のことは聞いてるかね？」

「〝記憶〟だ」と、グレゴールは言った。「頭のおかしい連中だよ。ゴルバチョフとグラスノスチとINF制限交渉と、近代的で希望のもてるものをのきなみ憎み、スターリンの時代にもどるのを願っているんだ。そうとも。みんな、彼らをおそれている」

「どうやら、きみの友だちのパーシンはそいつの創立メンバーらしい。記憶力がすごくいいんだろうな。まあ、早い話が、おれたちは選り抜きの兵隊八百人でそこをかこんで、まもなく襲いかかる予定でいる。忙しい夜になりそうだぜ。やつがボタンを押すのを止めるには――」

「だが、きみたちが報復攻撃をしたら、世界は破滅してしまうじゃないか」グレゴールは背筋がぞっとした。

「そこなんだ」ニック・マホニーはわざとらしい笑みを浮かべた。「こちらの戦略家たちは、別にもうひとつびっくり箱があると考えている。同志パーシンは、自分の国に先制攻撃をさせるだけじゃ不足らしくて、ミサイル発射と報復攻撃のあいだの七分間に、自分たちがはるかに有利な立場になるようななにかをやろうとしているんだ。それをやれば、われわれのミサイルが発射されても、飛び方はめちゃくちゃで、つながりはなくなり、ほとんど効果をあげられないようになる。まかりまちがえば、全然飛ばないかもしれない。きみは、頭のいい連中が〝断頭〟と呼んでいる理論を知ってるかね?」

グレゴールは相手を見つめた。

「頭の部分を切り落とすという意味だよ。この国の〝頭〟はこの街の、たったいまきみがすわっている場所からすぐのところにいる」と言って、グレゴールはにやりとした。

「そうなんだ、グレゴール。おれたちは、きみの友人パーシンが今夜ここで核爆発を起こすつもりだと考えている。このワシントンでな。さらば、ホワイトハウス、統合参謀本部、ペンタゴン、CIA、国家安全保障局、それに商務省標準局。さらば、全面的核戦争。さらば、何百万もの夢見る人々よ、というわけさ」

マホニーはグレゴールに笑いかけた。

「そこで問題になるのが、やつがどこで爆弾を手に入れるかという点だ。つまり、自分の国のミサイル・サイロやミサイル潜水艦を思いどおりにできないと仮定すれば、どこかで手に入れなくてはならんわけだろう？〈エディー・バウアー〉ででも買ってくるかな？」

グレゴールはまたのどをごくりと鳴らした。口のなかがからからだった。もし核爆発が起きるなら、時間のあるうちにここを離れたほうが賢明じゃないだろうか？　避難命令を出したほうが？

「グレゴール、きみは爆弾がどこにあるか知ってるかね？」

「なにをいいたいのかわからないね」と、グレゴールは言った。

「これはおれが直接聞いたことじゃないがね。でも、われわれはきみたちの周辺を徹底的に洗い、きみに負けないくらい噂を仕入れてきた。そして、一キロトンの核爆弾がソヴィエト大使館にあるという確信を得た。ミサイルが発射され、起爆命令が出た場合にそなえて、GRUの厳重な監視下に置かれてな。それなら、誰か勇敢な若者がそこへ行って、ボタンを押せばいいだけだから、命令を実行するのにほんの数秒しかかからないわけさ」

グレゴールは息を殺した。その噂は前からあった。スラブ民族のブラック・ジョークのように大使館の隅に重苦しく流れていたが、誰もまともに信じてはいなかった。だが、何年も前からしつこくささやかれていたのはまちがいない。

「いいかね。昔なら」と、マホニーが説明した。「核爆弾は何トンもの重さがあった。ひそかによその国に持ち込むことなどとうてい無理な話だった。だがいまは、軍需特殊原子爆薬とかいうものがあって、それなら百六十ポンドの重量しかない。ものの本によれば、たくましい兵隊がバックパックに入れて運べるそうだ。そこで、われわれはそのすてきなプレゼントがホワイトハウスから四ブロック離れた、十六番ストリートのどこかに置いてあると考えた。どう思うね、グレッグ？　あのビルのなかには、自分でスイッチをひっぱるようなまぬけはいるかね？」

グレゴールはぴんときた。そういうことだったのだ。それでつじつまがあう。

「ああ、いるとも。名前はクリモフ」と、グレゴールは言った。「ＧＲＵの代理駐在官だ。パーシンの甥で、やつのいうことならなんでも聞く」

捜査官はうなずいた。

「たぶん、そいつもポーミヤットのメンバーなんだろうな」

「たいへんだ」と、グレゴールが言った。「爆弾は地下にあるにちがいない。ワイン・セラーと呼ばれてる暗号翻訳室だ。大使館のなかではいちばん安全な場所だからな。ゆうべはおれの友だちのマグダ・ゴシゴーリアンが暗号当直だった。もしクリモフがその爆弾を破裂させるつもりなら、マグダひとりではとても止められない」

「そうだ。彼らは今朝早くにミサイル発射をするつもりだった。だが、それが十八時間おくれてしまった。今朝パーシンはサイロの無線機から、上等の無線送受信装置をもっていればかなり遠くの人間でも受信できる電波を短時間送りだした。きみたちの大使館でも受信できるものをな。おそらく、ボタンを押す役目の人間への合図のようなもので、追って指示があるまで行動をひかえろという意味だったんだろう。今夜の午前零時過ぎに、いよいよ本番のショウが始まる。もしわれわれがあそこに押し入らなければ、パーシンがその人物に合図を送り――ボタンが押されることになる。ワシントンの爆弾とモスクワへ向かったミサイルがほぼ同時に爆発するわけだ」

「そうか」と、グレゴールは言った。「おれを殺そうとした意味がようやくわかったぞ。やつらはずっと前からこうなるように計画してたんだ。今日の午後、クリモフがスペツナズの飛びだすナイフでおれを殺そうとした。おれが死ねばマグダがワイン・セラーの当直になり、マグダならクリモフの邪魔にならないからだ。ああ、マグダ。かわいそうなマグダ、おれはきみになんてことをしてしまったんだ！」

「彼女はいまそこにいるのか？」

「そうだ。おれは彼女に電話して、当直を代わってくれるよう頼んだ。くそっ、まるでやつの注文どおりじゃないか。彼女は声もたてずに死んでしまうだろう。そして、あの小豚は、自分が歴史を変える重要人物になる夢を見ながら、高笑いしてボタンを押すんだ」

ふたりはだまりこんだ。

やがてグレゴールが口を開いた。「そんなことをさせてはいけない。あんたたちは大使館に押し入って、それを阻止するんだ。警察といっしょになかへ入って、クリモフをつかまえろ」

「大使館はきみたちの領地だ」

「この際、そんなルールは関係ないだろう」

「グレゴール、いいかね。相手にするのは、ＡＫライフルをフル・オートにして、事あらば進んで死ね、塀を乗り越えてくる者は誰彼なく撃ち殺せと命じられているＫＧＢの男たちなんだぞ。それにもし騒ぎが起これば、クリモフは何分か予定を早めて地下へおり、びっくり箱を開けてしまうさ。相棒のニックの話をよく聞くんだ。いまつかえるシナリオはたったひとつしかない。これにはある男が――善良で勇敢でおそれを知らず、キャデラックのハブキャップほどの大きさの肝っ玉をもち、タフで頭がよく、抜け目のないジェイムズ・ボンド・タイプの男で、しかもロシア人だ——地下室へ行って、そのクリモフとかいう人物の行動を阻止できる男が必要だ。それがいちばん可能性のある賭けで、おそらく方法はそれしかないだろう。われわれはサウス・マウンテンに八百人のコマンドを送っている。だが、このワシントンではたったひとりしか送る余地がないんだ。わかるかい？」

「どこでそんな男を見つけるんだね？」グレゴールは、自分にどんな助力ができるだろうかと考えながらたずねた。たぶん大使館の内部構造や見取り図、入館の際の手続き、ワイン・セラーの位置などを教えられるだろう。もしかしたら、アメリカ人の捜査官にKGBの門番の前を通過できる書類を提供できるかもしれない。

そのとき、彼はマホニーが自分を見つめているのに気づいた。どういうことだ。みんながおれを見つめている。モリーも彼を見ていた。彼女の大きな、ぼんやりした雌牛のような目は熱っぽく、濡れたように輝いていた。

「ああ、グウィッギー」と、モリーは言った。「グリーン・ベレーか警官か連邦捜査官にまかせられたら、どんなにかよかったのに。でも、だめなのよ、グウィッギー」

ようやく、グレゴールにもみんながなにを考えているのかのみこめた。

「きみしかいないんだ、グレッグ」と、マホニーが言った。「きみが英雄になるときなんだ。グリーン・ベレーの一員になるときが来たんだよ、わが友グレゴール」

二三〇〇時

いまや、洪水のようにデータが流れ込みはじめていた。ＦＢＩは、サウス・マウンテンの山麓（さんろく）にある農場を半年前、〝アイザック・スミス〟なる人物が借り、スペッツナズが拠点として利用していたことをつきとめた。そこには、納屋に隠してあった弾薬の荷箱や、数カ月にわたってカナダやメキシコの国境を越え、さまざまなルートでひそかに集結した男たちがつかった各種の車、トラック、バスのほかに、計画表や予定表、食べ物のくず、地図、間にあわせの兵舎――ベッドは全部きちんととのえてあった――などが残されていた。さらに、化学薬品をしみこませた白いキャンバスが数枚――正確にいえば四枚――あるのが発見された。おそらくこのキャンバス地は、サウス・マウンテン基地のドップラー・レーダーを無効にするための初歩的な〝忍び（ステルス）〟テクノロジーのたぐいであろうと、捜査局は推測した。未使用のまま残されていた四枚は、今朝ハメル家を襲撃した四人の男たちのものだろう。

ペンタゴンやＣＩＡ、国家安全保障局はスペッツナズの歴史と行動理論をさらに掘りさげて調べていた。スペツナズは、立場によって最良とも最悪とも評される組織だった。士気は高く、きわめて強力で冷酷無比なコマンド部隊で、アフガニスタンで猛威をふるい、多くの村で起きた残虐行為に責任があるとみなされていた。

過去にさかのぼると、迅速で効果的な攻撃が必要となった場合、ソ連は必ずといっていいほどスペツナズの部隊をつかったふしがある。たとえば、一九六八年春のプラハ空港占領はスペツナズの空挺部隊によって行なわれたと考えられるし、ソ連がドプチェク政権の改革に幕を引いたときも、実行部隊はスペツナズの占領チームだった。一九七九年十二月カブールのダルラマン宮殿で起きたアフガニスタン革命評議会議長ハフィズラー・アミン暗殺はスペツナズ暗殺班の仕業だった。スペツナズの隊員は定期的に訓練将校として第三世界をまわり、ペルーやイランの山岳地帯やマレー半島、アジアの大陸部、ベトナムの水田地帯、エルサルバドルの高地などで友軍の訓練にあたった。

「じつに手強い相手です」と、スケージーが言った。「だが、われわれには粉砕できる」

「この作戦でもっともむずかしい部分は」と、プラーが言った。「懸垂下降だ。ロープで闇のなかにおりていかなければならない。当然、相手は集中砲火を浴びせてくるだろう。むろん、まず手榴弾ないしはC‐4プラスチック爆薬をひとかたまりシャフトに落としてからのことだが、きみのチームの最初の人間がロープをつたって闇におりていくにはすこし間をあける必要がある。スペツナズのトンネル防衛チームが態勢を立てなおして、反撃してくるまでにそう時間はかからないだろう。かなりきびしいぞ、フランク。ロープを最初におりる者の人選はもうすませたのかね?」

　スケージーは力強い真っ白な歯を見せて笑った。彼はウェスト・ポイント陸軍士官学校の六八年組のひとりで、学校にいたころはよく週末にプリンストンへバスで行き、滑稽な士官学校の真新しい制服に、わきを壁のように刈りつめたクルーカットという姿で大学の近くを徘徊(はいかい)して、誰彼かまわず議論をふっかけていた。彼は戦闘が好きだった。つねに戦闘に参加することを夢見ていた。あらゆる機会をとらえ、自分をためすためにきびしい試練のなかに身を投じてきた。

「あなたが先頭にたつ必要はない」と、彼は言った。「私がナンバー・ワンです」

　それはプラーが予想していた答えで、だからこそわざと問いかけたのだ。

「考えなおしてほしいね、フランク。指揮官がむやみに身をさらし、初期の段階で運まかせの行動をとれば、作戦自体を危険にさらすことになる」

「自分にできないことを部下にやらせるつもりはありません」スケージーはあてつけにそう言ったが、それが彼の信念でもあった。

「フランク」と、プラーは言った。「いいかね。私はきみに攻撃のやり方を指図するつもりはないんだ。だが、私に見せつけるためにロープを最初におりるような馬鹿な真似はしてほしくない。きみが、イランのことで私を憎んでいるのは知っている。出世できなかったのは私のせいだと考えているのもわかっている。きみがどう思うかわからんが、私はブルース・パーマーに会って、きみを大佐に昇進させるよう努力した。デザート・ワンでのことはすべて私の過ちだと話した。それでは不足かね？」

スケージーは目をそらしたままだった。

「私はこの任務を成功させようとつとめているだけです、大佐。それだけのことです。チャンスがほしいのです。イランで手に入らなかったチャンスが」

いままで弁解はいっさいしなかったプラーも、このときばかりはそれをしたい誘惑にかられた。われわれは、あの任務について過剰ともいえる指図を行なっていた統合参謀本部議長の特別命令によって、五機のヘリコプターだけで行くことを禁じられたのだ。選択の余地はなかった。私は陸軍の将校にすぎず、命令を遵守（じゅんしゅ）することで給料をもらっていた。あとでみんなが保身のために背を向けたとき、非難の矢を一身に受けるのも私の義務だった。ひと騒ぎ起こすこともできたが、私はやらなかった。それが私のやり方だ。

だが、プラーはなにもいわなかった。

「いいだろう、フランク。それでは、きみの幸運を祈ろう。いまや敵はデルタのものだ」

「今度こそ行かせてください、ディック。あなたがなにをするつもりか知らないが、とにかくわれわれを行かせるべきです」

何度も曲がりくねり、ねじれながらつづいている暗い穴をのぼっていくうちに、ウォールズは自分が上方の小さな光を求めて他人の腸(はらわた)のなかを這いすすんでいるような気がしてきた。光がほぼ真上に見えることもあり、そういうときは煙突をのぼるようにひざとまるめた肩を壁に押しつけて身を支えて進まなければならなかった。蛇腹ポケットに入っている散弾の残りと、腕にぶざまに巻きつけたショットガンの重みが足をひっぱった。

そんなものは捨ててしまえ、と彼は思った。だが、捨てられなかった。彼はその銃を愛していた。それはいままで一度も期待を裏切らなかった。

ときには地面がかすかな勾配(こうばい)でつづら折れになり、のぼるというより歩くという表現が近くなることもあったが、それでも穴はつねにのぼりつづけていた。だから、迷路のようなトンネルにかすかに反射する小さな光だけを見つめながら、闇のなかを懸命にのぼりつづけた。頼りはそのかすかな光と、いまはさっきより冷たく澄んで、ささやくような音をたてている空気の流れだけだった。

たぶん、おれは死んだんだ。ここは地獄なんだ、と彼は思った。これが永遠につづき、おれはこのいやったらしい穴を――トンネルからトンネルへと――果てしなく這いまわることになるんだ。これがトンネル・ネズミの宿命だ。ウォールズの目にそれが見えた――天国へつづく、宇宙へつづく、永遠に終わりのないトンネルが。

彼は足を止めた。汗が目に流れ込んできた。まともにものを考えられなくなっていた。そういうことさ、坊や、と彼は心でつぶやいた。大きく息をつくと、ひどい空腹感が襲いかかってきた。いまなら、鶏を一羽まるごと食えそうだった。一瞬、心を集中して、チキンのぱりぱりとした外皮を思い浮かべ、それを歯でちぎりとり、その下にある肉の歯ごたえと、やわらかい白い肉が骨を離れて自分の手のなかに入る、どろりとした脂っぽい肌ざわりを頭のなかに思い描いた。ウォールズはにやりとした。弟のジェイムズの姿が脳裏を横ぎった。ふたりでよく冗談をいいあったものだ。白人が死んで鶏になってよみがえれば、黒人がそれを食べられるから、やつらもようやく黒人の役にたてるというものだ、と。

彼は心のなかで笑った。そのジョークは何年も忘れていた。さあ、しっかりしろよ。この窮地を抜けだして、ジェイムズに会いに帰ろうぜ。ママのチキンを食いにいこう。

ママは熱心なバプテストだった。長いあいだ、パイクスヴィルのユダヤ人一家のために汗水流して働き、ユダヤ人にもよくしてもらっていた。だが、それ以外には誰にもよくしてもらえなかった。夫のタイロンにしてもそうだった。家族を捨てたタイロンは、ときどき現われてはママをなぐった。ママは身体の大きな人で、いつも悲しそうに祈っていた。いつも一生懸命に働き、長男のネイサンがベトナムでトンネルにいるあいだに死んだ。弟のジェイムズがそう知らせてきた。そのジェイムズものちに殺された。バスケットボールのゲームに拳銃をもってきた若者がいて、彼を罵倒したジェイムズを撃ち殺したのだ。

だから、ウォールズが家に帰っても、ママもジェイムズもいなかった。いっしょにトンネルで戦った男たちもみんな死んでしまった。どこを見ても、メリーランド州ボルティモアのペンシルヴェニア通りの暑苦しい路地を這いまわるネズミのように死ばかりだった。彼はその街で仕事にあぶれ、たまたま職にありついても、トンネルで爆発に出会い、生き埋めにされてから痛みだした頭のせいで働けず、首になった。

「今日はきみの残りの人生の最初の一日だ」ベトナムから帰ってきたとき、デロス駅の看板にはそう書かれていたが、それもまたシロどもの大嘘のひとつにすぎなかった。その日が最初の一日になるような人生は残っていなかった。

看板には、別のせりふが書かれるべきだった。〝くたばれ、黒んぼ〟と。

ウォールズは首を振った。折れそうなほど力をこめてショットガンを握った。ペンシルヴェニア通りが人間にどれほどの怒りを植えつけるか、誰にも理解できるはずがない。ペンシルヴェニア通りから抜けでて、ママと弟を田舎のきれいな場所に埋めてやれるなら、人はどんなことでもする。ウォールズはママが恋しかった。弟がいないのが寂しかった。彼はついにペンシルヴェニア通りを抜けでられなかったが、しばらくのあいだ、そこの大物で通っていた。ペンシルヴェニアのドクター・Pと呼ばれ、ぴちぴちした若い女から、素敵な気分にしてくれる魔法の薬、男の顔をたててくれる道具までなんでも注文しだいに手に入れた。彼はペンシルヴェニア通りのスルタンだった。ああなるまでは——

突然、水滴が頬にあたって、ウォールズは夢想からさめた。そうさ、坊や、ここはまだいやったらしいトンネルのなかだぜ。どこまでも、どこまでもつづいているトンネルのなか——

そのとき、彼はそれに気がついた。

なるほど、あそこまでのぼるのは難儀だが、これがそうなんだ。これがおれの探してたものだ。

それは波形鉄板をはった金属パイプで、トンネルの真ん中をまっすぐ上に向かってのびていた。だが、くそっ、やけにさびついてやがる。光は鉄板に開いた穴からもれていた。

ウォールズはよろめきすすんだ。まっすぐには行けなかったので、ななめにパイプに近づいた。山の砦のシロどものクソだめから通じてるパイプなのか？　いやちがう、クソの臭いはしない。彼はパイプのそばまで行ってしゃがみこんだ。たしかに、水はここから出たものだった。山から通じている通風管の水で腐食した部分に穴が開いたのだ。これこそ、このちっちゃな管こそ、彼が通ってきたトンネル全部の大もとだった。彼は手をのばして、穴に触れてみた。いいぞ、なんとか人が通れるだけの大きさがある。ウォールズは穴に身体を入れた。まるで、これから生まれてくる子供——というより、逆に子宮に這いもどろうとしているみたいな感じだった。ここで身体を曲げ、ここでねじり、細い腰をあちらへこちらへとくねらせながら、さびついたパイプのなかへ身体を押し入れなければならなかった。くそっ、銃がひっかかりやがった！　こっちへ来い、くそっ、ああ——そうだ、それでいい、それでいいんだ。

彼はピストンのなかにいた。

いいぞ、まぬけ、それでこれからどこへ行こうっていうんだ？　彼は前へゆっくり這いだした。肩がかろうじて動く程度だった。パイプの天井が鼻から一インチほどのところにあった。身をくねらせて前に進んだ。振り返ることもできなかった。金属の臭いが鼻をついた。銃が身体の下にあり、痛かった。くそっ、いてえじゃないか！　だが、身体の自由がきかず、数インチずつ進むのがやっとだった。またパニックが襲ってきた。ええい、くそっ、こんな下水管みたいなパイプのなかで死んじまうのか？　彼は悲鳴をあげた。悲鳴は金属にはねかえって、彼の顔にもどってきた。最悪だった。ほとんど身動きもできないほどせまかった。ただ一インチ、また一インチと身体を前に押していくしかなかった。このなかにはまりこんだまま、飢え死にしてもおかしくないほどだ。やがて小さなネズミがやってきて、皮膚と肉を骨から食いちぎっていくだろう。

ウォールズはネズミのことは考えないようにつとめた。ありがたいことに、ネズミの姿はどこにもなかった。あるのは頭上と身体全体をとりかこむパイプと、前方にぼんやり見える光、いまやかなりの強さで吹きつけてくるひどく冷たい乾いた風だけで、低いうなり音がかすかに聞こえていた。彼は身をよじらせて進んだ。一秒が一時間にも思えた。ここを永遠に進んでいくことになるのではないか、それが彼の人生なのではないかという気がした。なにかを思い出そうとしても、頭に浮かんでくるのは、〈アーリア人〉の連中におどし文句どおりシャワー室で尻を切り落とされるのではないかとびくついていた今朝のことだけだった。祈るべきだと思ったが、いまの彼は神に見放されていた。祈るべき相手を思いつかなかった。ママのバプテストの神様はこんな場所では役にたたない。バプテストの神を信じているやつは多いが、みんな、ろくな目にあっていない。いちばん最近の例が、数時間前にはトンネルのなかで生きていたウィザースプーンだ。だが、アラーの神も似たようなものだ。アラーを奉っていた男たちもバプテスト派同様、自分のことに夢中になりすぎて死んでいった。刑務所のイスラム信者のボスだったラリー・Xという男は、〈アーリア人〉のひとりにのどを魚の口みたいにぱっくり切り裂かれて死んでしまった。アラーにも結局、なんのご利益もないのだ。祈るべき相手が見つからず、ウォールズはしかたなく〈アブラハムとマルティヌスとヨハネ〉の一節を口ずさみはじめた。彼が聞いたなかでは、この男たちがいちばん神に近い人物に思えたからだ。歌いながら、身をよじらせて進み、一世紀もたったように感じはじめたころ、自分の体臭と汗の臭いと恐怖の臭いにつつまれて、トンネルの終点にたどりついた。

彼は外へ這いでた。そこに神がいた。

背の高い、真っ黒で、うつろな神が、機械の低いうなり音がするエアコンのきいた小部屋のなかで、無表情に彼を見下ろしていた。神は巨大だった。神は途方もない大きさだった。神は無慈悲で、無意味で、人間の顔をもっていなかった。神の表面はなめらかで、触れるとひやりとした。

神はミサイルだった。

数時間ぶりにテレックスがカチカチと音をたてはじめた。しかし、将軍はメッセージを見るために機械のところへ行くそぶりは見せなかった。あいかわらずジャック・ハメルの後ろに腰をかがめ、魅せられたようにチタニウムのブロックの奥深くに入りこんだ炎を見つめていた。まるで、炎が早く金属を切りきざむのを祈っているかのように。

「将軍」誰かが呼びかける声がした。「メッセージがとどいています」

将軍はしぶしぶ炎のスペクタクルから目を離し、機械のところへ行ってメッセージを破りとった。

それから、彼は電話をとりあげた。

ジャックの耳にも呼び出し音が聞こえた。

「ヤソタイ少佐。部下たちに、もう言語統制を守る必要はないと伝えてくれ。アメリカ人がわれわれの正体を見破ったようだ」

彼は受話器をおろすと、管制室にいる歩哨(ほしょう)のひとりに外国語で手短になにか伝えた。相手の若者はだまって、部屋を駆けだしていった。ジャックは彼らがしゃべる言葉に耳をかたむけ、それがどこの国の言葉かわかった。

思わず彼は振り向いて、立ち上がった。

「おまえたちはロシア人だ!」と、彼は金切り声をあげた。「聞いたぞ。あれはロシア語だ。おまえたちはロシア野郎なんだ!」すぐに、自分が孤立無援の状態にいるのに気づいて、心臓が高鳴った。将軍にさからっている自分が信じられなかった。

将軍がジャックに顔を向けた。そのなめらかでととのった顔に一瞬、驚きの表情が浮かんだのが見えた。

「もしそうなら、どうだというんだね、ミスター・ハメル？　それで、きみの家族の身になにか変化があるというのかね？」

「おれはロシア人には手を貸さない」ジャックは絶対の確信をもってそう言いきった。これで突破口が開け、よって立つべき足場ができたと思った。それでも、心臓が手持ち削岩機のようにものすごい速さで鼓動し、ひざががくがくふるえだした。

将軍がロシア語で静かになにか言うと、すぐさま若い空挺隊員がふたり部屋に駆けこんできて、銃口をジャックに向けた。

「道化芝居はおしまいだ、ミスター・ハメル、馬鹿さわぎ抜きでな。私が命じれば、部下が撃つ。そうなれば、きみの家にいる部下たちに連絡をとり、きみの奥さんと子供を殺さなければならない。チタニウムの厚みはあと一、二インチだ。きみがいようといまいと、われわれの力でできる。きみの犠牲は無駄になる。きみの家族の犠牲もまったくの無駄になるんだ」

「ほう、そうかな？　相棒、あんたはミサイルについてはくわしいかもしれんが、溶接のことはなにも知らない。おれがこのチューブをひっぱれば――」彼はそばにあるガス・ボンベとトーチをつないでいるチューブをひっぱった。「目止め押さえがはずれて、ガスがみんな抜けちまう。そうなりゃあ、新しいボンベが来るまで待ちぼうけだぜ。そうだな、まあ、とどくのは明日の昼ってところかな」

必死の虚勢をはっているジャックのひざはがくがくと揺れていた。手のなかでトーチがふるえているのも感じた。だが、むろん彼の言い分が正しかった。いまはボンベとホースのつなぎ目の目止めが、この狂った出来事全体のいちばん重要な鍵となっていた。力をこめてひっぱれば、すべてがただの歴史に化してしまうのだ。

ロシア人は即座にそれを理解した。

「ミスター・ハメル、馬鹿な真似はよせ。私はうそはついていない。それは保証する。きみの奥さんと子供は無事だ。きみは一生懸命働いてくれた。すこし休憩したほうがいい。ひとりにするから、よく考えて、あとで答えを聞かせてくれ。いいね？」

将軍は微笑んで、ふたりの部下になにか命じた。三人は部屋を出ていった。ジャックは勝利感がわきあがってくるのを感じた。慇懃な将軍が突然途方に暮れ、なすすべもなく引き下がったのを見てうれしかった。だが、勝利感はたちまち戸惑いに変わった。自分はどうすべきなのか？　ホースを抜けばいいのか？　そうすれば、彼らが入ってきて、自分は撃たれ、家族も殺されるだろう。世界は生きのび、ハメル一家は全滅する。そんなのはごめんだ。このホースを握っているかぎり、自分はなにがしかの力をもつことになる。彼らを遠ざけておくこともできるのだ。彼は大きな金属の扉を見つめた。もしあれに鍵をかけられれば――

ふとカウンターのうえに置いてある黄色いテレックス用紙が目にとまり、彼はそれを拾いあげた。

軍情報管理本部(GRU)第一次官アルカーディ・パーシンに告ぐ。ここに、貴下がサウス・マウンテン・サイロ基地内で行なっている作戦を中止するよう勧告する。以下がその交換条件である。

一、貴下と貴下の部下、すなわちスペッツナズ第二十二旅団の兵員は安全にソヴィエト連邦へ送還される。ソヴィエト政府には現在のところ、貴下の身元も、本作戦の範囲も、ポーミャット組織との関連も通知されていない。

二、貴下の部隊の負傷者は全員、手当てを受けたうえで、できるだけ早い時期にソヴィエトに送り返される。

三、情報機関による尋問や事情聴取は行なわれない。

四、第一項を受け入れられない場合は、アメリカ合衆国が責任をもって諸君を(また諸君の選択した同行者を)希望の中立国に送りとどける。

五、また、貴下ならびに貴下の部下がのぞめば、わが国の庇護(ひご)を受けることも可能である。その場合は新たな身分を与えられ、この国で不安のない生活を送ることができる。

アルカーディ・パーシン将軍、貴下が計画したこの任務が成功することはありえない。私は、われわれが共有する人間性と貴下の職業軍人としての倫理的規範の名にもとづいて、現在起こりうる最大の深刻な結果が生じるまえに、貴下が任務を中止し、放棄するよう切に願っている。


そこにはアメリカ合衆国大統領の署名があった。

大統領だって！　大統領まで関わってるんだ。ジャックは心底感動した。気力がふつふつとわいてきた。もし大統領が関係しているのなら、これももうすぐ終わることを意味する。まもなく陸軍がここへやってくるはずだ！　もし扉に鍵をかけることさえできれば、おれは——

目を上げると、とたんに世界が赤い光となって分解し、輪郭を失った。レーザー射撃照射器の点が彼の目にあたったのだ。一瞬、なにも見えなくなった。

ひっぱれ！　とジャックは思った。ホースをたぐりよせる。だが、そのときなにかが足で破裂し、足から力が抜けていった。彼は悲鳴をあげて倒れ、トーチが手からすべり落ちた。途方もない痛みにもめげず、ジャックは床に倒れると同時にころがり、身をもがきながら、運動選手の情熱のすべてをかたむけてホースに手をのばし、むしりとろうとした。だが、彼を撃ったコマンド隊員が扉から駆け込んできて、そばに立った。

「出血を止めろ」と、将軍が言った。

「おまえは狂ってる」ジャック・ハメルが叫んだ。「おまえは狂人だ、そんなことができるはずが――」

たくさんの顔がうえからのぞきこんでいた。ジャックはあおむけに横たわっていた。誰かが足に注射を打ち、痛みが消えて、なかにホイップ・クリームが詰まっているような感じになった。包帯が巻かれた。

「彼はきれいにきみの足を撃ちぬいたよ、ミスター・ハメル。腿の肉を貫通している。あと百年は生きられるぞ」

「おまえは狂ってる」ジャックがまた叫んだ。「世界をほろぼそうとしてるんだ。本物の狂人だ」

「ちがうね、ミスター・ハメル、私は正気そのものだ。世界でいちばん正気な人間といっていいかもしれない。さて、ミスター・ハメル、トーチにもどってくれ。仕事をするあいだ、この男がきみの首にずっと拳銃を向けているのを忘れないように。ちょっとでも動けば、きみは死に、きみの家族も死ぬ。世界が燃えあがってしまえば、嘆いてくれる者もいない」

将軍が身をかがめた。彼の魅力の通気管がふたたび口を開き、燃えるような心のこもった視線がジャックに突きささった。

「だが、いいかね、きみ。きみがキーを手に入れ、われわれがやらなければならないことをすませたら、私はきみの家族をここへ呼ぶつもりだ。それだけの時間は充分ある。部下に連れてこさせよう。わからないかね、ミスター・ハメル？　ここしか、この山のなかしか、安全な場所はないのだ。ミスター・ハメル、きみが受け継ぐ世界のことを考えてみたまえ。あとすこしの努力で、すべてきみのものになるのだよ」

ジャックを不安にさせたのは、相手が狂人であることではなかった。正気に見えるところが――将軍が純粋に、なんの疑いもなく、自分のやるべきことを心得ているように見えるところがジャックの不安をかきたてた。

「子供たちのことを考えたまえ、ミスター・ハメル」

「なんでこんなことをするんだ？」ジャックは思わず大声を出していた。「なあ、なぜなんだ？　何千万もの人間を殺してしまうんだぞ」

将軍は苦い笑みを浮かべた。ジャックは、はじめてこの男の内面をかいま見た気がした。

「実際に殺すのは数億人だけだよ。私は何十億もの人間を救うのだ。私は世界を救う人間なのだ。私は偉大な男なのだよ、ミスター・ハメル。その私に手を貸せるのだから、きみも幸運な男だ」

　将軍はまたかすかに笑みを見せた。

「さあ、掘ってくれ、ミスター・ハメル。掘るんだ」

　ジャックはもう一度白旗をあげるしかないと思った。このような傑出した人物に、自分よりはるかに利口で、はるかに強く、すべてを見通している人物に、どうして対抗できようか？

　炎がまた金属をむさぼりはじめた。


　夜を走るトカゲのようなすばやさで動きまわりながら、アレックスこと、ヤソタイ少佐は陣地から陣地へと移動し、やさしい言葉をかけ、勇気づけるために肩をたたき、愛国心と自己犠牲を引き合いに出し、伝統を思いださせた。彼は決して雄弁な人間ではなく、まして口達者とはとてもいえなかったが、その不器用な実直さが、そしてなによりも彼の信念が充分にしかるべき役割を果たした。

「ここはどんな具合だね？」またロシア語がつかえるのを喜びながら、彼は言った。

「順調です、少佐。用意はできています。いつ来ても平気です」

「暗視スコープで見たところでは、トラックがこちらへ向かってのぼってきているところだ。赤外線で、彼らのヘリコプターのエンジンが始動するのも捉えた。アメリカ人がまもなくここへやってくるぞ。今度はうじゃうじゃのぼってくるはずだ」

「準備はできています、少佐。目にもの見せてやりましょう」

「いいぞ。ここはアフガニスタンではない。状況が曖昧模糊として、いつのまにか隣の戦友が死んでいるなんていうことはありえない。今度は、われわれ全員がそれを目的に訓練を受けてきた戦いになるんだ」

ヤソタイはそう信じていた。将軍はすべてを彼に打ち明け、彼は将軍を信じた。将軍は偉大な人物で、世界全体を俯瞰し、なにがいちばん大切かを見きわめていた。誰でも将軍を信じることができる。ヤソタイは、信念をもってのぞめる戦いに飢えてアフガニスタンから帰ってきた。そこでは、あちこちの深い峡谷で縦射を受けて、なんの意味もなく死んでいく男たちの姿を、岩のうえにこぼれだした内臓を、ロシア人の血をなめてまるまると太ったハエをいやというほど見てきた。そして帰ってみれば、ほかの多くの帰還兵とおなじく、感謝もされず、喜ばれもせず、なにもない無の世界が待っていた。彼は信仰を、身請け人を、聴罪司祭を、救世主を求めて帰ってきて、そのすべてを将軍のなかに見いだした。

「いまは変化が起きている」将軍が指摘した。「ゴルバチョフという男と、やつのいまいましいグラスノスチが、きみたちがそのために戦い、死んでいった祖国をアメリカのミニチュアに変えようとしている。われわれはみんな軟弱になり、ブルジョア化している。敵がわれわれを破滅させようとしているとき、われわれは敵とおなじになろうとしているのだ。アメリカでは、いまこの瞬間も、われわれを破滅させる新世代のミサイルが配備されているというのに、狂気の沙汰(さた)としかいいようがないではないか！　ゴルバチョフの阿呆は中距離核ミサイルをわれわれから奪いとったうえに、まだ軍縮を拡大しようとしている。ユダヤ人どもは収容所から連れもどされ、反体制派の有名人に祭りあげられた。アメリカの音楽がラジオから流れている。十代の人間は踊るのに忙しくて、党に見むきもしない。そういったことがすべて、きみたちがアフガニスタンで血を流してゆっくり死んでいるあいだに起こったのだ。われわれひと握りの者だけが、いまの状況を把握できる記憶をもっている。記憶だよ、アレックス。それが鍵なのだ。記憶をもとに、ポーミャットをもとに、すべてが生まれる。祖国への信頼、不快な現在を変えようとする勇気が。現実を直視できる根性をもった人間は数すくないし、それに対してなにかしようという根性をもった者はさらにすくない。リーダーシップは、情熱は、勇気は、いったいどこへ行ってしまったんだ？」

「それはひとりの人物のもとに集中しています。あなたのもとに」

将軍はとくにアメリカを憎み、〝モラルと知性をそなえた大収容所〟と評していた。勇気をもつ者だけが、憎むべきアメリカとロシアを破壊する計画に立ち向かうことができる、と。

「アレックス、きみはジンギスカンが、昇進の誘いをすべてことわった聡明な若い士官の指揮下にあった、まるでスペツナズそっくりの特殊部隊をもっていたのを知ってたかね？　その若者がなんと言ったか知っているかね？　それを教えるから、すこし考えてみてくれ。〝四十人の男を選ばせてください、世界を変えてみせます〟」

　ヤソタイはうなずいた。

「アレックス、私は世界を変えるつもりだ。きみと四十人の選ばれた男たちで。いや、六十人だったな」

　ふたりは絶妙のコンビだった。将軍はすべてを見通し、すべてを心得ている父親で、少佐は父親のヴィジョンを実現させるために自己犠牲もいとわない息子というわけだ。

「さあ、おまえたち」ヤソタイは彼の子供たち、すなわちサウス・マウンテンの外縁部防衛にあたることで世界の変革に参加しているスペツナズ第二十二旅団の屈強な若者たちに語りかけた。「零下のスターリングラードの瓦礫のなかをよろめき歩き、何年ものあいだ血まみれになってナチ親衛隊の戦車の前に身を投げていた父親たちのことを思い出せ。それに、革命を成就し、西側との偉大な戦いをくりひろげて、きみたちのために世界を救った祖父たちのことを。そして、きみたちの試練が彼らの半分もきびしくないことを感謝しろ。きみたちはわずかひと晩アメリカの山のうえで戦えばいいのだ」

「来るなら来ればいい」と、若者のひとりが言った。「銃弾で答えを聞かせてやる」

「その言葉を聞くのはいい気分だ。それから、このことを忘れるな。きみたちはスペツナズだ。地上に、きみたちほどきびしい訓練を受け、多くを学び、きたえあげられた人間は存在しない。きみたちは世界最高の男たちだ。きみたちが祖国の命運を左右するのは、きみたちにそれだけの力があるからだ。きみたちの肩幅は広く、きみたちの心は澄み、きみたちの意志は強固だ」

ヤソタイはすこし間をおいて、考えた。顔がぴくりとひきつった。彼はそれが微笑みであるのに気づいた。

彼は幸福の絶頂にいた。

始まるのが待ちきれなかった。それは古代のローマ軍団のころから、すべての職業軍人が夢見てきた戦い——不安定な状態にある世界の運命を左右する小規模部隊の防衛戦——だった。だが、それを戦えるのは何百万にひとりの兵士だけだった。そのひとりがスペツナズ第二十二旅団のアレクサンドル・パヴロヴィッチ・ヤソタイ少佐というわけだ。

そしてもうひとりが、まもなくあいまみえることになる、アメリカ軍攻撃チームの名前のない指揮官だった。

そこはようやくデルタの隊員だけの世界になった。スケージーが腕時計を見ると、二一四五時になっていた。計画では、二一五〇時にヘリコプターに搭乗する予定だった。プラーは指揮所に帰り、勇気をふるいおこすかなにかしていることだろう。シオコールという男もいっしょに帰って、ドアを打ちやぶるための文字と数列の解読遊びを再開していた。

まだ部外者がひとり残っているのは知っていたが、スケージーはなにも言わなかった。ハメルの家で大失態を演じた若いＦＢＩの捜査官アクリーが、いっしょに家に押しいった隊員のひとりから借りたらしいデルタの迷彩服を着て、数分前に到着していた。どこかでＭＰ‐５と特注の四五口径を調達し、最後までくっついてくるつもりのようだ。いいだろう、若いの、とスケージーは思った。おまえもパーティによんでやる。

「よし、諸君」と、スケージーは言った。「ちょっと耳を澄ませてくれ」

部下たちが彼のほうに顔を向けた。その顔は黒く塗られ、武器は何千回も点検してあった。コッキングし、ロックした武器をかかえ、ブーツの紐を締めおえた最高の兵士たちが、注意を集中し、熱意もあらわに彼を見つめていた。

「諸君、いまはわれわれだけだ。このなかには、空挺部隊やレンジャーとしてベトナムに行った者、特殊部隊Aチームにくわわって奥地へ分け入った者がいる。きみたちはそこで、自分や仲間たちがおびただしい血を流したにもかかわらず、結局はすべてがくずれさった様を目のあたりにしてきた。私といっしょにイランでの失敗した任務に参加し、それが崩壊していく様子を目撃し、燃えあがる死体を砂漠に残してきた経験をもつ者もいる。私といっしょにグレナダに降下し、谷間に釘づけにされて長い夜を過ごした記憶をもつ者もいる。いうなれば、デルタはそのたびに尻を蹴とばされつづけてきたわけだ。そしていま、あの山のうえにはわれわれとよく似た男がいる。筋金入りのプロの軍人で、数多くの任務を経験した男が。スペツナズの指揮官だ。いまごろやつは部下に、自分たちがどれほど優秀か、デルタはどうやって近づいてくるか、どうすればデルタの尻をできるだけたくさん蹴りつけてやれるかを話しているはずだ。わかるな？　そう考えると、私はとても幸せな気分にはなれないし、きみたちもおなじだと思う。だから、なにがあろうと、ヘリに乗る前にしばらく真面目になる時間をもつべきだと思った。私は今夜自分が死ぬのをほぼ確信しているが、すこしもこわくはない。なぜなら、私が死ねば、ほかのデルタの尻蹴り屋が私の開けた穴に飛びこんできて、私が始めた仕事の仕上げをしてくれるのを知っているからだ。そうじゃないか？　さあ、握手を交わし、心を澄ませ、今夜の仕事に気持ちを集中しようじゃないか。いいか、諸君、われわれの力でこいつに幕を引こう。デルタが幕を引くのだ。今夜はデルタがやつらの尻を蹴りとばすのだ。これでおあいこだろう?」

それに応じる声が爆発音のように轟いた。

スケージーは微笑んだ。彼は幸福の絶頂にいた。


シオコールはその顔をにらみつけた。いかにも抜け目なさそうで用心深く、それでいてどこかあけっぴろげでうちとけ、強い信念を感じさせる顔だった。顔だちはととのい、自信があふれだしていた。そこから流れだしてくるカリスマが感じとれそうだった。目は熱っぽく輝いていた。

アルカーディ・パーシンよ、とシオコールは思った。おまえのことはいままで聞いたこともなかった。だが、おまえはぼくを知っていた。

シオコールは略歴に目を通した。徹底して軍事と工学技術をたたきこまれたクラスの優等生のひとりだ。

彼はCIAの資料からなにかのパターンを、なにかの意味を見いだそうとした。だが、なにも見つからなかった。彼が知っている多くの将軍とおなじ、ありふれた国防問題の専門家にすぎないように思えた。むろんそこには、例の非情で、冷酷で、真面目な軍人精神と、ポーミャットのような避けうべくもない右翼的傾向というロシア・スタイルが加味されてはいたが。

だが、ひとつだけ特筆すべき点があった。〝一九八二年には正式にアルカーディ・シモノヴィッチ・パーシンの名で本部に登録されていたのが、その後はたんにアルカーディ・パーシンとして知られている。このような前例のない決定がなされた理由については、いまだに情報を入手していない。わが方の情報源にも、その意味を解明できる者はいない〟

彼はなぜこんなことをしたのだろうか？

わけのわからぬ戦慄がシオコールの身体を走り、神経がさかだつのを感じた。なぜか、この名前の変更は自分と関係があるのではないかという気がした。これにも自分が関係しているのだ。彼は身震いした。

シオコールはロシア人が自分をどう思っているかについて考えているうちに、この男にとって自分がとても重要な存在であることに気づいた。彼はひとりの人物を送ってシオコールの妻を籠絡し、つづいてみずからこの国にやってきて、彼女を魅了した。にせのイスラエル領事館の一室に彼女を呼びよせ、自分の目でシオコールが愛した女性をたしかめた。おそらく、アリ・ゴットリーブなる人物との情事のフィルムも見ているにちがいない。

シオコールはまた身震いした。なぜか、心の秘密に触れられたような気がした。知らないうちに、心を蹂躙されたような感じだった。この男は、彼のもっとも身近にある弱点——ミーガン——を奪って心変わりさせ、彼に対する武器として利用した。それはまるで、彼の全体を顕微鏡写真で徹底的に観察し、彼の人生の堆積物を残らず調べ、すべてを白日のもとにさらけだし、なんとか彼の内部へ侵入し——病的でひねくれた方法で、彼になりかわろうとしたかのようだった。

　シオコールはうしろに手をのばし、自分の財布をとって、なかから妻の写真をひっぱりだした。あいかわらず彼女は魅力的だった。その写真をパーシンのものとならべて置き、二枚を交互に見くらべてみる。ミーガンのは真正面から撮ったスナップ写真だった。写真はその優美さ、鋭い頭脳、それにほんのかすかな神経症的傾向を的確に捉えていた。彼女を見ているうちに、シオコールは急に深い憂鬱にとらわれた。

　ああ、ぼくがきみをやつらに引き渡したんだ。そうじゃないか？

　やつらに手を貸したようなものだ。

　彼はパーシンに、山のうえにいる男の顔に目を移した。

　おまえのやっていることは全部、おまえがぼくより頭がいいという自信にもとづいているのだ。おまえとひとにぎりの仲間——なんという組織だったろう？　そうだ、ポーミャット、〝記憶〟だ——がやっていることは。シオコールはすこし恥ずかしくなった。彼は自分が記憶をもっていないことを、歴史的過去の感覚をもっていないのを自覚していた。

だがぼくには、そんなものはなんの意味もない、と彼は思った。ぼくに意味があるのは、ただひとつ。

ミーガンだ。

おまえは彼女をぼくから奪いとった。

彼はもう一度写真を見つめた。だめだぜ、同志パーシン。ぼくのほうがおまえより頭がいい。ぼくはクラス一の優等生だ。ぼくより頭のいい人物にはいままでお目にかかったことがない。

彼は名前を――アルカーディ・パーシンとピーター・シオコールという名前を――頭のなかでもてあそびはじめ……

突然、彼は立ちあがった。おそろしいほどの興奮が、おそろしいほどの苦痛をともなって襲いかかってきた。息をするのも苦しいくらいだったが、同時に身体にエネルギーがみなぎった。

どうやら、ぼくはおまえの尻尾をつかまえたらしいぞ。ぼくがやらなければならないことはただひとつ、おまえがぼくにはそれに直面するだけの根性がないと思っていることだ。だが、ぼくはリアリストだ。それがおまえを打ちやぶることになるのだ。ぼくはどんなことにも直面できる。たとえ、そのために死ぬことになっても。

彼はデスクを離れ、ディック・プラーやほかの連中の視線を無視して大またで作戦室を横切り、通信室に入った。

　彼は電話をとりあげた。

「これは通じてるかね？」

「ええ」若い兵隊が答えた。

　彼はすばやくダイヤルをまわし、呼び出しのベルに耳をかたむけた。

　男の声が応じて、名前を名乗った。

「ぼくはピーター・シオコールだ」と、彼は言った。「サウス・マウンテンの作戦地域からかけている。妻と話をしたい」


　孤独なひと時がおとずれた。ディック・プラーはもっとましなことを――もっと気がきいて、もっと堅実で、もっとときわだったことをやらなければいけないと思った。だが、彼はそこにすわりこんだままマルボロをふかし、腸のなかを冷たい小さな蜘蛛（くも）が這いまわるのを感じながら、なぜ自分は軍人になったのだろうと考えていた。胸がしめつけられて、息をするのもつらいほどだった。

　おまえが軍人になったのは、そういうことが得意だったからだ。

　おまえがいつも、命知らずの兵隊を率いて、命知らずの戦いにのぞむのを夢見ていたからだ。

それが大切なことだと思ったからだ。

そういう遺伝子をもっていたからだ。

自分が得意かどうか確信がもてないものにはひどく臆病だったからだ。

プラーは荒々しく煙を吐きだした。自分がこの前の誕生日で五十八歳になった、かわいい娘たちと愛する妻をもつ初老の男であるのはわかっていた。妻のフィリスは軍人の妻の鑑（かがみ）ともいえる女性で、なんでもひとりでこなし、多くを求めなかった。

おまえの人生はわがままのしほうだいだったと思うと、自分がいやになった。妻か娘たちに電話できればどんなにいいだろう。だが、彼にはできなかった。ジェニーは将来有望な空軍少佐と結婚してドイツに行っており、トリッシュはイェール大学で法律を学んでいる。そしてフィリスは——そう、もし彼が電話したら、フィリスはどうしていいかわからなくておろおろしてしまうだろう。彼は電話など一度もしたことがなく、いつもあちこちの赴任地からそっけない短い手紙を送るだけだった。手紙にはいやに陽気な調子で、食事のことで（つねにひどかった）、身の危険のことで（つねに危険度は高かった）、女たちのことで（つねに大勢いた）嘘が書きつらねてあった。いま電話などしたら、フィリスを死ぬほどおびえさせるだけで何の役にも立ちはしない。

「大佐、空中のシックスガン・ワンとツーから確認の連絡が入っています」

彼の空軍だ。二機の戦闘ヘリは、兵員輸送と、スティンガーが支配する土地への決死の攻撃というふたつの役割をふりあてられている。

「了解」と、プラーは言った。計画作成が完了し、状況説明と演説の時間が終わったいま、戦闘は彼の手から離れ、独自のオーケストラ演奏を奏ではじめていた。あとは、兵隊たちとライフルにすべてがかかっている。

「ハーフバックとビーンストークが第一地点に到着しました」

第二歩兵師団の支援を受けたレンジャー大隊のことだ。

「了解」

「大佐、コブラ・ワンよりヘリへの搭乗完了の報告が入っています。なにかメッセージは？」

「ない。了解とだけ伝えろ。ブラヴォーからの連絡はまだか？」

「入っていません」

「そうだろうな」プラーはそう言って、攻撃ラインの左翼に割り当てられた後方陣地へ向かって、闇のなかを気乗りしない様子でのろのろと不器用に進んでいく州軍の残党のことを考えた。雪と木々のあいだをよろめき歩く、孤立し、おびえ、疲れはて、凍えきった彼らの姿が想像できた。今夜、ブラヴォーはあまりあてにできないだろう。

「大佐、そろそろ時間です。マイクを用意しましょうか？」

「ああ、ちょっと待ってくれ」プラーはもう一本タバコに火をつけながら言った。

ますます息苦しさがつのってきた。呼吸のたびに胸が痛むほどだった。肺がずきんとして、関節がちぢみあがった。手違いが生じる心配のあることが数えきれぬほどあった。いままでも数多くの失敗を重ねてきた。どんな作戦でも、六十パーセントは計画どおりにいかないものである。戦いに勝つか否かは、計画がすぐれているかどうかとは関係ない。どうすれば弱点を見せないか、いかに相手より失敗をすくなくするかにかかっている。あのナポレオンがいい例だ！　もうやるべきことはなかったが、あと何分か待つことはできる。

ミッドウェー海戦のこの時点で、レイモンド・スプランスはすべてをやりつくしたと考えて、ベッドに入った。

グラント将軍は飲んだくれていた。

ジョージ・パットンは愛国主義について講義をしていた。

ドワイト・アイゼンハワーは祈っていた。

ディック・プラーは仕事にもどった。

考えるんだ。そう、なにかし残したことはないか、残りの数分をつかってしらべるのだ。彼はここ数時間のあいだに送られてきたさまざまなスペツナズの資料や写真のファイルをめくりはじめた。量が多くて、きちんと読んでいるひまはなかった。ただやみくもに、まぐれあたりで役にたつものにぶつからないかと、急いで目を通した。なんでもいい、とにかくなにかひっかかるものはないだろうか?

そこには、スペツナズの作戦行動と確認されたものに関する追加の報告書や、亡命者の事情聴取(全部別の機関の人間で、スペツナズ部隊出身の亡命者はひとりもいなかった)、衛星写真、新聞の切り抜きなど、三十年にわたるCIAのソ連監視活動で拾いあげた秘密情報がすべてそろっており、高速電話通信回線をつかってコンピューター端末に送られてきたものだった。

確たる理由もなく、ただなんとなく不安に駆りたてられて、プラーはものうげにページをくっていった。

もしレンジャーが窮地におちいり、第三歩兵師団の二枚目たちがパレード以外に役に立たないとわかったらどうするか?

もしソヴィエト側がわれわれの予想以上に兵員と弾薬をもっていたら?

もしパーシンとキーを隔てるチタニウムが考えていたより早く薄くなっていたら?

もしシオコールがシャフトのドアを開ける方法を考えつかなかったら?

もしデルタの攻撃チームが発射管制室にたどりつけなかったら?

もし——

そのとき、あるものが彼の目に飛びこんできた。

「攻撃中止だ！」と、彼は叫んだ。「全部隊に待機命令を出せ！」
「大佐、私は──」
「全部隊に待機命令を出すんだ！」

しばらく間があいて、電話線の向こうでＦＢＩの捜査官たちがどうすべきか議論している声がかすかに聞こえてきた。シオコールは、彼らが自分を待たせておいて、別の電話で当局に身元の確認をしているのだろうと思った。胸のなかに小石がつまり、呼吸するたびにそれがころがるような感じをおぼえながら、だまって立っていた。

おかしいな、と彼は思った。今夜にも世界が破滅するかもしれないというのに、それが全然気にならない。ところが、妻と話をするのを待っているあいだ、ぼくは木の葉のようにふるえている。

自分につぎの数分間をもちこたえる力が残っているだろうかと、彼はいぶかった。

そのとき、彼女の声がした。
「ピーターなの？」
彼女の声は、後悔の重みに耐えかねているように、悲しげだった。ミーガンはなにに対しても、正式には決して謝罪したことがなかった。だが、いま彼女は、なにが起きたにせよ、自分に多少は責任があると考えているのをしめすかすかな信号を送ってきた。シオコールの名を呼んだときのやわらかい声音がそれだった。これはかならずしも彼がのぞんでいた展開ではなかった。こうなると、すぐにも全面的に許しをあたえ、全面的な降伏をしたくなってしまう。彼のモラルの尺度に照らしてみれば、自分がすでに負けているのは明らかだった。

「やあ」彼はかすれた低い声で言った。「元気かい？」

「いいえ、ピーター、ひどいものよ。ほんとにいやな連中ね。もう何時間もここにいるのよ」

「たしかに不愉快だろうね」シオコールはそう言ってから、こうも簡単に彼女の言葉に同意してしまった自分にうんざりした。「だけどいいかい。彼らにはあたえられるものを全部あたえてやるんだよ。きみがどれだけ真剣に協力したか見せておけば、あとできっと役に立つ。それは請け合うよ」

「そうでしょうね。でも、とてもいやな気分なの。あの人たち、私を監獄に入れるつもりなんでしょう？」

「優秀な弁護士がいればだいじょうぶだよ。きみの父さんが腕ききを何人か知ってるはずだ。彼が助けてくれる。それは請け合うよ、ミーガン」彼は大きく息を吸いこんで、先をつづけた。「ところで、彼らがきみになにをいったかは知らないが――」

「ほとんど教えてくれないの。でも、なにかたいへんなことが起きたんでしょ？」

「大混乱さ」

「全部、私のせいなのね？」

「ちがうよ。みんな、ぼくの過ちだよ。ようやくそれがわかった。ぼくはやつらの手のなかで走りまわって、やつらに力を貸してたのさ。いまはきみの助けが必要なんだ。きみの全面的で絶対的な信頼が」

「いいわ。なにをしてほしいの？」

彼はためらった。

「きみが会ったというソ連の将校のことなんだが。年上の男のほうだよ。パーシンだ」

しばらく沈黙がつづいた。それ以上耐えられなくなるまで、シオコールは彼女の返事を待った。

「どうやら」彼はしかたなく先に口を開いた。「これはその男との個人的な問題みたいなんだ。彼とぼくのあいだのね。とても個人的なことだ。だからこそ、きみは彼にとってたいへん重要な存在だった。ミーガン、ぼくは行くのがこわいところへ行かなければならない。見たくないものを見なければならない。きみはぼくをそこまで連れていき、力をあたえ、真実に目を向けさせなければならないんだよ。これは、きみが生きているあいだにする、いちばん大切な行為かもしれない。わかるね？」

感情がたかぶって、甲高い声になった。シオコールはなんとか声を適度な音域にもどそうとした。だが、言葉が彼を裏切った。言葉はこまかく砕けて口を飛びだし、心の不安をそのまま表わす奇妙な高音を発した。自分がすすり泣いているのかと思ったが、涙は出ていなかった。

ミーガンは押しだまったままだった。

やがて、彼女が言った。「ピーター、ここには人がいるのよ。私をとりかこんでるわ。彼らの前でそんな話はしないで。あとにできない？　ふたりきりで？　ふたりきりなら、あなたになんでも打ち明けるわ」

「時間がないんだ。ぼくはきみにききたいことがある。ひとつだけ」

彼は待ったが、ミーガンは救いの手をさしのべてこなかった。

沈黙のなかで、シオコールはアリとのセックスのことを考えた。彼はうまかったかね？　そんなに達者だったのか？　ぼくよりよかったかい？

やめろ！　彼は自分に言い聞かせた。

自分がいままでやってきたことは、すべてこの一瞬のためだった。いま、そのときを迎え、恐怖に足がすくんでいた。

おまえはなんにでも直面できる、と胸でつぶやく。おまえはリアリストだ。それがおまえの強みだ。それをつかって、やつを打ち負かすんだ。

「もしぼくがまちがっていたら、そういってくれ。ぼくはずっと彼の心の動きを読もうとしてきた。いまは、彼の考え方がよくわかる。彼を捕まえたんだ」

「アリのこと?」

「アリだって! アリなんて関係ないよ、ミーガン。アリは道具にすぎない。ただの雇われ種馬だ。そうじゃない、もうひとりのほうだ。やつが糸を引いてるんだ。ミーガン、きみは、その、ひと晩、意識を失ったようなことはなかったかい? 酔いつぶれたか、疲れきったかで、記憶に残っていない夜がなかったか? 四、五時間、なにが起きたかおぼえていない時間があった夜が? たぶん、きみは頭のなかでそれを否定してるだろう。なぜなら、きみにはそれを認める心の準備がまだできていないからだ。だけど、そういう夜が……なにがあったかおぼえていない夜があったんじゃないのか?」

彼女の沈黙はさらにつづき、つづけばつづくほど彼の疑いを裏付けた。

やがて、彼女が言った。「彼はシャンパンのせいだといったわ。飲みすぎて、正体をなくしたんだと。とても素敵な宿屋で〝ロマンチックな週末〟をすごすために、ふたりでヴァージニア州のミドルバーグに行ったときよ。土曜日の夜に、私は意識がなくなった。起きてからは……そう、たしかにロマンチックだったわ」

シオコールはうなずいた。

「それはいつのことだね？」

「二週間前よ」

「ええ。あなたに会いにいったあとよ。あなたの家からまっすぐアリのところへ行ったの。ごめんなさいね」

「あのあとかい？」

「で、それが彼に会った最後だったんだね？」

「ええ。私はあなたの書類や写真をもっていったわ。もっとも、カメラをそのままわたしただけだけど。いつもの手順はふまなかったの。それから、ふたりで宿屋に行ったわ。翌朝、彼は私を置きざりにした。妻のいるイスラエルに帰るといってね。そのまま、去っていこうとしたわ。私は泣きさけび、哀願した。彼は私をなぐった。ピーター、彼がなぐったのよ。それから、ゴミでも捨てていくみたいに、私を置きざりにした」

きみはゴミじゃない。

「わかった」と、シオコールは言った。「おおいに助かったよ」

「ピーター、それだけなの？　あなたが電話したのは――」

「ミーガン、きみはきっと大丈夫だ。弁護士が助けてくれる。そこのＦＢＩの連中に、たっぷり魅力をふりまいてやれよ。やつら、めろめろになるぞ。やつらだって、男なんだからな。それに、これが全部かたづいたら――」

「ピーター、そっちは危険じゃないんでしょうね？　でも、あなたは安全ね、そうなんでしょう？　あなたは戦争からずっと離れているんでしょう？　まさか馬鹿なまねをするつもりじゃ――」

シオコールはもう聞いていなかった。受話器から流れる声が遠くへ消えていくような気がした。彼は、暗い部屋で薬をのまされ、なすすべもなく、抵抗もできずにいる彼女の姿を頭に描いた。彼らはなにをつかったのだろう、どうやって彼女にいうことを聞かせたのか？　彼女は全面的に彼らのいうなりになったのだ。彼女がいだいたはずの屈辱感と罪悪感が、シオコールにも実感できた。その場面を思い浮かべると、とうとう涙が流れだした。自分がとんまな子供のようにすすり泣いているのがわかった。

「ねえ、これが終わったら」彼は思わずそう言っていた。「ニューヨークに行こう。新しい暮らしを始めるんだ。ニューヨークに行けば、きみは気に入った人たちといっしょにいられるし、たぶんぼくもどこかで講師でも――」

「シオコール博士！」

悲しみの幕を突きやぶって、ディック・プラーのきびしい声がぶつかってきた。

「ミーガン、もう行かなくちゃならない」

「シオコール！　すぐに来てくれ！」

「もう行かなくては」もう一度くりかえしてから、こうつけくわえる。「ありがとう、どうやらあの男をやっつけられそうだ」そして、電話を切った。急にスポーツ・ジャケットが窮屈になったような気がして、それを脱ぎすて、部屋の隅に放りなげた。ずっと気分がよくなった。

彼はびっくりしてこちらを眺めている男たちを見ないように身体の向きを変えたが、そこには彼を威圧するように間近に立っている大きなプラーの姿があった。彼はもっている写真をひらひらと振った。

「ピーター、こいつを見てくれ。私の考えが正しいかどうかいってくれ」

シオコールは涙を隠すためにでくのぼうのようにぱちぱちとまばたきしたが、プラーは夢中になっていて、それに気づかないようだった。ようやく目の焦点があうと、顔の前に突きだされたものがなにかわかった。どうやら、高高度から撮られたサウス・マウンテンの航空写真らしい。発射管制施設の屋根や兵舎の屋根、外縁部の金網、サイロのハッチ、ハイウェイへつづく取付け道路などが識別できた。だが、その写真は微妙にどこかちがっていた。建物の位置関係など、ささいなものとはいえ、どことなく違和感のある部分が何十個所とあった。シオコールはそれを見きわめようと目をこらしたが、はっきりしなかった。

「これはＣＩＡが送ってきたものだ。三カ月前、ブラックバードがドニエプロペトロフスク近郊にあるノヴォモスコフスクの上空から撮った写真だ。そこにはスペツナズの大規模な訓練基地がある。くそっ、もっと早くこいつの意味が読みとれていたらな。あっちの連中がもっとかしこければ、こんな見落としは――」

だが、シオコールはまだ写真をにらみつけていた。

「ここで、やつらはこの作戦の準備をしてたんだ。リハーサル現場さ」

シオコールはなおも写真をにらみつけた。

どこかおかしい、と思った。彼は地面を斜めに横切っている数本の傷跡を、軍曹の山形袖章(そでしょう)のような、あるいは山頂をふみにじった巨大なタイヤ跡のようなものを見つめた。

「この模様はなんだろう？　雪のうえに模様をつけたみたいだが、何なんだろう？」

プラーもそれに目を向けた。

「そう、問題はそれだ。わからないか？　塹壕だよ。やつらが防水シートの下につくったものだ」

シオコールにはよく理解できなかった。

「きみが見てるのが、シオコール博士、やつのつくった仕掛けだ。ヤソタイの防衛プランだよ。塹壕が全部V字形をしていて、根もとがエレベーター・シャフトのほうに向いているのがわかるだろう？」

「ええ」
「それで塹壕づたいに最後の砦に後退できるわけだ。われわれが攻撃をしかければ、Vの字の二本の腕から十字砲火を浴びることになる。側面をつくには塹壕と塹壕の幅が広すぎる。まずまちがいなく塹壕同士はトンネルで結ばれていて、後退するときはそれを爆破していくつもりなんだろう。アフガニスタンのゲリラがつかっている戦法だよ。ヤソタイは、アフガニスタンで山を奪取しようとして部下をかなり失った経験があるにちがいない。やつは山岳戦のエキスパートなんだ。塹壕一本に一時間はかかるし、死傷者も百人は出るだろう。それも、おなじ塹壕に何度もくりかえし攻撃をしかけなければならない。おそらく、攻撃は失敗するだろう。塹壕の前で立ち往生ということになるはずだ」

だが、シオコールはほとんど聞いていなかった。彼は魅せられたように写真を見つめていた。写真にはどこか妙に気にかかるものがあって、目を離すことができなかった。それは彼がよく知っているものなのだが、それがなにかはわからない。頭のなかに、先をあらそうようにつぎつぎと考えが浮かんできた。彼はとりとめのない悩みの種をひとつにまとめる理論を探しもとめた。

「見てくれ！」シオコールが突然、声をはりあげた。「見てくれ！　これを見てくれ！」彼は自分を悩ませていたものを写真のなかに発見した。サウス・マウンテンの山頂には、基地建設中に数えきれぬほどのぼっていた。ミーガンの身体以上にすみずみまで知りつくしていた。それだけは誰にも負けなかった。

「ここを見てください。彼らは、攻撃目標の左右に林をつくる手間をはぶいています。地面がむきだしのままになっているが、それでも地形はすべておなじにつくってある。おそらく基地建設の初期段階の衛星写真をもとにこれをつくったんでしょうが、どうやらあとで修正した部分の確認は行なっていないらしい。ミーガンが彼らにわたした資料どおりにつくってあるんです。たとえば、実際の兵舎は左へ五十フィートずれた位置にあるし、発射管制施設の別棟は結局建てられなかった。ですが、なによりも肝心なのは、小川がないことです。彼らが小川をつくらなかったのは、そこにはなかったからなんです」

プラーはよそよそしい表情でシオコールを見た。

「きみはなにをいわんとしてるんだね？」

「あなたは、攻撃目標の位置から考えて、攻撃はすべてここから草原をまっすぐ横切って、せまい正面にしかける以外にないといっていた。そうでしたね？　そのために、こちらの兵隊はまともに敵の砲火を浴びることになると？」

プラーはだまって見つめていた。

「じつは、それはまちがっているのです。ここには、この左翼には小川の川床があるのです」彼は写真に映っている切りたった崖を指さした。

「こちら側は、のぼるには急すぎると考えられていました。でも、ここを小川が横切っているのです。それをたどっていけば山頂に達し、側面を突けるのです。かならずできます。正面攻撃に固執しなくてすみます。ここをのぼらせれば、左翼から敵を攻撃し、後退用の塹壕を迂回できるのです。小川が存在するのは、ぼくが保証します。いままで気づかなかったのは、冬はひあがって雪におおわれているし、夏は林のなかに隠れてしまうからです。でも、あるのはまちがいありません。山頂へのぼるもうひとつのルートがあるんです」

プラーはきびしい目で写真をにらんだ。

「いっしょに来てくれ」

ふたりは全米測地測量図を見るために指揮所へ走った。

「シオコール博士、ここには小川の記号はないぞ」

「それは一九七七年の地図だからです。その小川は、われわれが去年シャフトを掘削したときにできたのです。だから、ないのは当然です。いいですか、あなたはソ連側に知られずに、兵隊を山のこちら側からのぼらせることができるんです」彼は指で地図のマークを指し示した。「こちらの部隊が主力になるんです。外縁部を突破して、エレベーター・シャフトへの道を切り開くのはその部隊なんです。レンジャーや歩兵師団ではありません」

プラーは身をのりだした。

「この連中は」シオコールは立っている兵隊をかたどった地図のマークを指しながら、大声で言った。「どこの部隊なんです？」

「これはブラヴォーだ」と、プラーが言った。「その生き残りというべきかな」


ウォールズはミサイルの聖堂にいた。

それは灰色の薄明かりのなかで、頭上高くそびえたっていた。彼は自分がひどく小さくなったような気がした。

彼は手をのばして、表面にさわってみた。思ったほど冷たくもなく、しめってもおらず、金属的な感触もなかった。実際、機械という感じがしなかった。ぼんやり指を押しつけていても、ぬくもりは生じなかった。彼の手からエネルギーを吸いとろうとはしなかった。ひどく奇妙な感じだった……それは無だった。

それは彼の理解の範囲を越えていた。感じることもできなかった。まったく意味をもたない存在だった。そう思ったのは、七階建てのビルほどの高さがあるもののそばにいるせいで自分がちっぽけな存在であるのが強調され、消えいりそうなほどちぢんでしまったように感じたせいではなく、目の前にあるものがそれほど無味単調だったからだ。抽象的な存在にしか見えなかった。なにか意味があるとはとても思えなかった。どうやって接すればいいのか考えもつかなかった。なめらかでのっぺりした表面をもつ巨大な黒い先端部分は上部にいくにしたがって輪郭がぼやけ、見えなくなっていた。薄明かりのなかでぽつんとしみのようなウォールズの姿を表面に映してはいたが、全体が形や動きをまったく感じさせない影としかいいようのないものだった。人間の顔をもっていなかった。ウォールズはまた、自分がまったく無視されているという奇妙な感じをいだいた。

頭がおかしくなりそうだった。彼は薬でもやったみたいに、動作が緩慢になるのを感じた。それは不気味な輝きを後光のように放っていた。死を崇(あが)める宗教の偶像によく似ている。ウォールズは一度ベトナムで、おなじくらい風変わりなものを見たことがあった。ブーゲンヴィリアとインドソケイにかこまれて立っていた厚い唇と鋭い目つきをした大きな石の顔だ。一世紀でも二世紀でも眺めていられそうだったが、結局そこからなにひとつ学ぶものはないという気がした。

ゆっくりと、ウォールズはまわりを歩きはじめた。もっとも、その側面と湾曲してそれをとりかこんでいる壁のあいだはひどくせまかった。彼は頭をのけぞらせ、口を開けて見なおした。さっきと変わりなかった。どの角度から見てもまったくおなじだった。

頭が痛くなった。彼はカチカチ、コツコツと鳴っているかすかな物音と、おぼろげな振動に気づいた。同時に、配線とセメントとワックスのにおいも嗅いだ。なんとなく電気のにおいのような気がした。

彼はまだ茫然としたままそれを見つめていた。いままで想像していたのとは全然ちがう。彼が思い描いていたミサイルとは似ても似つかなかった。第一、尾翼もないじゃないか。尾翼なしで、どうやって操縦できるんだ？　番号もついていなかった。ウォールズはなんとなく、ベトナムの戦術空軍のように、アメリカ空軍の大きなロゴや黒と白のチェックがどこかに描かれていると思っていた。それに、そばに戦艦の船楼(せんろう)のような管制塔があって、たくさんの男たちが動きまわっているものと想像していた。だが、なにもなかった。あまりに大きすぎて、とても飛べるとは思えなかった。大きな筒がなんの変哲もない小さな梁の枠組みのうえにのり、底についている半球形の排気管がピットのなかにおさまっているだけだった。目をあげると、七十フィートぐらいのところで湾曲して見えなくなっていた。さらに百フィートほど上には、下からだとマンホールのふたのように見えるサイロの密封ハッチがあった。

ウォールズはどうすればいいのかわからなかった。ぶっこわせばいいのか？　まったく判断がつかなかった。くそっ、ウィザースプーンさえいれば、どうすべきか教えてくれただろうに。ウォールズには、これを破壊すべきなのかどうかさえ確信がなかった。そんなことをしたら、自分はどうなっちまうんだ？　だいたい、どうやってぶちこわせばいい？　それさえわからないじゃないか。手榴弾はもう残っていなかった。C-4プラスチック爆薬ももっていない。切断できるようなワイヤーも、ひきちぎれそうなホースも見当たらない。十二番径でこんなでかぶつを撃ったところで、なんの効果もないにちがいない。だいたい、このなかには核爆弾があるんじゃなかったか？　それがどこにあるのか、彼は知らなかった。ミサイルを撃って爆弾が破裂したらとんでもないことになる。そもそもそうならないように、みんなで苦労してるのじゃないか。

くそっ、とウォールズは途方にくれて悪態をついた。

しかたなく、彼ははしごに足をかけた。実際には、コンクリートに埋めこまれた金属の横木が何本もならんだもので、壁のくぼんだ部分をほぼ垂直に、サイロ・ハッチの高さの半分ほどのところにあるひどくちっぽけなドアまでつづいていた。

ウォールズはどうすべきか思案した。心の声が、ここで味方が来るまで待て、そうすれば安全だと語りかけてきた。だが、もうひとつの声が、彼らは命がけで侵入しようとしてるんだ、そこに入る唯一の方法ははしごをのぼることなんだ、とささやいた。

もしかしたら、おまえ以外は誰も入れないかもしれないぞ。おまえだけしか。

ウォールズは笑い声をあげた。あのシロどもがヘリコプターやいろんながらくたをもって走りまわっているあいだに、ちびの黒んぼネイサン・ウォールズが、ペンシルヴェニアのドクター・Pが、死んだセルマの息子で、死んだジェイムズの兄であるネイサンが、このネイサンひとりが見事に目的を達したのだ。だが、それからどうするんだ？

またシロどもを殺せばいいさ、とウォールズは思った。

そのとき、彼の動物的感覚が瞬間的になにかのぬくもりと動きを感じとった。次の瞬間、彼は飛んできた筋肉のかたまりの強烈な一撃を浴びて、ネコの爪にひっかけられたように床にひきずりおろされ、セメントの壁に釘づけにされた。つづいて、確実な動きで刃が近づき、のどに押しつけられるのを感じて、彼は自分がまもなく死ぬのを知った。

一機目のヘリの機内で、スケージーが無線機のマイクを握りしめていた。

「デルタ・シックス、こちら、コブラ・ワン。最終命令の細部説明をもとめたいと思います」

スケージーは荒い息をつき、心が千々に乱れるのを感じながら、すわりこんでいた。彼はデザート・ワンを——走りまわる男たち、こわれた機械、あいまいな命令で混乱の極に達した光景を思い出した。ふさぎこんだアキレスのように、とりつくしまのないディック・プラーのことも。

プラー大佐、そこらじゅうで噂が――

中止だ、フランク。デルタに搭乗命令を――

中止だって！　おれたちはまだ勝てる！　六機のヘリなんて必要ない！　五機あればできる。あそこへ侵入して、あのまぬけどもを蹴ちらし――

ヘリにもどるんだ、少佐！

スケージーがプラーをなぐったのはそのときだった。そうだ、彼は上官の顔に一撃を浴びせた。プラーがあおむけに倒れ、血にまみれた顔に思ってもみなかった傷ついた表情を浮かべたときのあのショックがまざまざと記憶に残っていた。

誰かがスケージーの腕をつかんだ。

フランク、ここを出ろ。ディックが決めたんだ。部下のところへもどれ。

この臆病者め、この程度のことをする勇気もないのか？　スケージーはそう絶叫した。それは、父親がただの男であるのにはじめて気づいた、傷つき、怒りくるった息子の叫びだった。

「デルタ・シックス、コブラ・ワンです。いったいどうして――」

「通信を切れ、コブラ・ワン。追って指令があるまで待機しろ」

ちくしょう、とスケージーは心のなかでののしった。

「指揮所にもどる」彼はマッケンジーにそう言って、ヘリをおり、うなりをあげるローターをかいくぐってプラーのもとへ向かった。

彼らは全部で五十人で、道に迷い、予定に遅れ、凍えきっていた。世界が危機にあることなど、関係なかった。ただぬくもりが欲しかった。そうさ、口ではいくらもえらそうなことがいえる。だが、今日おれたちは銃撃を浴び、まだそのショックから回復していない者が大半なのだ。あいつらは戦争を楽しんでいる。やつらは人が死ぬのを、突然人がばたばたと倒れるのを見たことがないんだ。それも、ほとんどが友だちだったのだ。

「中尉、どうやら道に迷ったようですね」と、軍曹が言った。

「迷うわけないさ」ディルは言った。「もうすぐ着くよ」

「はぐれた者がいないといいんですが」

「くそっ。みんな、まとまって進めといってあっただろうが。こんな山のなかで迷子になったら、命にかかわるぞ」

彼は後ろを振り返った。ブラヴォーは林のなかに散開していた。ぼやけた人影が白い雪から浮きだして見えた。みんな白い息を吐き、苦しそうにうなり声を出し、苦痛をのろいながら、ばらばらになって進んでいた。おいおい、これが世界を救う行進か？　ディルは思った。あわれなやつらだ。自分の命を救うために切手をなめることさえできないんだ。彼はもうすこしで笑いだしそうになった。

「下士官たちにいって、部下をまとめさせろ。おれたちは、必要な場合にそなえて待ってるだけなんだからな」

やれやれ、と彼は思った。あわれなブラヴォーは待っていることもできないんだ。

「わかりました。でも、作戦開始が遅れてるようですね。十五分前に攻撃を始めることになってるのに、なにも聞こえませんよ」

「そうだな」ディルはどうすればいいのか確信がないまま言った。「あっちにもそれなりの事情があるんだろう」

状況説明を聞いたかぎりでは、楽な任務のはずだった。ブラヴォーはレンジャーと第三歩兵師団のあとからのぼり、左翼に展開して、支援射撃や衛生班、弾薬の運搬などを担当することになっていた。命令が出るまで待機していればいい。つまり、実質的に戦闘からははずれているわけである。ほかの部隊はすでに到着しているにちがいない。おれたちが死ぬことはないのだ！　今度こそ、プロたちが代わりにやってくれるだろう。

だが、ディルはしばらく前から無線が入っていないのが気になりはじめた。

「マクガイアー？」

「なんです？」

「そいつはこわれてないんだろうな？」

ぶつぶつつぶやきながら、機械をいじくる音が聞こえた。マクガイアーはＰＲＣ・25に慣れていなかった。いつもディルの通信手をやっていたヒューストンは戦死していた。

「動いてませんね」

「おい、よしてくれよ。直せるか？」

「ええと、どうもバッテリーらしいですね。あがっちまってるんです。ここ十分ほど連絡が入ってませんからね」

「予備はもってるのか？」

「ええ、背嚢(はいのう)に入ってます」

「そいつはいい。もしかすると、敵はもう降伏してるかもしれんぞ」

若い通信手がまず背嚢をひっかきまわし、つぎに無線機をいじくっているあいだ、ディルは地面にしゃがみこんでいた。出発する前に装備をチェックしなかったことで、すこし小言をいってやるべきだとは思ったが、ディルは本来やさしい人間だった。子供をあつかうのがうまくて、子供たちも彼のやさしさに反応した。だからこそ、ボルティモア郊外のハイスクールでバスケットを教えて暮らしをたてていけるのだ。

数秒とたたないうちに、若者が可動状態に戻した無線機が重苦しいうなり声を発した。マイクをわたされたディルが受信ボタンを押すと、この場を仕切っているクソったれ大佐の力強い声が呼びかけてきた。

「――ヴォー、おい、ブラヴォー、こちら、デルタ・シックス。どこにいるんだ、ブラヴォー。くそっ、どこに――」

「デルタ・シックス、了解、ブラヴォーです。聞こえますか?」

「ディル、おまえ、いったいどこにいた?」

「ああ、申し訳ありません、デルタ・シックス。一時的に無線機が故障して、ちょっとの間、連絡がとだえていたのです、どうぞ」

「十分近く連絡がとだえてたぞ、中尉。きみたちは位置についたか?」

ディルは顔をしかめた。

「それが、その、正確にはまだです。きついのぼりだったもので。ですが、もう着いたも同然です。半分はのぼりおえましたから。レンジャーや歩兵師団の姿は見えません。前がけわしい崖になってるからでしょう。崖が見えます。私は――」

「ディル、作戦が変更された」

ディルは相手が先をつづけるのを待った。大佐はなにもいわなかった。

「デルタ・シックス、意味がよくわかりませんが、どうぞ」

「ディル、きみたちの前方には小川の川床がある」

「私の地図には小川などなかったと思います。かなり丹念に見たつもりですが」

「だが、そこにあるんだ。ディル、きみが攻撃部隊を率いて、その――」

攻撃部隊だって？

「――岩のあいだの溝をのぼれば、容易に基地の外縁部の側面に達することができる」

「主力部隊を支援するのですか、デルタ・シックス？」ディルは頭のなかでその任務のそろばん勘定をしながらたずねた。

「そうではない、ブラヴォー。きみたちが主力部隊だ」

ディルは手にもっている小さな箱を見つめた。まぬけな小僧め、どうして十分前に、こんなところまで来る前にバッテリーがあがっているのを発見しなかったんだ？

「大佐、私の部下たちにはとてもそんな――」

「ブラヴォー、これは要請ではない、命令だ。ディル、気の毒には思うが、どうしてもそうせざるをえないんだ。レンジャーは側面からの支援なしでは、正面の分厚い防御陣を突破できない。正面はひどくせまいし、どうやらそこにおたがいにつながっている塹壕が何本も掘られているらしい。われわれは一撃でそこを殲滅する必要がある。きみたちがその一撃をくわえるのだ。急いでくれ、中尉。戦争を始める時間だ」

また、ひきずりこまれちまったぜ、とディルは思った。

彼らが自分をひとりにしてくれれば、ポケットに入っているウォッカに手をのばせるのに、とグレゴールは思った。ウォッカさえあれば、多少は成功のチャンスも出てくるはずだ。だが、アメリカ人たちは耳にたこができるほど、やれ爆弾はどこにあるとか、ヒューズのメカニズムだとか、信管のはずし方だとか、万一の場合の、核テクノロジーの速成コースなど、グレゴールにはちんぷんかんぷんのことを教えこむのに躍起になっていた。

おれが欲しいのはウォッカだ。

だが、もうヴァンは止まっていた。時間切れだ。

「よし、グレッグ」ニックと名乗ったFBIの捜査官が言った。「いまおれたちはIストリートの、大使館から二ブロック離れたアメリカ映画協会の建物の前にいる。きみもこのあたりはくわしいはずだ。十六番ストリートをほんの数フィート行って、左に曲がれば目の前だ。交通はすべて遮断してある。あたり一帯を封鎖し、ニカラグアを落とせるぐらいのSWATチームが周囲をとりかこんでいる。だが、やつらに気づかれないように、車は何台か通りを走らせてるがね。要するに、道にはなにもないってことだ。清潔そのもので、途中で追いはぎにナイフを突きつけられる心配もない」

グレゴールは、この男は呼吸亢進（こうしん）に陥ってるんじゃないかと思った。いまにも心臓発作を起こしそうな様子だった。ウォッカがほんとうに必要なのはこの男だ。

「グレッグ、ちゃんと聞いてるのか？」

「ああ、もちろんだよ」と、グレゴールは答えた。

「あんた、いま、夢でモリー・シュロイヤーの足のあいだにあるものを見てるような顔つきだったぜ」

「だいじょうぶ、気分は上々だよ」

「いいぞ、グレッグ。あんたがあそこに入るのを邪魔するようなやつはいないだろうな？　許可証はちゃんともってるな？」

「おれは顔を知られてる。なにも問題はないさ。もっとも――」

「もっとも、なんだ？」

「ここ十二時間、連絡をとってないからな。やつらがどんな態度に出るかわからないんだ。たぶん二、三質問されるだろう。あまり愉快でない質問をな。だが、うまくあしらえるよ」

「そいつはまた、すごいじゃないか。言葉を変えれば、あんたがドアを入った瞬間、あそこの連中があんたを逮捕する可能性があるってことだな？」

「そうじゃない。おれは信用されている。なにも起こらないさ」

アメリカ人はまるまると太った冷酷そうな顔に、疑いの色をありありと浮かべてグレゴールを見つめた。「道具は欲しくないか、グレッグ。ワイン・セラーでクリモフとのあいだが険悪になったときのために？　おれはとてもいいHK‐Iをもってるんだ。貸してやろうか？」

「あそこには金属探知器があるんだよ。武器をもってるのをKGBの警備係に見つかったら、万事休すだ。地下におりることもできない」

「ほんとうにいいんだな？」

「ああ、だいじょうぶだ」

「とにかく、あせりは禁物だぞ。それが失敗の原因になるケースがいちばん多い。不安に駆られて、無理に事を進めれば――大当たり！　新しい歴史が始まるってわけだ。時間はたっぷりある。まだ十一時にもなってないからな。あんたはいつもどおりのグレゴールじいさんで、お友だちのマグダを地下のつらい仕事から救いだしにきただけだ。いいな？」

「わかった」

「じゃあ、出発してくれ」

「わかった」グレゴールがくりかえす。ヴァンのスライド・ドアを開き、グレゴールは琥珀(こはく)色の光のなかに足を踏みだした。空気はしめって、冷たかった。道路は白い光を放っていた。あたりをきらきら輝く霧がおおっている。息を吸い込むと、氷のような冷たい空気が肺に流れこんできて、気分がすっきりした。生き返ったような気がした。グレゴールはぶるっと身震いして、安物のオーバーのえりもとを引き寄せたが、ポケットに入っているウォッカの重さが心地よかった。大使館に入ったら、一杯やろうと思った。がぶりとひと口やれば、身体のなかにいる悪魔も逃げだしていくだろう。

彼は十六番ストリートを進んで、左に曲がった。前方右側、パブリック・テレビのビルの向こうにその建物が見えた。それはロシア人が建てたものより、はるかに全体主義的な建物だった。大使館はジョージ王朝風の大きな古い建物で、かつては百万長者の資本家が子供の遊び場代わりにつかっていたものだった。屋上にはアンテナが複雑にはりめぐらされ、マイクロウェーヴの皿形アンテナや衛星通信の発信機などが立ちならび、さながら釘をいっぱい打ちこんだ奇妙な王冠を思わせた。

グレゴールは通りを横切った。ふたりのアメリカ人警官が——重要人物の護衛任務をつとめている——大使館の門の前に立ち、近づいてくるグレゴールを眺めていたが、彼らは気にする必要がなかった。彼らにはなにもできない。心配なのは、門のなかにいるKGBの連中だ。

誰がいるだろう？　今夜の警備主任は誰だったか？　フリノフスキーなら問題ない。フリノフスキーはグレゴールとおなじ世をすねた中年男で、秘密にはしているが、やはりおなじ飲んだくれで、そのうえホモだった。欲望のよき理解者であり、大目に見ることを知っている。だが、KGBもGRU同様、若い連中に乗っ取られかけている。みな一様に勤勉で、目立ちたがり屋で狂信的なゴルバチョフのおそるべき子供たちだ。たぶん、今夜の当直はゴルシェーニンだろう。ゴルシェーニンがいちばん手ごわい。あのいやみなちびは、やつらの仲間で、立身出世をのぞんでいる。彼は、〝現状維持〟しかのぞんでいないグレゴールのような人間を憎悪していた。クリモフ青年の仲間でもあった。

グレゴールは門に着いた。大使館発行の身分証明書を門のわきに立っているふたりの警官に見せてなかへ入り、CCCPと書かれた青銅の額がかかったドアにつづく歩道を進んだ。

ロシアに帰ってきたのだ。彼は死ぬほどおびえていた。ドアが開き、オレンジ色の光の刃が歩道にこぼれでた。

やはりゴルシェーニンだった。

「この男を逮捕しろ」と、おそるべきゴルシェーニンが叫んだ。

いまや、穴はたいへんな深さになっていた。ボンベのガスも残りすくないにちがいない。外科手術でもしているような姿勢を維持するのが拷問のようにつらかった。ジャックはそれほど奥まで達していた。黒いレンズを通して見ると、トーチの火ははるか彼方にあり、明るい炎がぼうっとかすんでいた。それ以外はまわりの金属しか見えなかった。

ジャックは身を起こした。

「どうしたんだね？」と、将軍がたずねた。

「足だよ。痛くて死にそうなんだ」

「我慢しろ」

「また出血しはじめてる。なあ、すこし――」

「我慢するんだ」

「もしかすると、掘る方向をまちがえてるかもしれないし――」

「そんなことはない！」将軍が声をはりあげた。「きみはまちがえてなどいない。真ん中だ、きみは真ん中を掘っている。私もはかってみたが、穴はきちんと開いているし、このまま進めてかまわない。私はちゃんと見ているんだ。きみは正確に仕事をしている。掘るんだ、ミスター・ハメル、文句をいわずに掘るんだ。さもないと、私はきみを撃つし、きみの子供たちは大地の肥やしになる」

ジャックは将軍を見上げた。まさに狂人だった。狂人を演じる仮面の下に隠されていた本物の狂気が現われていた。

将軍は拳銃を抜いた。

「掘れ！」彼は言った。

ジャックは振り向いて、トーチをチタニウムの深い穴に差し込んだ。明るい炎が遠くの金属をなめ、むさぼりはじめた。金属が一滴、また一滴と溶けていった。

そのとき——最初は針の穴、つづいて散弾ひと粒、やがて虫歯の穴、シリアルの粒、そして爪の先ほどへと——トンネルの行き止まりの金属に小さな黒い穴がすこしずつ開いていくのが見えた。チタニウムが溶けて流れていくにつれ、穴はどんどん広がっていった。ジャックの心臓がはねあがった。興奮がわきあがるのを押さえられなかった。

「やったぞ、やったぞ」彼は喜びに浮かれて叫んだ。長い旅路も終わりかけていた。

ディック・プラーは無線機におおいかぶさるようにして、マルボロを吸っていた。肺の奥深く煙を吸い込み、そこでしばらくとどめて熱を吸収し、そのあと勢いよく鼻の穴から吐きだす。顔はこわばり、きびしい表情が浮かび、血の気がなかった。彼の前には、〈ブラヴォー〉と書かれたいさましい小さなピンが刺さった壁の地図、無線機、灰皿、タバコのパッケージが置かれていた。彼をとりかこむように、緊張した将校や通信係、コーヒーを手にもった州警察の警官たちが、宙を見すえて低い声で話をしていた。あたりは、タバコの煙と無意味な味気ないおしゃべりと絶望感で重苦しい雰囲気につつまれていた。

そこには、さっきとはがらりと服装を変えたピーター・シオコールがいた。上から下までコマンドそのものだった。黒い野戦服のズボン、黒いセーターに、黒いニットの防寒帽子を耳まで引きおろしていたので、暑くてたまらなかった。メガネが曇っていた。

シオコールは腕組みをして、考えをまとめようとした。だが、こんな雰囲気のなかではむずかしかった。ここはまるで、〈サタデイ・イヴニング・ポスト〉の漫画に描かれた産科病棟の待合室だった。まったく音というものが――意味のある音がなかった。聞こえるのは、男たちが片方の足からもう片方へ体重を移動するときのブーツがきしむ音や、かかとが床をこする音、いかにもつらそうにつく大きなため息だけだった。ときおり、無線機の空電音がそこにまじった。

「なんでこんなに手間がかかるんだろう?」耐えきれなくなって、シオコールがそうたずねたが、答える者はいなかった。

誰もしゃべりそうにないので、彼はまた口を開いた。

「大佐、連絡をとってみたほうがいいんじゃないですか?」

プラーはだまって彼のほうを見た。その顔ははっとするほど年老いて、衰弱して見えた。まるで誰かが彼の頭をパイプ・レンチと雪かきシャベルでなぐりつづけたみたいだった。こんなプラーを見るのは——ぼやけ、老けた表情で、ストレスに押しつぶされかけ、身体から全部エネルギーが流れだしたような姿を見るのははじめてだった。

これが、デザート・ワンでスケージーの見た姿なのだ、とシオコールは思ってぞっとした。鋭さを失くした老人、プレッシャーに押しつぶされた老人、そしてあまりにも多くの機会に、あまりにも多くの部下を死に追いやった老人の姿だった。

「彼らには成功か失敗かしかないのです」将校のひとりが言った。「作戦行動中に連絡をとれば、事を面倒にするだけです。あの男、えーと——」

「ディルだ」プラーが言った。

「ディル、そうでした、ディルです。彼に部下をあそこまで率いていく力があるかないかの問題なのです。おかしな状況ですね。このときのために訓練を受け、いつでも命を捧げようというプロフェッショナルの将校がすくなくとも二万人はいるっていうのに、その役目が体育の教師にまわってきたのですから」

そのあとは、またみんなしゃべることがなくなった。

「デルタ・シックスへ、こちら、ハーフバック、ハーフバック、聞こえますか」

「聞こえるぞ、ハーフバック」プラーが答える。

「まだ待機するのでしょうか?」

「そのとおりだ、ハーフバック」

「もし、そのときが来たら、われわれは戦います。われわれはレンジャーです。徹底的に戦います。命令してください、すぐにも攻撃を始めます」

「いまはだめだ、ハーフバック」

「シックスガン・ワンよりデルタ・シックスへ」まだ地上待機している攻撃ヘリの一番機からだった。「われわれも攻撃の準備ができています。命令してください、すぐに飛びたちます」

「待機しろといっているのだ。待機だ。全部隊、無線規則を遵守しろ」

通信音がとだえた。

シオコールが腕時計を見ると、十時三十五分になっていた。

「さしでがましいかもしれませんが」誰かがシオコールにささやきかけた。「腕時計は手首の裏側にしておいたほうがいいですよ。向こうに着けば、真っ暗闇です。文字盤が表に出ていると、敵は夜光塗料をねらって撃ってきます」

シオコールはそう言った男のほうを見て、おざなりの礼をつぶやいた。「ああ、ありがとう」彼は腕時計を直した。

「あとどれくらい待機させるのですか?」誰かがプラーにたずねた。

「ブラヴォーが位置につくまでだ」プラーはそれだけ答えた。

「プラー大佐」

スケージーが戸口に立っていた。顔を半獣人キャリバンのように黒く塗り、目を怒りで白く輝かせ、ひきむすんだ唇を熱いピンク色に変えたその姿は、地獄の門の番人を連想させた。太い緑色のロープを肩に下げ、弾帯を何本も身体に巻きつけていた。拳銃を二梃に、M‐26と煙幕手榴弾を数個、先の曲がった懐中電灯、それにCAR‐15を一梃かかえていた。

「プラー大佐、あなたには退任していただくようお願いします。私が正式に指揮権を引き継ぎます」

プラーは立ちあがった。彼も大柄な男だった。ふたりのあいだにはさまれた男たちは、消えいりそうに見えた。

「持ち場へもどれ、スケージー少佐」と、プラーが言った。

「プラー大佐、あなたが無線機の前からどかない場合は、逮捕するつもりです」

プラーが静かな声で言った。

「スケージー少佐、持ち場へもどりたまえ」

重武装したデルタの隊員が四人、スケージーの横をすりぬけて部屋に入ってきた。銃を大げさに振りまわすようなことはしなかったが、安全装置がはずされていて、スケージーの命令を待っているのは誰の目にも明らかだった。

「もう一度いいます。無線機の前をどいてください。出発の時間です」

　プラーはホルスターに手をのばし、四五口径を抜いた。静まりかえった煙っぽい部屋のなかに、スライドを引くかわいた音が響きわたった。撃鉄が起きた。

「いいかね」と、プラーは言った。「きみがここを出て、ヘリにもどらなければ、私はきみの頭を撃つ。それだけの話だ」

　彼はスケージーに狙いをさだめた。

　間髪いれず、四梃のCAR‐15の照準がプラーにあわされた。いまにも火花が飛びそうな雰囲気だった。

「われわれはどちらも死ぬわけですね、大佐」と、スケージーが言った。

「そうかもしれんな」と、プラーが言った。「とにかく、きみがここを出て、ヘリにもどらなければ、私はきみを撃つ」

「大佐」スケージーが言った。「もう一度いう。無線機から離れて、指揮権を放棄しなさい」

　彼は部屋のなかへ足を踏みいれた。

「待ってくれ！」シオコールが叫んだ。思わず、ふたりのあいだに割って入っていた。

「やめろ！　これじゃ、まるで子供のけんかじゃないか！」

「どくんだ、シオコール」プラーが前を向いたまま言った。

スケージーはすでにベルトからオートマチックを抜いていた。

「シオコール、しゃがんでいろ。きみが口を出す問題ではない」

「馬鹿げてる」シオコールは声をはりあげた。愚かな行ないに対する怒りと、じっとしていられないほどの恐怖で、呼吸亢進になりそうだった。アドレナリンが血管を駆けめぐる。「おまえたちはデルタのプリマドンナで、自分たちだけのゲームをやってるつもりなんだ。あたえられた仕事をやったらどうなんだ。みんな、そうしてるじゃないか。自分がそんなに大切な人間だとでも思ってるのか！」

カチリという音がした。

スケージーがスミス&ウェッソンの撃鉄を起こした。

「ピーター、しゃがんでなさい。大佐、これが最後の警告だ。そこをどいて――」

「デルタ・シックスへ、こちら、ブラヴォー。着きました。いま山の頂上です。くそっ、おれたちは着いちまったぜ！」

シオコールの目の前で、プラーが拳銃に安全装置をかけ、ホルスターにおさめた。あいかわらず恐怖の表情を凍りつかせた老人のような顔つきで無線機のほうへ身をかたむけ、劇的な感じはかけらもない淡々とした口調で言った。「全部隊に告ぐ。こちら、デルタ・シックス。聞こえるか、デルタ・シックスだ。天がくずれ落ちる。くりかえす。天がくずれ落ちる。くりかえす、天がくずれ落ちる」

全員が走りはじめた。誰かの歓声がひびいた。シオコールは大きく息をつくと、ほかのヘリコプターが闇のなかに雪と土ぼこりをまきあげ、彼方からくぐもった銃声が聞こえるなかを、自分のヘリコプターめざして駆けだした。

「飛びたちます」暗視スコープをのぞいていた兵士が叫んだ。「五、六、七、八。全部で八機。ヒューイ・コブラです」

兵員運搬用だ、とヤソタイは思った。ヘリコプターをつかった夜間攻撃だ。来るなら来るがいい。前にも何度か経験がある。作戦どおりにいくと思ったら大まちがいだぞ。

「ミサイル準備」ヤソタイはミサイル隊の兵隊に怒鳴った。「観測手用意。最前線に出て、前方を見張れ。全員、戦闘準備だ。アメリカ人がやってくるぞ」

だが、デルタを乗せたヒューイが到着する前に、二機の攻撃ヘリの一機目が林の上方に現われ、つづいて二機目が姿を見せた。二機のヘリは谷間の白い雪を背に真っ黒な輪郭を浮きあがらせ、不気味に空中に停止した。ローターがあたり一帯にジェット・エンジンの不気味な回転音をまきちらし、林のなかを攻撃地点に向かっている地上部隊の音をかき消した。二機が高度五百から千フィートのあいだにいるということは、こちらの陣地に砲の照準をさだめているという意味だ。ヘリは基地を砲撃するつもりなのだ。

「ミサイル部隊、各自の標的をマークしろ」ヤソタイがそう叫ぶか叫ばないかのうちに、ミニガンが砲撃を始めた。それまでの安定した世界が一瞬のうちに消滅した。ミニガンは通常の機関砲よりずっと速く砲弾を撃ちだせるので、砲手が心配しなければならないのは正確さではなく、砲弾の節約のことだけだった。空にぶらさがった二機のヘリから山に向かって、竜の口の炎のように、ほとんど一本の光の線になった曳光弾が飛びだした。その熱い線がまっすぐにのびた場所では、すべてのものがなすすべもなくひれ伏した。だが、むろん闇のなかで標的を探すのは容易でない。午後、上空を飛びまわっていたA‐10同様、そう簡単に大きな獲物を捕らえることはできなかった。人間を撃つのは、戦車やトラックを撃つのとはわけがちがう。そのために、はじめに発射された砲弾は基地を横切って飛びさり、雪と土ぼこりをまきあげただけで、人間にはほとんど命中しなかった。それでも、防御側にあたえる心理的ショックは絶大で、これに対抗できるものは地上に存在しないのではないかと思わせた。

ヤソタイの目が林のなかの動きを捉えた。歩兵部隊だ。林のなかを猛烈な勢いで突進し、まもなく開けた場所に出ようとしている。

「ミサイル」彼はまた叫んだ。昼間の空襲で浪費したために、スティンガーがあと七基しか残っていないのは承知していたが、攻撃ヘリを追いはらわないかぎり、歩兵部隊の——優秀な歩兵部隊にちがいない、と彼は推測した。すくなくとも、午後やってきたどじな連中よりははるかに優秀なはずだ——接近をゆるしてしまう。いまはタイミングの問題になっていた。彼は激しい抵抗をしめしてから、五本あるV形塹壕の一本目に後退する。敵が前進してくるところを挟み撃ちする。全滅させるのも可能だ。彼らには絶対に前線を突破できない。両側から銃撃を浴び、縦横に掘りめぐらされた溝のあいだから脱けでることもできない。新しい塹壕を見つけるたびに、そこには仕掛け爆弾以外なにもないのに気づき、気づいたときにはもう側面から激しい砲火を浴びていることになる。ヤソタイは、アフガニスタンのパシュトゥン族がそうやって歩兵一個旅団を全滅させるのを目撃していた。彼らは十分間で四百人を殺し、高らかに笑いながら、山の隠れ家に帰っていった。

スティンガーが発射され、まっすぐ闇のなかをヘリコプターの一機に向かって飛んでいった。だが、狙いはそれ、推進力を失くしたミサイルは林のなかへ落ちた。

二発目もあわてて照準をあわせたものだった。砲手は正確に標的を捉えていなかった。一発目より大きくそれて飛んでいったが、片方の攻撃ヘリのパイロットは肝をひやして回避行動をとったので、ミニガンの狙いも同時にそれ、砲弾は山のうえを飛びこしてメリーランド州の彼方へと飛びさった。

三発目のスティンガーも命中しなかった。

四発目が飛んだ。これをいれて、あと四発しか――

四発目は攻撃ヘリに命中したが、爆発はがっかりするほど小さく、かすかな煙があがった程度だった。しかし、ヘリは空中にぶらさがっている手がかりを失ったように横すべりを始めた。やがて後部ローターが引きちぎられ、滑空のできないヘリは自分の重さにひっぱられてまっすぐ落下した。ヘリは林のなかに墜落したが、火は出なかった。

二機目のパイロットは機敏にミサイルが発射されたときの光に照準をあわせたが、ヤソタイはそのパイロットがたとえ優秀でも、アフガニスタンで活躍したＭｉ‐24のエースたちほど経験はつんでいないだろうと予想した。それでも、パイロットが目標を捕捉したことには変わりなく、ミニガンがかなり正確な砲撃を始めた。砲弾がほとばしる光となって向かってくるのを見て、ヤソタイは塹壕のなかにすべりおりた。砲弾が外縁部の塹壕のまわりを襲い、土くずがシャワーのようにふりかかる。砲弾の奔流をまともに浴びた兵士たちの口から悲鳴や絶叫があがった。ミサイルの砲手のひとりも胸にミニガンの連射を受け、たちまちこまかい肉片となって飛びちった。

攻撃ヘリが轟音をたてて接近してきた。ヤソタイの耳にも、ヘリが頭上を通りすぎ、旋回するのが聞こえた。パイロットが目標を通りすぎたのに気づいて引きかえしてきたのだ。ヘリからスポットライトの光がのびて、獲物を探しもとめた。そのとき、銃弾がヘリを捕らえた。ヘリのパイロットはミサイル隊を追うことに夢中になり、高度が低すぎるのに気づかず、ヤソタイらがひっそりと身をひそめている塹壕のうえを通過した。彼はヤソタイの部隊の狙撃手のことを忘れていた。狙撃手たちは本能的に引き金をひき、十発ほど撃って、らくらくとヘリに命中させた。ヒューイは大きくぐらついて身をふるわせると、つぎの瞬間、巨大なオレンジ色の炎のかたまりと化して、夜空を昼のような明るさに変えた。

ヤソタイはまだ炎が空中にあるうちに立ちあがり、前方の開けた土地を突撃してくる歩兵部隊に目を向けた。もう手おくれかと思った。だが、何年もアジアの山中で血にまみれて戦ってきた彼の下士官たちは冷静だった。落ち着いた口調のロシア語で元気づけるように部下たちに呼びかけた。「前方だ。前方だ。目標は前方にいる」

ヤソタイは敵の銃口の火花めがけて撃ち、さらに別の火花をねらって引き金をしぼった。

それはまさに、混乱の極に達した光景だった。

歩兵は昆虫(こんちゅう)の大群のように全速力で押しよせていた。士気も高く、安定した速度で、四、五人ひとかたまりになって、ヤソタイの前線との間隔をつめていた。ヤソタイは、恐怖とアドレナリンでいっぱいに見開かれた彼らの目が見えるような気がした。掩護用の自動火器も側面から牽制射撃をはじめて、こちらの部隊を釘づけにしていたが、狙いが高すぎたので損害はなかった。

やがて、味方の反撃もまた徐々に強さをましていった。全員がフル・オートマチックで撃ちまくっていた。攻撃部隊の兵士がばたばたと倒れはじめた。それでも敵は、鍛えぬかれた兵士らしく、勇敢に前進をつづけた。撃ちながら前進する小規模のチームがさらに接近をはかるにつれ、戦場はばらばらに分裂して、数えきれないほどの場所で必死の小さなドラマが演じられた。だが、ヤソタイは攻撃側の背骨がすでに砕かれているのを見抜いていた。彼はスコープ付きのG‐3をかまえると、別の標的をしとめはじめた。

プラーは彼らが死んでいくのを聞いていた。

「こちら、シックスガン・ワン。ミサイルを撃ちはじめた。ああ、だいじょうぶだ。はずれた。横をかすめていったぞ。おっと、二発目も通りすぎた。やけにでかい……いかん。命中したぞ。操縦がきかない。おれたちは――」

「チャーリーめ、かたきはとるぞ。えらく得意がってるようじゃないか」

「少佐、一番機は燃えてませんが――」

「馬鹿いうな、あれだけの勢いで地面にたたきつけられたんだぞ」

「デルタ・シックス、こちら、シックスガン・ツー。前方にミサイル・ランチャーが見える。あれをしとめてやる……見ろ、やつらがダンスを踊ってる――」

「少佐、弾帯をつかいきりました」

「すぐに交換しろ。突っ込むぞ」

「よせ、シックスガン・ツー、こちらはデルタ・シックス。命令どおりにしろ。このうえ一機失う危険を冒したくない」

「大佐、私はやつらを蹴ちらしてます。やつらが逃げるのが見えます。ほんのすこし近づくだけです」

「弾帯装着しました」

「ちょっと、やつらをこらしめてやろうぜ」

「シックスガン・ツー、命令をまもれ」プラーが怒声を発した。

「大佐、いまミサイルの砲手に照準をあわせました。おお、こいつはいいぞ、こいつは――」

「まずい、少佐、下から撃ってきます――」

「ああ、ああ、いかん。やられた。おれは――」

「火だ。火だ。火――」

「くそっ」窓辺にいた誰かが言った。「燃料タンクをやられたらしい。空一面に飛びちったぞ。まるで独立記念日だ」

「デルタ・シックス、こちらはハーフバック。正面から激しい銃撃を受けています」

「ハーフバック、二次攻撃チームを第一地点に進めろ」

「いまそうしようとしているところです。ひどいもんだ、ヘリが二機ともやられました。一機はまだ燃えています。かなり激しい銃撃です」

「まだ前進をつづけているのか?」

「われわれにはもっと火力が必要です」

「もう一度たずねる。きみのチームは前進をつづけてるのか、それとも立ち往生してるのか?」

「動きはあまりありませんが、まだ撃ちつづけてるようです。煙と土くずと雪が舞いあがって、よく見えません。支援部隊を送ったほうがいいでしょうか?」

「第一波攻撃が失敗したと確信できるまではだめだ」

「とにかく、まだこちらも撃っています。左翼の部隊はどこへいっちまったんです? ブラヴォーはどうしたんです? どこにいるんです? たのむぜ、ブラヴォー、おまえたちが助けてくれなかったら、おれたちは皆殺しだ。やつらがこもってる穴にこれ以上近づける人間がいなくなっちまうぜ」

　刃がのどに触れた。ウォールズは皮膚に傷がつくのを感じた――そのとき、刃の動きがぴたりと止まった。

ウォールズを壁に押しつけていた筋肉のかたまりの緊張がほんのすこしゆるみ、飛びかかってきたときとおなじすばやさで、のど切り魔は音もなく彼のそばを離れた。ウォールズの背中にかかっていた重みが消えた。彼は向きを変えて背中を壁にもたせ、刃が切り裂こうとしていたのどの皮膚の傷に無意識に指を走らせた。自分が目を吊りあがらせて死の世界を見つめていたのに気づいた。さいわい今度ばかりは、死が見逃してくれたらしい。

「やれやれ、もうすこしでちびりそうだったぜ」

ベトナム人の女はむっつりと彼を見つめた。おいおい、こんなやせっぽちにどうしてあんな力が出せるんだ？　まったく、肝を冷やしたぜ。十五年前にこの女と出会っていたら、まず一巻の終わりだった。

彼はのどをさすった。傷からにじみ出た血で濡れていた。

「あんたもおれみたいに、トンネルをのぼってきたんだな。それから、ミサイルの排気管の一本を通ってここへ入った。そうして、おれとおなじくここで行き詰まった。そうなんだろう？　それ以外ありえない。そのとき、おれが来るのを聞きつけ、そこにもぐりこんだ――」彼はミサイルの大きな半球形の排気管を指さした。彼は、そのなかに彼女がネコのように身をまるめてひそんでいる姿を思い浮かべて、ぶるっと身震いした。「くそっ、ずるがしこい点じゃ、あんたにはとてもかなわないよ」

　彼女の顔はよごれ、身体から血と泥のにおいをさせていた。黒い目は血走り、大型ナイフの柄をもった手をにぎったりゆるめたりしていた。ズボンの片足が大きく裂けている。肩の傷から片腕に流れおちた血が乾いて、太い筋を描いていた。傷そのものは黒びかりして見えた。この連中の顔には表情がないなどと、誰がいったんだ？　それが誰にせよ、そいつはまちがっている。なぜなら、昔からのっぺりして単調そのものと思い込んできた黄色い顔には、よく見ると誰の顔にもある感情の動きがはっきり現われていたからだ。恐怖、怒り、誇り、内に秘めた気迫、それにかすかな悲しみさえ浮かんでいた。

「やつらにやられたんだな。パートナーはどうした？　相棒だよ。あの背の高い白人はどうなった？　どこにいるんだ？」

　彼女は首をふった。

　ウォールズは笑いだした。「やつもだめだったのか？　おれのほうのウィザースプーンもだめだった。つまり、あんたとおれだけってことだな。おれたち、昔のネズミ仲間だけしか残ってないんだな。ほかには誰もやってこないんだ」彼はショットガンを拾いあげて、身を起こした。

「さてと」と、ウォールズは言った。「おれはこのはしごをのぼってみようかと考えてたんだ。わかるだろう？　あそこまでのぼるんだ。そうすれば、ドアからなかへ入れるかもしれない。というのも、こんな馬鹿でかい化け物のそばにいつまでもすわりこんでるのはごめんだからさ」彼はミサイルを見上げた。「火を吹きだしたら、まる焦げになっちまうぜ。あんたも来るかい？　それともここで待ってるか？　来たほうがいいと思うぜ」

彼女の黒い目が、ウォールズの目の裏側にあるものをのぞきこむように鋭い視線を放った。

くそっ、この女はなにもわかっていない。ここも別のトンネルのひとつぐらいにしか考えてないんだ。ちがうところといえば、馬鹿でかいミサイルがあることだけだと。「来いよ」彼は小声で言った。「おれにまかせろ。こいつが飛ぶときに、ここにいたくないだろう？　あの穴から火が吹きだして、ナパームみたいにあんたを黒焦げにしちまうぞ」

彼は横木をのぼりはじめた。目をあげて、マンホールのふたのようなサイロ・ハッチを眺めながらのぼった。下を見ることはできなかった。それははるか遠くにあり、トンネル・チャンピオンのウォールズも高さにはひどく弱かったからだ。彼はのぼってのぼって、のぼりつづけた。だんだん酔ったような気分になった。ビルの七階分だ。たいへんな高さじゃないか！

ようやくドアにたどり着いた。ドアはぴたりと閉じていて、ノブのたぐいはいっさいなかった。疲れはてたウォールズは横木にぶらさがるようにして、それを軽く押してみたが、びくともしなかった。また例のドアだ。彼の人生を封じこめるドアだった。〝くたばれ、黒んぼ〟というひっかき傷こそなかったが、あっても不思議はない。ドアはそう語っていた。いままで出会ったドアとおなじで、伝えてくるメッセージはそれだけだった。おまえはどこにも行けない。おまえは招かれていないのだ。

彼はこぶしを握って、やみくもにドアをたたいた。手がくだけそうに痛かった。つまり、こういうことなのさ。こいつもげす野郎のひとりなんだ。もうひとつのドアなんだ。

ウォールズは笑いたい気分だった。ここまでようやくやって来て、待っていたのが、このくそ――

物音がした。見下ろすと、小柄なベトナム人女性が二、三段下にいた。

「すごいぜ、ママさん」彼は言った。「よくついてきたな。だけど、どこにも行くところがないんだよ」

彼女は手をのばして彼の足をたたき、指を突きだした。

なるほど、なるほど、そいつはよかったな。たしかに、もうひとつ小さなドアがある。ハッチかなにか知らないが、縦横二フィートほどの大きさで、金属の格子がかぶせてあった。それはサイロの壁のカーブ沿いに五フィートほど行った先にあった。ダクトか通気管かエアコンのパイプの入り口らしい。だが、なんであろうと関係ない。

「遠すぎるぜ」彼は声をはりあげた。「この距離じゃ、手がとどかん」

だが、彼女はしぐさで、彼のところまでのぼるという意思を伝えた。

この牝犬はためしてみる気らしい。まだわからんのか？　なかには入れないさ。そんなことをしても意味はないんだ。彼女が夢見ている物語はとっくに終わっている。ふたりとも、なかにいるあの野郎に負けたんだ。

だが、彼女はネコのようにのぼってきた。なんと強い女だろう。彼は横木の端に身体をずらし、のぼってくる彼女に道を開けた。ふたりはあまりあてになりそうもない、おなじ横木のうえに立った。彼女は指さして、表情で考えていることを説明した。最初はちんぷんかんぷんだったが、そのうち、その小さな扉まで行くのを志願しているのがわかった。

まもなくウォールズは、彼女のいいたいことを完全に理解した。彼は力が強く、彼女は体重が軽い。彼が彼女をささえられれば、たぶんこの谷間に橋をかけられるだろうというのだ。

馬鹿な女だ。おまえはもう負けたんだぜ。

「よし、わかった。あんたはのぼるだけでいい。ネイサンがあんたをささえてやる」

彼は片足で横木をしっかりとふんばり、片腕をいちばんうえの横木に巻きつけ、身体を横向きにした。

彼女はしなやかな足でウォールズの腿を踏みしめ、片腕で自分の身体を押しあげながら、彼の背中を這いあがり、ウェストにまわした彼の腕にささえられて、あいているほうの足を彼の片腕においた。

彼女は骨と筋と皮膚と短い黒髪の重さしかないぐらい軽かったが、それでも軽すぎるということはなかった。彼女が全体重をかけた瞬間、ウォールズはバランスを失いかけ、もうすこしで彼女を手放しそうになって、一瞬ぞっとした。彼女が身体をこわばらせてかすかに悲鳴をあげ、叫びか悪態かわからないが、母国語でなにか言った。だが、つぎの瞬間、ウォールズは彼女を自分の腕のなかに引きもどした。

「よし、よし、だいじょうぶだ。落ち着けよ。あわてるんじゃないぞ、いい子だ」ウォールズは息をはずませながら、うなるように言った。いまいちばんしてはいけないのは、下を見ることだ。彼らはきわめてデリケートな位置にいた。ふたりをささえているのは、横木にかけた頼りないウォールズの片足だけで、もう片足は外に突きだしてバランスをとり、彼女の全体重は彼の腿の骨とそのまわりの筋肉にかかっている。

こんなんでうまくいくはずないぜ、くそっ！

だが、彼女は遠くへ、さらに遠くへと身体をのばした。まったく、なんて根性だ。

ウォールズは必死の思いで彼女のウェストを押さえていたが、彼女が小さな扉にかぶせてある鉄格子に近づくにつれ、押さえていた手がすべりそうになるのを感じた。ウォールズには彼女の背中しか見えなかったので、どうなっているのかよくわからなかったが、その背中が一インチずつ離れていくにしたがい、彼女をささえている前膊(ぜんぱく)にかかる力が増し、同時にいちばんうえの横木を抱いているもう一方の腕にも大きな力がかかった。髪のはえ際から汗がふきだし、小さな模様を描きながら頬を流れた。筋肉が痙攣を起こしそうだった。心臓が激しく鼓動していた。息をするのも苦しいくらいで、手足が逃げだそうとする力を放すまいと小刻みにふるえだした。なにかがガリガリと削れる音で、彼女がナイフを抜いて、ドアと枠のあいだにそれを差し込み、頑丈な扉をこじあけようとしているのがわかった。そのとき——

ああ、いかん——

急に、彼女の身体が前に飛びだし、ウォールズの腕からすっぽりぬけでた。ウォールズは彼女をつかまえようとした。その瞬間、足が横木からすべった。自分が落ちるのを感じてパニックに襲われ、彼女のことは頭から消えた。重力に身体をひっぱられ、彼は死を覚悟した——だが、横木にまきつけていた左腕が身体を後ろに引きもどし、壁にたたきつけた。うろたえたあまり、腕のことを忘れていたのだ。彼は片方のブーツを横木のうえにもどし、悲しげに宙をひっかいていた右手でもう一度いちばんうえの横木をつかんだ。そのとき、はじめて女が墜落していないのに気づいた。彼女はまるでサルのように、扉にかぶせた格子にしがみついていた。扉はいかにももろそうな蝶番(ちょうつがい)にささえられて、ゆっくり前後に揺れていた。

「あぶない、気をつけろ」ウォールズは叫んだ。

小さな扉が百八十度振れて、必死にしがみついている荷物を壁にたたきつけた。その瞬間、彼女は映画のなかのネコのように格子にしがみついたまま、つま先で壁を蹴って扉を振りもどした。足を突きだしてダクトを探り、それを見つけた。そこに足をかけて、つかまっている位置を移し、ダクトに近づく。扉の揺れが小さくなると、彼女はダクトに向かって身を投げた——飛んだ位置が低すぎて下腹部がダクトの下の縁にぶつかるにぶい音がしたが、痛みをこらえて身体をまわし、片手をのばしてダクトのなかのなにかをつかんだ。そうして、もう一方の手で自分の身体を引きあげた。

すごい、とウォールズは思った。やりやがった。

彼女はとても人間とは思えない短い休息時間で元気を回復し、ダクトから頭を突きだして、懸命にウォールズの下腹部を指さした。

おいおい、なにが欲しいんだ?

むろん、すぐに気づいた。ウェッブ・ベルトにロープが八の字にしっかり巻きつけてある。彼はD形リングからそれをはずし、こねるようにゆるめて、彼女に向かってロープが自然にほどけるよう、放物線を描いて放った。彼女は器用にそれをつかみ——ちぇっ、なんでも器用にこなしやがる——すばやくダクトのなかにあるなにかにしばりつけた。

ウォールズはロープの端を横木に何重にもぐるぐると巻きつけ、しっかりとむすびつけた。

ああ、なんとかこいつがもってくれればいいんだが。

ほんの六フィートほどの距離だったが、見た目にはもっとずっと遠く見えた。彼にできるのはナマケモノのように背中を下にして、ブーツをロープにかけ、目をつぶって進んでいくやり方だけだった。彼の体重にひっぱられ、ロープがのびて、上下に揺れた。役立たずの十二番径ショットガンが肩からだらりとぶらさがり、ベルトのポーチがいっせいに前後に揺れ、ポケットに入っている十二番径の散弾がかちゃかちゃと派手な音を立てた。

一インチ一インチのろのろと進むあいだ、ウォールズは熱心に祈りの文句をつぶやいていた。懸命の祈りがむくわれたにちがいない。不意に、彼女の両手がのびてくるのを感じた。パニックのあまり狂乱状態になりかけながら——これが最悪のときにちがいない。これ以上悪いことなど絶対にあるはずがない——彼はなんとかダクトの入り口にもぐりこむことができた。

息をはずませながら、しばらくその場にすわりこんでいた。そのうち、身体のあちこちが燃えるように痛みはじめた。見ると、必死にロープをにぎっていた手のひらから血が流れており、ダクトの縁を乗りこえるときにぶつけた肩や腕や腰やむこう脛がずきずきと痛んだ。だが、それを気づかう余裕はなかった。息をするのに忙しかった。無性にタバコが吸いたかった。

彼女がなにか言った。ようやく肺に酸素を補給して、気持ちを集中できるようになると、ウォールズは言った。「話してもむだだ。悪いが、ちんぷんかんぷんなんだ」

だが、彼女のしぐさは明瞭だった。彼女は指さしていた。

はじめてウォールズは、自分たちがなしとげたことの意味を知り、たちまち失望に押しひしがれそうになった。なにもなしとげてはいなかったのだ。六フィートほど先で、ダクトは建築用ブロックにふさがれ、唐突に終わっていた。

なるほど、ダクトはこのためにつくられたわけか、とウォールズは苦い思いを嚙みしめた。また役人どもの仕掛けた罠だ。

だがそのとき、彼はダクトの行き止まりのすぐ横の壁に、金属の箱がついているのに気づいた。金属の筒がそこからのびて、壁のあちこちにある穴に消えていた。

彼は這ってそこに近寄った。

南京錠が人間の手から箱をまもっていたが、箱自体は簡単にたたきこわせそうなほどもろく見えた。

彼は目を細めて箱に表示されている文字を見た。

〈ドア開閉ヒューズ盤——アメリカ海軍、LCA‐856033〉と書いてあった。

彼にはひとつの言葉しか理解できなかった。それは、長年の刑務所暮らしで頭にたたきこまれた言葉だった。ドア。ドア。ドア。

なるほど、これがおれたちのおしゃぶりってわけか、と彼は思った。そして、金属の箱をぶちこわしにかかった。


ディルは、前方で銃声がひびき、それがしだいに高くなり、最後には信じられないほどの激しさになるのを聞いていた。

「こいつはどうだ」彼はそばについている軍曹に言った。

そのとき、二機目の攻撃ヘリがわずか数百フィート前方で超新星のように爆発し、まばゆい光が夜空を走って、林を煌々(こうこう)と照らしだした。

暗視ゴーグルに映った光はおそろしいほどの明るさで、ディルは顔をしかめて後ずさった。まばたきして、脳のなかに浮かんだ火の玉を追いはらおうとした。二度と爆発を見てはいけない、と自分に言い聞かせた。

彼は振り返った。部下の多くは——たぶん半分は——まだ小川の川底をのぼっていた。氷を踏みしめ、自然がつくった岩の急階段をのぼり、深いくぼみを這いのぼっている。ブラヴォーの全部隊がのぼりきるのに、あと一時間はかかるだろう。

だが、ディルのまわりにはいまフル・オートマチックで撃てるM‐16が二十五梃そろっていたし、銃声がさかんに彼を招いていた。行かなければならない時間だ。

「もうすぐだ」彼は言った。

「ああ、ボブ、だけど、おれたちにはちょっと手に負えそうにない感じですよ」

「たしかにそうだが、どうやらロシア人たちはおれたちがここにいるのに気づいてないらしい。それに、みんな、おれたちを頼りにしてるんだ。かなり激戦になってるようだから、助けに行くべきだと思う」

ディルは自分が雄弁な人間ではないのを知っていたし、彼の基準に照らしても、いまの短い演説に説得力があるとはとうてい思えなかった。だが、すくなくともあわれっぽい言い方にはなっていなかったし、非常識な内容でもないと思ったから、そのまま、正しい方角に向かっているのを確かめながら、雪におおわれた林のなかを急ぎ足で進みはじめた。部下たちがあとにつづくのを感じたが、それをたしかめるために振り向くことはしたくなかった。そんなことをすれば、彼らをおびえさせるだけだからだ。

すぐに林がとぎれた。前方で銃が吐きだす光らしきものが点滅するのが見えたが、はっきり見分けることはできなかった。

すべてがどこか狂っているような気がした。予想していたのとまるでちがっていた。別の場所に来てしまったのではないかとさえ思った。全体の雰囲気もおかしかった。なにひとつ聞き分けられない不鮮明な音のかたまりが聞こえるだけで、祭りの馬鹿騒ぎのような感じをいだかせた。混乱の気配はつたわってきたが、ほとんどなにも見えなかった。あまりにも多くのことがいっせいに起こっているので、ひとつひとつを識別できない感じだった。

「ボブ、おれたちが行くようにいわれたのはここですか?」

「わからない」と、ディルは言った。「なんともいえんな。のぼる山をまちがえてなければいいんだが」

「山をまちがえるわけはありませんよ。ここらへんにはこの山しかないですからね」

「あっ——」

ディルは前方で人影が立ちあがるのを見た。彼はようやく味方と出会えたかと思ってにやりとしかけたが、すぐに、それが迷彩服に黒いベレー帽をかぶり、AK‐47を肩にささげもったソ連特殊部隊の兵士であるのに気づいた。いままで見たことがないほどおそろしい姿に見えた。ディルは兵士の顔面を狙って撃った。

「すごいぜ、ボブ、あんたはあいつを殺したぞ」

「そうらしいな」と、ディルは言った。「さあ、やっちまおうぜ！」

背後に一列にならんだ兵隊たちが、号令も誘導もないまま、自発的に射撃を始めた。片ひざをついてソヴィエト部隊の陣地に連射を送り込みながら、前方を動きまわっている人影がなんともあっけなく、ばたばたと倒れていくのを見て驚いていた。ロシア軍の反応はなんてのろいんだ。どうしてこうすべてうまくいってしまうんだ？

ヤソタイはあっけにとられて目を見開いた。その瞬間、この陣地が破られるのを覚悟した。

デルタは散開して銃を撃ちながら右手にまわりこもうとしていた。ヘリコプターは策略だった。歩兵部隊も策略だった。頭のいいアメリカ人の指揮官の狙いは、デルタの部隊に右手の闇のなかにある切りたった崖をのぼらせ――不可能だ、とても不可能だ！　とヤソタイは苦々しげに思った――攻撃をしかけることだった。

いまや――秒単位の――時間の問題だった。

防御陣はばらばらにくずれた。二方面の敵と戦うのは不可能だった。側面をつかれたことで、入念に計画準備された正面の塹壕作戦はあっけなく崩壊した。こうなれば敵は、塹壕防衛チームを倒すだけで、すべてを手中におさめることができる。

ヤソタイは右翼から突っ込んでくる敵を撃ったが、いかにも優秀な部隊らしく、銃撃しながら前進する場合の原則にのっとり、姿勢を低くしてためらうことなく突っこんできた。すでに彼らの一部が塹壕の先端部に達し、M・16を腰だめにして味方の部隊に連射を浴びせていた。残りの者も姿を現わし、塹壕を側面攻撃していた。彼らはあとからあとから途切れることなく迫ってきて、容赦なく味方を殺していた。

あれほど優秀な部下たちが、こんなに早く死ななければならないのか――そう思うと、ヤソタイは気分が悪くなった。

ヤソタイはホイッスルをひっぱりだして、短く二度吹き、わずかに間をおいてから、また二度吹き鳴らした。

味方の兵士は持ち場を捨て、右手からデルタの部隊、正面から歩兵部隊が前面の主塹壕に雨あられと銃弾をふりそそぐなかを、まずレッド小隊、つぎにブルー小隊がおたがいに掩護射撃をうけもちながら後退した。ヘリコプターがつぎつぎと着陸して、なかから新手が飛びだし、こちらに近づいてくるのが見えた。そろそろ自分も撤退しなければならない、とヤソタイは思った。

振り向くと、彼は銃弾の飛び交うなかを、エレベーター・シャフトのある建物の廃墟めざして駆けだした。残された時間はほとんどなかった。閃光が夜空を照らし、たえまない銃声がひびいた。曳光弾がいたるところを飛び交い、それが落ちた場所には土煙の花が開いた。エレベーター・シャフトに向かって走る兵士たち、彼らをつぎつぎと倒していく執拗な銃弾――すべてがスローモーションで映しだされた映像のようだった。

ヤソタイはシャフトに達した。

「トンネル・チーム、なかへ」

エレベーターの最大収容人員である十五名が乗り込んだ。下にいる十五名とあわせて三十名になる。

「銃はどうしますか？」特務曹長が叫んだ。

銃だと？　そうだ。それがいちばんむずかしい選択だった。味方がもっている大型の自動火器はそれ一梃しかない。ヤソタイは、雪におおわれた草地に仁王立ちになって、まわりに銃弾がふりそそぐのも意に介さず、肩に押しあてたM‐60を撃ちまくっていた、気の狂った太ったアメリカ人のことを思い出した。死ぬ直前にその男が放ったいまいましい弾丸が、ヤソタイの部隊のH&K‐21を粉々に砕いたのだ。いま手もとにあるベルト給弾式の武器はM‐60一梃だけだった。それをもっておりれば、地上に残る兵士たちに死を宣告するようなものだ。武器なしでアメリカ軍の進撃を食いとめることはできない。だが、もしアメリカ人たちが地下のカプセルに侵入してきたら、この銃がどうしても必要になる。

「ヤソタイ少佐」特務曹長がもう一度、声をはりあげた。「銃は？」

「エレベーターに入れろ」と、ヤソタイは言った。「下で必要だ」

「銃を前へ」特務曹長がそう叫ぶと、銃が集結した兵士たちのあいだをぬってエレベーターに運びこまれた。

「諸君の幸運を祈る」ヤソタイが呼びかけた。「彼らの前進を止めてくれ。彼らが凍りつくまで足どめしろ。祖国のため、きみたちの子供たちのためだ。きみたちは永遠に愛されることになるだろう」

「われわれは、ゴルバチョフがやつらの降伏を受け入れるまで、やつらを釘づけにします」闇のなかから声があがった。それがまったくの虚勢にすぎず、いまでは何の役にも立たないことを、ヤソタイは知っていた。

彼は急いで、エレベーター・シャフトのわきの焼け焦げた金属壁の前に無傷で置かれているコンピューターのターミナルにかがみこんだ。

彼は〈進入〉と打ち込んだ。

画面に文字が現われた。

〝許可動作リンクに入力してください〟

ヤソタイは将軍に聞いて頭にきざみつけていた十二桁の数字を打ち込み、コマンド・キーを押した。ドアが彼に向かってウィンクした。

〝ＯＫ〟

エレベーターに乗りこむと、ドアが空気のもれる音を立てて閉まり、あとに残していく夜間戦闘の光景をしめだして、地下への旅に彼を誘(いざな)った。

二三〇〇時

「で、いままでどこにいたんだね、親愛なる同志アルバトフ？」KGB局員ゴルシェーニンがたずねた。「午後七時に亡命の可能性ありという警報が出されてるんだ。きみが今日の通信当直の開始時間に遅れた時点でな」

「おれは拘束されてたんですよ、同志」まばたきして、なんでマグダはおれのアリバイを証明してくれなかったんだろうといぶかりながら、彼は答えた。馬鹿げたスパイ映画そのままに、大使館の三階にあるKGBの警備課のオフィスのライトが点灯され、いらだたしい光がまっすぐ彼の目にあてられていた。あほらしいもいいところだ！

「任務だったのです。マグダ・ゴシゴーリアンにもそういってあります。彼女は当直を代わってくれるといいました」

「きみの亡命に関する告知は、きみの部隊の指揮官から出されている。同志クリモフからな」

「同志クリモフが勘違いをしたのです」

「そうかな。同志クリモフはそういうことで勘違いをする男ではないぞ」

「たしかにそうですが、今度ばかりは彼の勘違いです。いいですか、もしおれが逃げようとしてたのなら、どうして夜間当直を交代するためにもどってきたりするんです？　どうしていまごろ、ＦＢＩの隠れ家で、ステーキとタルトをたらふく食ってないんです？」

　三十二歳できれいに頭が禿(は)げあがり、メガネの奥にかすんだ小さなテクノクラートの目をもつ、ユーモアとは無縁の青年ゴルシェーニンは、感情をまったく表わさずにグレゴールを見つめた。こういう若い連中は決して感情を表わさない。彼らは機械なのだ。

「今日どこにいたか説明してくれたまえ」

「ねえ、同志、あんただって、ＧＲＵの作戦行動はＫＧＢに秘密なのを知ってるでしょう？　教えるわけにはいきませんね。それが規則なんですから。おたがい、厳密な規則にのっとって行動してるわけですからね。それとも、ワシントン支局をＧＲＵの局員が牛耳(ぎゅうじ)って、あんたがたＫＧＢはみんな、ジャカルタだのカブールだの、もっと興味深い街に転勤させられてもいいっていうんですか？」

「人を煙(けむ)にまこうとしてもだめだぞ、同志。これは深刻な問題なのだ」

「ですがね、同志、たしかにそうなのだからしかたないでしょう。深刻でもなんでもありませんよ」グレゴールはありったけの魅力を総動員した。このまぬけな青二才に向かって、おどけたしぐさをし、いかにも分別ありげに微笑み、おもねるようにまばたきしてみせた。「じつはね、あのクリモフ青年とおれはうまくいってないんですよ。おれは古い人間で、伝統を大切にし、勤勉に働き、規則を重視する。クリモフはやることなすこと現代的で、近道ばかりしたがる。だから、どうしたってぶつかってしまうわけですよ。今度のことだって、おれをちょっとばかりこまらせてやろうとしてるだけなんだ」

ゴルシェーニンは冷ややかに彼を見つめた。指を一本、唇にあててみせた。

「なるほどな」と、彼は言った。「わかるよ、よくわかる。組織の内部でよくあることだからな」

「だから、これは個人的な問題なんです。仕事とは関係ありません。それだけの話です。世代のギャップというやつですな」

ゴルシェーニンという名の魚が餌をつついた。いったん離れてから、またもどってきて、もうすこしつついてみた。そして、がぶりとかじりついた。

「どうやら、GRUの内部にはモラルの問題が生じてるらしいな」

「とんでもない。そんなのじゃありません。自分たちだけで解決できる問題です。仲間はほとんど、いい人間ですけど、ときどき腐ったリンゴが——あんたもそのことわざはご存じでしょう。つい昨日も、マグダがおれに――」

だが、ゴルシェーニンはもう話を聞いていなかった。彼の目は、つぎつぎとはじきだされてくる架空の計算の答えを追っていた。頭のなかは、計算機のようにくるくるとまわっていた。

「それじゃあ、古だぬきのあんたのことだから、問題をきれいさっぱり解決する方法は考えてあるんだな？」

「ええ？　いや、解決方法はただひとつ、じっと我慢することだけですよ」

「なあ、グレゴール・イワノヴィッチ、結論をあせるなよ。クリモフ青年がどれほどかっかしやすいか知ってるはずだ。たがはずれてしまったら、どうするんだね？　きみの行き先は矯正労働収容所ってことになるんじゃないかね？」

グレゴールはぶるっと身震いした。

「なあ、グレゴール・イワノヴィッチ、どうだね、ＫＧＢに移ってみては？」

「なんだって！　まさか、そんなこと――」

「ちょっと待てよ。冷静になって、よく考えるんだ。おれには、いまとおなじ待遇できみを組織に入れる力がある。きみほど経験を積み、接触相手をかかえている人物ならね。なんといっても、きみはじつに貴重な存在だからな」

グレゴールはその申し出を検討するようなふりをした。

「きみにすれば、たいへん有益な異動になるだろうよ。快適な環境をあたえられるんだからね。それで、陰口のたたきあいとも、腹をすかせた子犬みたいにひとつ箱のなかで嚙みあうのとも、全部さよならできるんだぞ」

グレゴールはいかにも心を引かれたような熱っぽい表情を浮かべてうなずいた。

「そうですね、なかなかおもしろそうだ」

「とはいっても、もちろん、おれはモスクワになにか献上しなければならない。われわれはこの男が欲しい、この男が必要だといったところで、言葉だけではどうにもならん。なにか手に入れる必要がある。それはわかるな？」

おまえはまぬけもいいところだ、若造ゴルシェーニン。本物の〝エージェント使い〟はおまえなんかより、はるかに利口なんだぞ。相手をなだめ、まるめこむ魅力、耐えに耐える我慢強さと思いやりを駆使して、相手を自分から地獄に飛びこむようにしむけなければならない。グレゴールは、自分も何人かの人間を地獄に飛びこませたことがあるのを承知していた。

「プレゼントですね？」彼はまぬけをよそおってたずねた。

「そうだ。わかってるだろう。なにか小さなものでいい、きみの熱意を証明するものがいる。わかるな？　小粒だが、おおいに目立つものがいい」

「なるほど」グレゴールは考え込んでいるような重々しい顔つきで言った。「アメリカ人からなにか手に入れろということですか?」

「そのとおり!　アメリカ人から手に入れたものなら文句ない」

「でも、いまは休閑期なんですよ。ご存じでしょう、この仕事にそういう時期があるのを、同志ゴルシェーニン。そこらじゅうに種をまいておいて、トマトがひとつふたつなるのをじっと待っていなければならない」

　ゴルシェーニンはがっかりした顔をした。

「残念だな。おれはクリモフにあまりかんばしくないきみの尋問記録をわたしたくないんだ。彼はそれをユーモアと受け取ってくれんだろうからな」

「こまったな」グレゴールはふたたび考え込んだ。「当然KGBはGRUのコード・ブックなんかもってるだろうし」

　まぬけのゴルシェーニンははっと息をのんだ。目のなかで、つっぱった欲がテレビの画像のように輝いた。コード・ブックは極秘事項だった。たいへんな宝物だ。もしKGBがコード・ブック一冊を一時間でも手もとにおいておけば、この先何年かはGRUの通信文を自由に読むことができる。もし、それを手みやげにした男を連れていけば……!

「当然もってるはずだ」ゴルシェーニンはへたくそな演技でなにげなさそうに言った。

「そんなものは世界中どこの基地にも置いてあると思うよ」

見えすいた、誰も信じないような大嘘だった。むろん、コード・ブックはＳＳ‐18発射用のコンピューター・コードとおなじぐらい厳重に守られている。

「そうでしょうね。こまったな。ご存じでしょうが、コード・ブックはいつも金庫にしまってあって、通信将校が最重要メッセージを翻訳するか、暗号化するときだけ取りだすことになっています。通信将校はおれの古くからの友人でしてね、ある晩、おれを呼び出して、金庫のなかにちょっとやばい薬を置き忘れてきたと打ち明けたんです。バルビツールですよ。あのあわれな男が中毒患者であるのをご存じでしたか？　とにかく、彼は思いあまって、おれに金庫の組み合わせ番号を教えました。おれが彼の薬を取り戻してやったんです。まだ、そのときの番号はおぼえてますよ」

「もう変更されてるだろうな」ゴルシェーニンが少々早すぎるタイミングで言った。

「たぶんね。でも、この前の当直のときは変わってなかったな」

ふたりはだまって見つめあった。

小さなものがテーブルのうえをグレゴールのほうに押しだされた。カトリンカのカメラだった。

「ワイン・セラーの当直に遅れてるんじゃないかね、同志？」

グレゴールは時計を見た。

「たいへんな遅刻です」と、彼は言った。「もうすぐ真夜中だ」

まわりの金属が液体となって流れるにつれ、穴はぎらぎらと輝きながら広がっていった。ジャックは出産の場面を連想した。この穴から新しい世界が生まれてくるのだ。黒い穴はすべてを食いつくしながら、とめどなく広がっていった。ジャックの胸を深い悲しみが満たした。

「そうだ、つづけろ。つづけるんだ」将軍が力をこめて言った。「もうすぐだ。つづけろ。つづけるんだ！」

炎が金属をなめ、しずくに変えた。

不意にエレベーターのドアが開く音と、こちらに走ってくるブーツの足音が聞こえた。外の通路を大勢の人間が近づいてくる音だ。叫ぶ声と警告を発する声が交錯した。一瞬、ジャックはアメリカ陸軍が来たのかと思ったが、すぐにロシア人であるのがわかった。彼らの国の言葉が通路を横切ってひびいてきた。部下に命令を伝える下士官の声だ。弾薬箱のふたをはぎとる音、銃のボルトを引く音、弾倉を挿入する音、自動火器を据えつける音が聞き分けられた。家具類が通路に放りだされ、即席のバリケードが築かれた。あたりは戦争映画のように騒然としていた。ジャックは映画のまっただなかにいた。

将軍は、今朝ジャックの家に来た、いかにも手ごわそうな将校とロシア語でなにか熱心に話していた。頭をよせあい、若い将校が説明し、将軍がそれを聞いていた。やがて、ふたりは戦闘準備のチェックをするためにカプセルを出ていった。

ジャックは立ちあがった。さっき自分を撃った歩哨をのぞけば、室内には彼しかいなかった。足がこわばって、ひどく痛んだ。頭もずきずきしはじめた。

「英語はわかるか？」彼は、矢車草(やぐるまそう)のように真っ青な、輝きのない目で彼をにらみつけている若者に話しかけた。にきびで荒れた肌をし、歯には歯列矯正器をはめていたが、もともとはととのった上品な顔立ちの男で、運動選手――フットボールのラインバッカーかリバウンド・ボールに強いバスケットの選手――の身体つきをしていた。「彼らがなにをしようとしてるか知ってるのか？」と、ジャックは言った。「彼らはなんていったんだ？　きみたちはなにが起きると思ってるんだね？　きみたちも、この先どうなるか知っておくべきじゃないかな」

歩哨はジャックをにらんだ。

「仕事にもどれ」

「あいつらはミサイルを発射しようとしてるんだぞ。ここにあるのはそれなんだ。ミサイルを発射させるためのキーだよ。いいかね、彼らは世界を吹きとばして、何百万人も殺そうと――」

若者がＡＫ-47の銃身で思いきりジャックをなぐった。銃身が迫ってくるのを見たジャックが運動選手の鋭い反射神経でわずかに顔をそらすと、口と頬にあたるはずだった銃身があごの付け根にあたった。強烈な痛みが走り、頭がくらくらした。瞬間的にあごの骨が折れたのがわかったが、ジャックは歯をたたき折られずにすんだことにつむじまがりの喜びを感じた。彼はかすかな悲鳴をあげて床に倒れた。若者が肋骨を蹴りはじめた。

「よせ、頼む、やめてくれ！」ジャックは哀願した。

「アメリカ人の豚どもめ、あのろくでもないミサイルでおれたちの国の赤ん坊を皆殺しにしようとしやがった！」若者のわめき声から聞きとれる苦痛の響きは、ジャック同様、心の底から出たものだった。

ジャックはこのまま気を失うかもしれないと思った。だが、蹴りつける足が止まった。若者はあの手ごわそうな将校の命令でトンネル防衛チームのもとに送られた。少佐がジャックを助けおこした。

「口に気をつけたほうがいいぞ、ミスター・ハメル」と、少佐は言った。「あの連中の頭は地上で殺されている仲間のことでいっぱいなのだ。やさしい気持ちにはとてもなれないさ」

「うるせえ」ジャックは涙声で叫んだ。「もうすぐ陸軍が来て、おまえらがキーを手に入れる前に皆殺しにするぞ、それに――」

「そうはいかないよ、ミスター・ハメル」と、将軍が言った。「彼らは、あと数時間はやって来ない。きみの仕事は数分で完了する」

少佐は拳銃をかまえて、ジャックの頭に押しつけた。彼の目にはなんの感情も表われていなかった。

「もう一度〝うるせえ〟といいたいかね、ミスター・ハメル？」少佐がたずねた。

ジャックは、それを言うだけの勇気をもちたかった。だが、できなかった。勇気は実体のないものだが、頭に押しつけられた拳銃はそうではない。まして、このロシア人がまばたきひとつせずに引き金をひけることが明らかである場合はなおさらだ。それに、金属の厚みはあと一インチかそこらしかなく、〈ビック〉のライターをつかっても穴を広げられそうなところまで来ていた。

将軍がかがみこんで、炎をぶつぶつと吹きだしているトーチを拾いあげ、ジャックの手に握らせた。

「われわれの勝ちだ、ミスター・ハメル。われわれはやりとげたんだよ。まだわからないかね？」

彼は振り向いて部屋を横切り、テレックスのあいだに置いてある無線機の前へ行った。ボタンとノブをいくつかまわすと、彼はジャックのほうを振り返った。

「これが歴史なのだ、ミスター・ハメル。われわれが勝ったのだ」

　ディック・プラーは指揮所を出て、無線機をもったまま指揮用ヘリコプターに乗り、空に飛びたった。ヘリが戦闘区域の外側でホヴァーリングするあいだに、彼は戦況を観察し、無線で指示を送った。

「コブラ・スリー、もっと自動火器を投入しろ。そちらの火力が弱くなっているぞ。わかったか？」

「デルタ・シックス、こっちは四名戦死で、九名負傷です！」

「ベストをつくせ、コブラ・スリー。ブラヴォー、こちら、デルタ・シックス。そちらでなにか動きは？」

「デルタ・シックス、敵の火力はまったく弱まりません。こちらはまだ全員そろっていません」

「あとから来る兵を投入し、攻撃をつづけろ、ブラヴォー。この戦いの勝負を決めるのは銃しかないのだ」

　発射管制施設の廃墟の周囲にたてこもり、なおも激しく抵抗をつづけるソヴィエト兵と、無線から聞こえてくる冷静で辛抱強い乾いた声の、どちらをより兵隊たちが憎んでいるかはにわかに断定できなかった。ヘリコプターは、何本もの光を重々しく夜空に放ちながら、じらすように兵隊たちの頭上に浮かんでいた。

ソヴィエト側が照明弾を打ちあげた。照明弾はパラシュートにぶらさがって宙をゆっくりおりながら、光の斑点(はんてん)を地上に投げかけ、あたり一帯を不気味な景色に変貌(へんぼう)させた。それはまるで十九世紀の古臭い戦争画のような風景だった。またたく光、積みかさなった死体、漂う煙を刺しつらぬく銃の閃光、尾を引いて飛び、あたるをさいわい地面を粉々に砕いていく曳光弾……。そのすべてが月光の不鮮明なブルー、硝煙のやはりおぼろげな白、地上で泥と血がまじりあった黒に塗りわけられていた。

それはまた、途方もない勇気が発揮されたときでもあった。ソ連軍兵士のひとりが前に飛びだすと、アメリカ軍の前線めがけて突撃をかけた。兵士はベルトに九個の手榴弾をぶらさげており、アメリカ兵の戦列に――三発弾丸が命中しても、足を止めなかった――飛びこんで自爆し、十一人のレンジャー隊員を道づれにした。爆発の炎が消えるまで三分かかった。つづいて、右翼で本隊と切り離され、弾薬の補給ができなくなった三人のスペツナズの銃手が、最後の弾倉を差し込むと、日本の特攻隊のように塹壕から這いだして、絶叫し、銃を腰だめに撃ちながら、アメリカ側に突っ込んできた。ひとりはすぐにデルタのMP-5の連射を胸のまんなかに受けて倒れたが、あとのふたりは曳光弾の雨をかいくぐって子鹿(こじか)のように軽快に前進した。撃ちまくりながら進んでくるふたりに応射が集中し、結局は銃弾が彼らをひきずり倒すことになったが、後ろから突っ込んできたほうがそのままデルタのいる塹壕に飛びこみ、デルタの隊員が五・五六ミリ弾の弾倉をまるひとつ撃ち込む前に、相棒のひとりを銃剣で刺し殺した。

もうひとりのヒーローは体育教師のディルだった。彼は熱に浮かされたように指揮官の職務をまっとうしていた。彼はさっきのぼってきた左翼の地点から、三回の突撃をこころみた。九人のロシア兵を殺し、二発銃弾を受けた。彼の部下は射撃を継続し、遅れていた者たちも続々と戦線にくわわっていた。

負傷者は攻囲軍のあいだを這いまわり、弾薬を配給した。ほかに行き場所のなかったジェイムズ・アクリーは、いっしょにヘリコプターで飛んできて、右翼に陣をしいたデルタからぽつんと離れた地点にいた。彼はソヴィエト陣地に近い浅い塹壕に身を伏せ、身の危険をほとんどかえりみず、つぎからつぎへと弾倉を入れ替えて撃ちつづけた。応射してくる銃の火花以外なにも見えず、自分がはたして役に立っているのかどうかもさっぱりわからなかった。実感できるのは、空になったときの銃のふるえだけだった。それでも、火薬の粉が顔を黒ずませ、肌にしみこんでいくのを感じながら、なおも撃ちつづけた。頭上すれすれを銃弾が音を立てて飛びすぎ、すくなくとも三度、至近弾が雪と泥のしぶきをまきあげたときは、さすがの彼も敵の照準が自分にあっているのを意識した。だが、ここまでは全部狙いをはずしていた。彼の左側には、ふたりの州警察の警官とヘイガーズタウンの警官ふたりが、それぞれショットガンを撃ちまくっていた。

ソヴィエト側の果敢な反撃も功を奏せず、いまや戦況ははっきりアメリカ側にかたむいていた。アメリカ側には豊富な弾薬があり、つぎつぎと新たな武器が運びこまれていた。第三歩兵師団の予備部隊も前進してきており、彼らのさらに強力なM・14が味方の火力に厚みをくわえた。ブラヴォーの後続部隊も林を抜けて近づいている最中だった。州警察と地元の警官、数人のFBI捜査官、ブラヴォーのまだ歩ける負傷者、デルタ情報将校のほとんどがそれぞれに武器をとり、闇のなかを前線までのぼってきて、遮蔽物になるものをすべて利用して、銃を撃ちはじめていた。

そんななかで銃を撃っていない人間がひとりだけいた。ピーター・シオコールだった。彼は戦場から二百ヤードほど下った場所でうつぶせになり、無力感を噛みしめていた。むろんおびえていたが、なぜか目の前で起きているものを戦争の概念とむすびつけることができなかった。テレビか映画の画面を見ているように、すべてが——敵と味方の位置関係や地形など、すべてが鮮明に見えた。あらゆるものがどこか変だった。意味のあることとはどうしても思えなかった。そのとき、おかしな考えが頭に浮かんだ——自分はいま古代宗教の儀式に参加しているのだと。僧侶たちが色鮮やかな祭壇のうえで、粗野で残酷な青銅の刀をふるい、若者たちを生贄に捧げているのを見ているのだ。若者は、そうすることで天国への切符を約束されているかのように、喜んで身を捧げている。後期アステカ族の世界か、ケルト人の僧ドルイドの復活を見ているようだった。ここには悪魔がいる、とシオコールは思った。ぎらぎらと輝く刀を振りあげた僧侶の肩ごしにのぞきこみ、笑い声をあげ、僧侶たちをせきたて、よだれをたらさんばかりににんまりとして、すばらしい一日に出会えたことを喜んでいる悪魔がいるのだ。曳光弾が宙を飛び交い、それがパチパチとはじける音が聞こえた。ときどきすぐそばまで飛んできて、シオコールをあとずさらせたが、彼は塹壕の縁から顔を出し、魅入られたように戦いを見つめていた。

「ピーター、頭を下げろ」誰かの声がした。「あんたが殺されたら、これがすべて無意味になるんだ」

シオコールは身震いし、その忠告の賢明さを認めて、騒音を全部耳から締めだせればいいのにと思いながら頭を伏せた。

ようやくロシア兵の反撃が弱まってきた。その退潮に気づいたスケージーは、六名のデルタのチームを率いて、右翼にあるソヴィエト軍の最後の塹壕に突撃をかけた。弾丸が縦横に飛び交う斜面を駆けあがるのは肝を冷やす体験だったが、それでもスケージーは塹壕に達して、死体しかない塹壕に飛びこんだ。彼はM‐60でソヴィエト陣地を掃射しはじめた。至近距離から放たれた銃弾はロシア人たちの希望を砕いた。ほとんど射程ゼロに近く、それは戦闘ではなく、殺戮(さつりく)という表現が似合っていた。

銃撃音が不意にとだえた。

おそろしいほどの戦場の静寂のなかを煙がただよった。

デルタの通訳がラウドスピーカーをつかって、スペツナズの兵士に名誉ある降伏と傷の手当てを受け入れるよう呼びかけた。数人のロシア人の生き残りが、銃撃でそれに応えた。

「デルタ・シックス、こちら、コブラです。応答がありません」

「目標は捕らえたのか?」

「残りはわずかです」

「もう一度呼びかけてみろ」

スケージーが通訳にうなずいてみせた。通訳はロシア語で呼びかけた。ライフルの連射がそれに応え、通訳の胸とのどに銃弾が命中して、彼を倒した。

「くそっ」スケージーがハンドフリー・マイクに向かって言った。「こっちの通訳を撃ちました」

「よろしい、少佐」と、プラーが言った。「やつらを死体袋に入れてやれ」

スケージーはその任務を完了した。

ウォールズはモスバーグの銃床で接続箱のブリキの蓋をたたきつけた。木製の銃床が大きくくぼんだが、気にしている余裕はなかった。

　蓋がはじけるように開いて、接合器のうえにうじゃうじゃと複雑にからみあった電線が見えた。ウォールズにはなにがなんだかさっぱりわからなかった。まるで世界そのものだった。すべて針金でつながれて固定され、わけがわからないほど複雑にからみあい、彼を拒絶していた。そこにお馴染（なじ）みの言葉が浮かんで見えるような気がした。

〝くたばれ、黒んぼ〟——そう言っているにちがいない。

　ウォールズは怒りがふつふつとわきあがるのを感じながら、箱の中身を見つめた。おなじ気分を街でも何度か感じたことがあった。おい、おまえは英雄なんだぞ。くそったれのアメリカ政府（アンクル・サム）のためにトンネルにもぐりこみ、アンクル・サムのいうなりに黄色い人間を殺し、誰にもできなかったことをやり、三度撃たれ、何百回となく死にかけてきたのに、いまやつらからちょうだいしたのは、あばよ、元気でなというありがたいお言葉だけだった。

　黒んぼは使用にあたわず——そう言っているにちがいない。

黒いトンネル・ネズミは使用にあたわず。

銀星章受勲者も使用にあたわず。

名誉負傷章三回受勲者も使用にあたわず。

くたばれ、黒んぼ。

そう書いてあるのだ。

ベトナム人の女がなにかいっていた。ウォールズはかっとなった。歌を口ずさむような彼女の言葉は、まったく理解できなかった。彼女は、おれが自分のやるべきことを心得ていると考えてる。どこかの白人みたいに、なんでもわかってやっていると思ってるんだ。

なあ、こんなものはおれにはなんの意味もないんだ。シロどもがはった電線は、シロどもにしかわかりゃしないのさ。

彼は泣きたくなった。ほんの小さな空間に閉じ込められてしまったような気がした。ここまでやってきたことは、すべて無駄だった。悲しみに押しひしがれそうだった。だがそのときふと、ある手立てを思いついた。彼はナイフを抜いた。それを敵の身体に刺しこむかわりに、電線のなかに差し込んでみようと考えた。

彼は最初、ナイフをただやみくもに電線のあいだに差し込み、もちあげて、なにか変化が起こらないかためそうと考えていた。だが、ふとブリキの箱の正面に書いてあったドアという言葉を思い出した。彼は箱から出ているおびただしい電線を見つめた。ほとんどが、細い管につつまれて壁のなかに消えていた。さあ、ドアに通じてるのがどれか探してみよう。そっちのほうから来てるのがどれか見てみようじゃないか。彼はそれを見つけた。まちがいない。その一本だけが彼の左手、ダクトの入り口のほうからのびてきて箱に通じていた。ウォールズはワイヤーをおおっている管をナイフできざんだ。ゴムの外装が小さなくずになって床に落ち、裸のワイヤーがむきだしになった。ウォールズはいかにもやるべきことを心得ているように作業を進めた。

小さなスペースしかなかったから、ベトナム人の女は身体がふれあうほどそばにいた。彼女は安心したように彼を眺めていた。ウォールズはまた笑いだした。この女はなにもわかっていない。世界に破滅をまねくミサイルのわきの小さな穴のなかにいて、ふたりでいかにも自分のやるべきことを心得ているように電線をけずっているのが――黒人男と東洋人の女が自分たちをくずあつかいしている世界が吹き飛ぶのをふせぐために懸命になっているのがひどくおかしかった。彼女も笑いだした。どうやらこのジョークを理解し、やはりおかしいと思ったらしい。

声をあわせて楽しそうに笑いつづけながら、ウォールズは電線をけずっていった。適当に別の電線を選びだし、その外装もはいだ。それから、ナイフを棒のようにワイヤーの束に差し込み、別の電線のけずった個所にあて、ふた組のワイヤーを触れあわせた――

ウォールズの目から火花が飛びちり、身体が壁にたたきつけられた。おやじにどやしつけられたときのような感じだった。刺激臭が鼻をついた。頭痛がした。まばたきすると、青いボールとカメラのフラッシュのような光が飛びちった。歯がずきずきした。頭のなかで、誰かが音楽を奏でている。彼のナイフは床に落ちて煙をあげていた。いったい、なにごとが――

そのとき、ダクトの入り口で女が鋭い声をあげた。

ウォールズはそこへ這っていった。頭のなかがめちゃくちゃに混乱していた。自分が誰かもおぼえていなかった。

だが、数フィート先にあるドアを見下ろしたとき、彼はすべてを思い出した。ドアは開いていた。

くそっ、やったぜ。ついに、シロの秘密の場所に入りこんだんだ。

ウォールズは、ドアまでいくのがそれほどむずかしくないのを見てとり、ショットガンを手さぐりした。勢いをつけて身体を振り、はしごに足をかけ、なかへ入ればいい。

彼はベルトからトーラス九ミリ・オートマチックを抜き、女に手渡した。

「つかい方は知ってるか、ねえちゃん？」

そう言って、安全装置のレバーがあがっているのを指さした。

「ここを下げるんだぜ」指でそのしぐさをしてみせた。「そうすれば、バン、バン、バンだ！　わかるな？　押してから、バン、バンだぞ」

女はにっこりして一度だけうなずいた。拳銃は大きく、彼女の手は小さかったが、彼女はそれをもってこの世に生まれでてきたように慣れた手つきで握っていた。ウォールズは手をのばして、ショットガンを握りしめた。なめらかな感触で、いつでも撃てる準備ができていた。ポケットにはまだ十二番径の散弾がいっぱい詰まっている。

女が彼のほうを見た。

「やつらの尻を蹴っとばしてやる時間だぜ」と、ウォールズは言った。

銃撃はやんでいた。シオコールは目を上げた。それはなにかの猶予期間で、発射管制施設のなかで方針の食い違いが生じ、議論が戦わされてでもいるのかと思った。そのとき、頭上で轟音がひびき、指揮用ヘリコプターが雪と土をまきあげながらぎこちなく着陸し、なかからディック・プラーが飛びだしてくるのが見えた。ヘリコプターはまた舞いあがって、空に浮かんだ。

シオコールは自分の名前が呼ばれるのを聞いた。

「シオコール博士。どこにいるんだ？　やつはどこだ？　誰か、あの爆弾男を見なかったか？　シオコール博士？」

身震いしながら、シオコールは立ちあがった。

「ここです」彼は叫んだ。だが、痰がからんでうまく声が出なかったので、もう一度

言った。「ここです！」その声は、銃をもっていないのは彼ひとりで、死者が累々と
積みかさなった戦場にひびいたものにしては、すこし大きすぎ、すこしふるえすぎて
いた。
「こっちへ来てくれ、シオコール博士」と、ディック・プラーが言った。
シオコールは発射管制施設まで——というより、その残骸まで——短いのぼり坂を
のぼった。まわりで、たくさんの男たちがうなり声をあげ、身をふるわせていた。ひ
どく非現実的な風景に思えた。血と火薬の臭いが重くたちこめ、炎とホヴァーリング
しているヘリコプターのまたたく明かりが芝居がかって見えた。炎はシューシュー音
をたて、火花をちらし、ヘリコプターのスポットライトが酔っぱらいのように地上を
ふらふらとさまよっていた。前に目を向けると、夢中で装備の点検をしている男たち
の姿があった。ボルトを引き、弾倉を挿入し、顔を黒く塗っていた。
誰かの大きな声がした。「よし、じゃあ、デルタ・トンネル攻撃チーム以外はここ
から出てくれ。おまえたちは予備部隊として、マッケンジー大尉の指示を待て。残り
の者は、とくにレンジャー部隊、ここで待機して、われわれに先陣をゆずってくれ」
シオコールは、彼らが身体に複雑なハーネスを巻きつけているのに気づいた。一瞬、
パラシュートなのかと思った。パラシュート？　いや、ちがう。あれはデルタのコマ
ンドたちがシャフトを懸垂下降するための装備だ。緑色のロープが何本も床にとぐろ

を巻いていた。

「シオコール、急いでこっちへ来てくれ」ドアのところでプラーが呼んだ。

シオコールは走って、そこへ行った。

「損傷はありません」若い兵士が言った。「この近くには弾丸を撃ちこまないよう注意しましたから」

シオコールはくずれ落ちた壁と粉々に砕けた床板のあいだに、ひとつだけ無傷で光りかがやいているもの——固いチタニウムの枠につつまれたエレベーターのドア開閉装置を見た。ここがビルの内部だとは、数時間前までこのビルがしっかり建っていたとは、とても信じられなかった。チタニウムの冷ややかな固い表面のうえには、銀行のATMそっくりのコンピューターの操作盤が置いてあった。

「まだ電気が通じている」と、プラーが言った。

「もちろんですよ」シオコールは言った。「屋上に太陽電池があって、晴れの日は毎日バッテリーに充電してますからね。シャフト進入設備だけ、別の電源をつかっているのです。六日間、雨がつづいても、コンピューターは動きつづけます」彼は自分の言葉が尊大で得意げに聞こえるのに気づいた。「問題は覆いのほうです」

彼は操作盤のうえに身をかがめた。強化ガラスの板がキーボードとスクリーンをおおっていた。敵が利口で、時間の余裕があれば、スクリーンの覆いを操作するメカニズムをいじっておくだけで、こちらにガラスをたたき壊すか切りとる手間をかけさせることができる。スクリュー・ドライヴァーが一本あればすむ仕事だった。だが、そんなことはしないはずだ。あのロシア人は絶対にしない。彼は自分のほうが頭がいいと思い込んでいる。こちらのゲームのやり方で、ぼくを打ち負かそうとしているのだ。

シオコールは操作盤のすぐ下にある赤いプラスチックのボタンを押した。

なにかがこすれる小さな音がして、キーボードをおおっていた強化ガラスが動き、草むらで祈りをささげるカマキリの鎌のようにもちあがった。ガラスは操作の邪魔にならないよう、自動的に折りたたまれた。

空白の画面にふたつの言葉が映しだされた。

〈エンター・プロンプト〉という小さな緑の文字がスクリーンの左下隅で輝きを放っていた。

とりあえずは、この二語を処理しなくては。

シオコールは手早く〈進入〉とタイプして、入力キーを押した。

機械が〈許可動作リンク・コード入力〉と答えた。

その指令の下に、十一個のハイフンがならび、いちばん左の空欄にカーソルがあった。

さて、これからが問題だ。

十二桁の数字を打ち込まなければならない。それ以上でも、それ以下でもない。作業をおもしろくするために、ハイフンのあいだに入れる数字の数には制限をつけていなかった。つまり、十二の数字だけですむ場合もあれば、千二百万の数字がならぶこともあるわけだ。とにかく、十一個のハイフンがあいだに入ればいい。それから、入力キーを押す。

もしまちがっていれば、機械がワン・ストライクと叫ぶ。

二度まちがえば、ツー・ストライク。

三度まちがえれば、機械は入力しているのが強引になかへ入ろうとしている、なにも知らない人間だと判断し、〈進入拒否〉と叫ぶ。同時に、機械だけが知っていて、それを見つけだすためには別のコンピューターを百三十五時間動かさなければならない新たな十二桁の数を勝手に指定してしまう。

「ほんとうにできるんだろうね?」スケージーがたずねた。「われわれはこのパーティに参加するために長い道のりをやってきたんだ。できるんだな?」

すべてが自分にかかっているのだ、とシオコールは思った。

「しーっ」プラーが言った。「ピーター、もし邪魔なら、われわれは離れていようか?」

「いいえ」シオコールは言った。彼はキーボードに顔を近づけ、大きく息を吸いこんだ。集中力だ。ぼくの集中力はどこへ行ってしまったんだ？　全神経を集中して、これをやりとげなければならない。そのためには、しゃべっていたほうがやりやすい。

「ここに仕掛けがあるんだ。パーシンは自分がぼくであると考えている。ぼくになって、ぼくを打ち負かす――それが彼のゲームなんだ。彼の考えは見え見えだよ。八二年の十一月に彼が父方の姓を捨てたのは、その月にぼくが〈フォーリン・アフェアーズ〉に、ＭＸミサイルを効果的に配備すれば米ソの戦力バランスはくずれるという内容の論文を発表したからだ。彼はそこからスタートした。ぼくの人生を徹底的に調べ、ぼくの情報に接近し、ぼくになってぼくを破滅させようとした。彼はぼくにとりつかれ、ぼくのつくった暗号を見つけようとした。ぼくの暗号を打ち負かそうと思った。そこで、彼はごく馬鹿げたきっかけをつくった。ミドル・ネームを捨てたんだ。なぜかって？　なぜなら、ぼくにとって数字がとても重要な意味をもっているなら、彼にも重要な意味をもつことになるからだ。ミドル・ネームをとってしまえば、彼の名前も十二文字になる。ぼくとおなじだ。アルカーディ・パーシンがピーター・シオコールになるんだ」

彼はふたりの軍人のほうを見上げた。ふたりともキツネにつままれたような顔をしていた。

「それに、十二という数字はたまたまカテゴリーＦの〈許可動作リンク〉のコード番号とおなじ数だった。この奇妙な一致が彼の心を動かした。つまり、Aを1として、Zを26とする単純なアルファベットと数字の置き換えをすれば、ぼくを表わす十二桁の進入用コード番号ができるわけだ」彼はそっとふくみ笑いをして、その数字をキーボードに打ち込んだ。

彼は入力キーを押した。

穴は巨大だった。すくなくともそう見えた。とにかく、人間の腕が通りそうな程度には大きかった。

「よし」と、将軍がしゃがれ声で言った。「さあ、そこをどくんだ」

ジャック・ハメルは押しやられるように道を開けた。

「そうだ」将軍が言った。「ようやくここまで来たんだ」

ジャックは、自分が開けた深い穴に将軍が腕を突っ込むのを眺めていた。

「いいぞ」顔を真っ赤にしながら、将軍が言った。「奥まで手がとどいた。なにかさわった。アレックス、あれにさわったぞ。ああ、だめだ、つかめない。アレックス、誰か手の小さい男はいないか？　女のように手の小さい人間は？」

ヤソタイは早口に下士官に話しかけ、ふたりはしばらく相談してから、誰かの名前を呼んだ。そのとき――

サイレンが吠え、明かりが点滅を始めた。

ジャック・ハメルはパニックに襲われ、飛びあがった。まわりの男たちも浮き足だつのを感じた。

「まあまあ、ミスター・ハメル」将軍がなだめるように言った。「なにも心配することはない」

突然、簡潔だが、愛らしい女性の声が部屋に流れだした。

「警報です」あらかじめ録音された女性の声が、ゆっくり落ち着きはらって言った。

「進入の試みが失敗しました」

「彼が上にいるんだ」将軍がヤソタイに言った。「なつかしい友人のピーター・シオコールが上にいて、ここへ入ろうとしている。ピーター、すまないが、きみには絶対にできないよ」将軍は言った。

〝ワン・ストライク〟とコンピューターが言った。

「失敗だ」スケージーが言った。

「そう、失敗だ」シオコールが言った。

「打ちまちがいじゃないかね?」プラーがたずねた。声が急に弱々しい老人のようになっていた。「もし――」

「いや、ちがいます。正しいコードじゃなかったんだ。もう一度やってみましょう」

シオコールは腰をかがめて、キーボードの上に指をもどした。

「たぶん、やつは傲慢(ごうまん)な男なんだ。自分の個性を完全に消しさる覚悟ができなかったにちがいない。完全にはな。だから方法はおなじだが、自分の名前を数字にあてはめたんだ。うぬぼれの強い野郎だ」

彼はコンピューターを操作して、数字を打ちこんだ。

そして、入力キーを押した。

彼女はベティと呼ばれていた。彼女はコンピューターの声だった。あらかじめ組み込まれた完璧な知恵をもっていた。恐怖と情熱以外はすべてを知っていた。

「警報です」彼女がまた言った。「二回目の進入の試みが失敗しました」

「全部、やつの考えだしたことだ。そうじゃないかね、アレックス?」と、将軍が言った。「侵入者があると、あの警報が出る。サイロにいる人間は戦略空軍に連絡をとる余裕がたっぷりある。もし実際に侵入の危険が生じた場合は、ミサイルを発射するか、キーを捨てることができる。やつはじつに頭がいい。そう、じつに利口な男だ。天才だよ」

〝ツー・ストライク〟とコンピューターが言った。

シオコールは失望を隠して、口の隅からかすかに息をもらした。失望にとって代わるものを探したが、胸が締めつけられて、なにも見つからなかった。

〝警告します〟コンピューターが彼に向かって言った。〝ストライクあとひとつで、あなたはアウトです〟

「また失敗だ」スケージーがすすり泣くような小さい声で言った。

プラーは床に腰をおろしていた。彼は無言だった。まわりを兵士たちが手もちぶさたに取りかこんでいる。

「ミサイルがサイロを出る瞬間に撃ち落とせるかもしれない」と、スケージーが言った。「M‐60を据えつけて、十字砲火を浴びせれば――」

「少佐」シオコールが口をはさんだ。「あれはチタニウムなんだ。弾丸でも爆弾でも撃ち落とすことはできない」

「くそっ」と、スケージー。「それなら、C‐4をつかおう。ありったけのC‐4を集めて、このドアを吹き飛ばせるかやってみよう。それに、もし時間があれば、重武装した飛行機を呼ぼう。もしかしたら――」

「だめだ」シオコールは言った。「あきらめろ」

彼はキーボードをにらみつけた。ぼくはいつもクラスでいちばんの優等生だった。

どこでも、いつでも。生まれてこのかた。

「パーシンは心底ぼくになりたがっていた」彼は自分でも驚いているように、そうくりかえした。それから、侮蔑に満ちた小さな笑い声をたてた。彼は妻のことをすこし考えてから、自分のいちばん暗い秘密を打ち明ける決意をした。

「やつはそれが自分の強味だと、病的なほどの強さだと考えていた。だが、そうではない。それは彼の弱さだった。だから、彼はやりすぎた。ぼくになりたいという気持ちが強すぎたから、ぼくの妻を犯したんだ。そうとも、サイロにいるあの男は――たったいまこの百フィート下にいる人物、同志パーシン将軍は、ぼくの妻を犯すだけでは我慢できなかった」

「ピーター」プラーが言った。その声は、目の前にいる男が神経衰弱一歩手前にいるのにはじめて気づいたかのようにしゃがれていた。

だが、シオコールのおしゃべりは止まらなかった。誰にも止めることはできなかった。

「これが総仕上げというわけだ」彼は、ショックを受けて目をみはっている男たちに向かってそう言った。口をはさむのをためらわせる、材木が折れるような固い声だった。「やつは二週間前ヴァージニアで、彼女に薬を飲ませて犯した。ミーガンを通してぼくになろうとしたんだ。あいつは彼女を自分のものにした。だから、こうしてみよう。もし、ふたつの名前を数字に置き換えたものの値を数学的に分割すれば、現実の併合（マージ）（おなじ規則で分類されている二つ以上の集まりを一つの集まりにすること）を明確にすることになる。彼がぼくになった部分を、彼がぼくの妻を犯した部分を、彼がぼくたちみんなを犯そうとした部分を正確に明示することになるんだ」彼はまた、心から楽しそうに短く笑った。

よしきた、ロシア人、パーティを始めようじゃないか。天がくずれ落ちるぞ。

シオコールはひざまずいて、手早く十二の数字を打ちこんだ。

彼はスケージーのほうを振り返った。

「楽勝だよ」彼は言った。

そして、入力キーを押した。

ふたたびベティのセクシーな声がひびいた。その声は、夏の午後の汗にまみれたシーツの上にいる恋人のように、豊かで、低く、自信にあふれていた。彼女の言葉は、サイレンと点滅する赤い光を切り裂くようにひびきわたった。

「警報です」と、彼女はささやくように言った。「進入が行なわれました」

ヤソタイが将軍に目を向け、将軍もヤソタイを見た。爆発寸前の緊張がみなぎった。

そのとき、ひとりの兵士が駆けこんできた。

「やつらがエレベーター・シャフトのドアを開けました！」

「あいつがドアを通ってくる」将軍が言った。「なんというやつだ、ピーター・シオコール。なんという男だ」

真夜中まで、あと十分だった。

グレゴールは受付のデスクにいるＫＧＢの警備員に、同志クリモフは来ているかとたずねた。

「いまおりてったところだ」警備員は言った。「ほんのちょっと前だよ、同志。ワイン・セラーを呼びだしてみようか？　そうすれば——」

「いや、いいよ。その必要はない。おれが下へ行って探してみるよ」グレゴールが弱々しい笑みを浮かべると、ＫＧＢの男は疑わしげに見つめてから、名簿に目を落とした。

「遅刻だぞ」

「会議に出てたんだよ」グレゴールはそう言って、男の横をすりぬけ、薄暗い階段をおりはじめた。階段は弧を描いて下っており、地下のフロアは見えなかった。ひっそりと静まりかえっている。グレゴールは唇をなめた。足を止め、ポケットに手を突っこんで、ウォッカの瓶を取りだし、勇気がわくようにがぶりと、ひと口飲んだ。のどを核爆弾の炎がおりていく。勇気がわくように、と彼はつぶやいた。ああ、お願いだ、勇気よ、わいてくれ。彼は蓋を閉めると、瓶をポケットにもどした。それから、螺旋(らせん)を描く階段に沿ってゆっくりとおりはじめた。

下に着くと、もう一度足を止めた。あたりはとても暗かった。誰かが電気を消していた。グレゴールは廊下を見渡した。五十歩ほど先に、暗号翻訳室の明かりがもれているだけだった。心臓をどきどきさせながら、彼は廊下を歩きだした。

例の装置は、と彼は思った。装置はワイン・セラーにある。金庫室の扉の向こうの、各部局の小さな宝物が隠してある小部屋の迷路のなかに。もし装置が存在するなら、そしてクリモフがそれをつかうつもりなら、やつもそこにいるにちがいない。

彼はマグダのことを考えた。クリモフが彼女のところにやってくる。彼女は、来たのが上司であり、それが規則違反であるのに気づく。それでも彼女は鉄棒のはまったドアを開けてやり、クリモフはにっこりと微笑みかけながら、サイレンサー付きの拳銃か、飛び出すナイフか、自分の両手をつかって、彼女を手早くかたづける。それから、引き出しに入っている金庫室の組み合わせ番号を見て扉を開け、迷宮のなかへと進んでいく……

グレゴールは、自分の想像がまちがっていることを願った。まちがいであってくれ、と祈った。行ってみたら、マグダは例の馬鹿馬鹿しいアメリカの恋愛小説か映画雑誌を読みふけっていたというのであればいい。あるいはたくさんいる恋人のひとりか夫宛の手紙か、もっと高級な住居に移るための申請書を書いているとか、マニキュアをヌード・コーラルからベビー・ハッシュに変えるべきか思い悩んでいるとかであれば……

「マグダ」彼は廊下を歩きながらそっと呼びかけた。頭がずきずきした。「マグダ、マグダ、いるのかい——」

鉄棒のはまったエレベーター型のワイン・セラーのドアは大きく開いていた。マグダはうつぶせに倒れていた。太腿があらわになり、ガーター・ベルトが見えていた。スカートとスリップが腰のところまでまくれあがっている。顔は陰に隠れていた。

「ああ、なんてことだ」グレゴールはすすり泣いた。彼女の死の光景が、彼の力と意志を全部奪いとった。彼のマグダは死んでしまった。このまますわりこんで、怒りにまかせて泣きわめきたかった。もう二度と、マグダは彼をタータと、〝永遠の夜の魔女〟と戦った高貴なる英雄タータシキン王子と呼ぶことはない。目の隅から涙があふれでた。

ふとマグダの死体の先に目をやると、金庫室の扉が開いているのが見えた。なかは暗かった。廊下が奥へつづいていて、迷路のようにところどころ小部屋がぱっくり黒い口を開いていた。かつてそこには、上質の酔いをもたらす液体の宝物が置かれていた。何百種類ものエキゾチックな色と香りをもち、どれもひとつひとつ選び抜かれた酔いの源が。だがいまは、堅固な鎧につつまれた謎が、さまざまな可能性の収集品がそれにとって代わっていた。もっとも、ろくなものはなかったが。

動け、グレゴール。時間はほとんどないんだ。でぶの、どじな老いぼれ、動け、動くんだ！

彼はふと思いついて、マグダのデスクへ駆けていき、三番目の引き出しを開けた。旧式のトカレフ・オートマチックが一梃入っているはずだった。

失くなっていた。予備の弾倉もなかった。

グレゴールは金庫室のなかをのぞきこんだ。そこには例の装置と拳銃をもったクリモフがいる。

彼は腕時計に目を落とした。

真夜中まであとわずかだった。

ウォールズはロープにぶらさがり、両手を交互に進めてははしごにたどり着き、ぎこちない動きで体重をいちばん上の横木に移した。そこで向きを変え、胎児のようにまるめた身体をすこしずつ伸ばして上から五段目の横木に両足を置いた。くそっ、えらく簡単じゃないか！　彼ははしごをのぼって、開いたドアからなかへ入った。ベトナム人の女もすぐあとにつづいた。前には、人気のない通路がもうひとつのドアまで伸びていた。彼は親指でショットガンの安全装置をはずした。きらきら輝く小さな点がぽつんと開いて、準備ができたことを伝えた。ウォールズは銃をかまえて、ゆっくり前進した。ここがいちばん注意を要する部分だ。彼は懸命に頭を働かせた。割り当てられた仕事は、できるだけそばまで接近してからあともどりし、爆弾かなにかを仕掛ける連中を呼んでくることだった。だが、いまはそれも全部ご破算になった。彼はいま孤立し、もう何時間も味方との連絡がとだえていた。目の前のドアの向こうにいるのが誰か予想もつかなかった。もしかすると、味方がすでにこの穴を占領していて、彼とベトナム人の女はすわってコカコーラでも飲み、報告書をつくって家に帰ることになるのかもしれない。だが、とてもそうは思えなかった。トンネルで彼を追ってきた連中は非常に優秀だった。タフとしかいいようのない男たちだった。ああいう連中がそう簡単に追いはらわれるはずがない。

だから、彼はなんとしても、やつらがミサイルを発射させる場所に入っていかなければならない。だが、そこがどうなっているか誰も教えてくれなかった。なにを目当てに行けばいいんだ？　ウォールズは子供のころ学校で見せられた、フロリダから白人の男を宇宙に打ち上げる映画の場面を思い出した。それはかなり大きな部屋で、白い服を着た白人たちが操作盤の前にすわっていた。だが、なぜか今度はそれとちがうような気がした。もっと小さな場所、小さな部屋なのではないだろうか？　奥のドアに近づくにつれ、ウォールズはある音に気づいた。記憶の底からじらすようにゆっくり浮かびあがってくる聞きなれた音だった。サイレンだ。おれを追ってくる警察だ。彼は足を止めた。彼女の手が腕に触れるのを感じた。彼は振り向いて、彼女を見た。

「サイレンの一種だよ。警察でもいるんだろう」

彼女が理解していないのがわかった。

「気にすることはない」と、彼は言った。「もうちょっと行けば、なにがあるのかわかるさ。とにかく、ゆっくり行こう。馬鹿な真似はしないようにしようぜ。英雄なんていないんだ。おれたちは英雄になるわけじゃない。英雄になろうとすれば、あんたはやりそこなう。ウォールズもやりそこなう。じっくり、おれたちのペースで進み、なにかわかるか見てみようじゃないか」

フォンは黒人を見た。なにが起きているのか、自分たちがどんな立場にいるのか、さっぱりわからなかった。だが、爆弾を落として世界中の子供たちを炎に変えようとしている男たちの近くにいることだけは理解できた。胸が怒りと苦痛で張り裂けそうだった。ナパーム弾の炎が自分の娘を焼き焦がす一瞬前の場面が頭によみがえった。少女はママ、ママと叫びながら走っていた。巨大な飛行機が頭上をゆっくりと飛びすぎていく。タマゴのような黒い玉がくるくるとまわりながら、地上めがけて真っ直ぐ落ちてきた。

ママ、ママ、と少女が叫んだ。炎の壁が彼女のうえにくずれ落ち、フォンも襲いかかってきた熱風で後ろへ突き倒された。心臓が溶け、脳が動きを止めるのを感じながら、炎のなかに飛びこもうとしたが、誰かの手で引きもどされた。

彼女は、なぜ自分がここにいるのか、なぜ過去への遠い道のりを引きかえしてきたのかいま合点がいった。

ママ、彼女の娘が呼んでいた。ママ。

私はここにいるわ。彼女は心のなかで歌うように言った。それはいかにも楽しそうな声だった。ようやく炎のなかに飛びこむ機会がめぐってきたのだ。

スケージーはC - 4プラスチック爆薬の五ポンドのかたまりに差し込んだ八秒起爆延期信管のリングを引き抜くと、まわりを見まわし、「穴に爆薬を投げ込むぞ」と叫んでC - 4をシャフトに落とした。とても悪いことをしている気がした。地面に大きな穴を開け、そこにビルひとつ埋めてしまうほどの力をもった爆薬を投げて、大急ぎで後ろへさがり、高見の見物をきめこむわけだ。爆薬が手を離れて、闇のなかに吸い込まれていくのを見て、スケージーは目まいが起きかけるのを感じた。爆発で自分が傷つくことはないとわかっていたが、思わず二、三フィート後ずさりした。彼はあたりを見まわした。デルタ・トンネル攻撃チーム第一班の男たちが、ハーネスで身体を縛りつけて、手もちぶさたに立っていた。みんな、真っ黒だった。顔も手も防寒帽も防弾ベストも銃もナイフも、すべて黒く塗られていた。爆発が起きる直前、スケージーは透明な恍惚の一瞬を味わった。プラーとの確執も、何度もデルタが攻撃準備をととのえ、行く場所がなく、むなしく武装を解いたことも、上官の顔に一撃を浴びせたという噂が流れて昇進できなくなったことも、すべて遠い過去のことに思えた。すっかり頭から消えていた。いまは、デルタのことと、目前に迫っている耐えがたいまでに美しい瞬間のことしかなかった。

爆発は遠くからくぐもった音でひびいてきたが、その力ははっきり感じとれた。地面がぶるぶるとふるえた。地中から強烈な一撃をくらった感じだった。シャフトから熱したガスが吹きあげ、夜空へほとばしりでた。

スケージーは腹のボタンのところにある、ロープを通した金具を一度ひっぱった。縁起をかついだだけのことで、この教練はいままで何百回となくこなしてきたから、まちがいなどいっさいないことはわかっていた。彼はシャフトに近づいて、長いロープを穴に垂らした。巻いてあったロープがほどけて伸び、小刻みにふるえ、壁にぶつかってはねかえりながら穴のなかに消えていった。すぐに別のロープが数本、地下までの長い距離を落ちていった。スケージーは周囲を見まわした。ディック・プラーはイヤホーンをつけてそこに立ち、ピーター・シオコールはだまってスケージーのほうを見つめていた。

「デルタ・シックス、こちら、コブラ・ワン」スケージーは唇から数インチのところにある、プラスチックのアームの先についたハンドフリー・マイクに話しかけた。「作戦を開始します。天がくずれ落ちる」彼は親指を突きあげてみせた。

プラーがマイクに向かってなにかいうのが見え、耳のなかで声がした。「全部、きみにまかせる、フランク」

スケージーには言っておきたいことがあった。「ディック、すまないと思っています」

「忘れろ、フランク。いい狩りを。神のご加護があらんことを」

スケージーは軍曹のほうを振り向いた。「やつらを殺しに行こうぜ」

彼は穴のなかに身を投げ、いきおいよくロープをすべりはじめた。ハーネスと両足のあいだでロープが燃えるように熱くなり、革手袋が破れるのを感じた。彼は身体を振って、親指の付け根で壁を蹴り、背中にCAR‐15がかたかたとあたるのを感じながら、地下に向かっておりつづけた。彼が一番手だったが、数秒とおくれず、巣から糸をのばしておりてくる蜘蛛のように、トンネル攻撃チームの兵士が彼をかこんで闇のなかをやって来るのはわかっていた。

爆発の衝撃がヤソタイを通路の壁まで吹き飛ばした。片耳の鼓膜が破れ、肩が激しく壁にぶつかった。誰かの手が彼をゆすぶった。まわりでは、部下たちが頭を振ったり、五体満足かさわって確かめたり、感覚をもどすためにおたがいに肌をたたきあっていた。

発射管制室の入り口から将軍が叫んだ。「もうすこしだ。あと数秒、彼らをくいとめてくれ」

ヤソタイはまばたきして、ホイッスルを口にあてると、二度短く強く吹いた。耳ざわりな音が、あたりに蒸気のようにただよっているショックのなごりを切り裂いてひびいた。あと二、三秒で戦闘が始まる。

「銃をとれ、スペッツナズ、銃をとれ！」

号令をかけながら、ヤソタイはみずから無謀ともいえる勇敢な行動に出た。彼は立ちあがり、こわれたエレベーターのドアまでの六十フィートを走りだした。エレベーター・シャフトは濃い煙につつまれていた。

「少佐、やめてください。そんな――」

だが、ヤソタイは耳を貸さずに走りつづけた。エレベーターに着いたちょうどそのとき、最初のアメリカ人の兵士が地獄から来たコサックのような姿で、長いロープの下端に到達した。男が動きを極端に節約した動作でハーネスをはずし、自動火器をかまえようとした瞬間、ヤソタイはウージーの短い連射で彼を撃ち倒した。弾丸が男の身体にあたると、身体からほこりが舞いあがった。ヤソタイは男が防弾ベストを着ているのに気づき、相手が倒れると、あらためて頭に銃弾を撃ちこんだ。

「コブラ・ワン、こちら、デルタ・シックス。聞こえるか？　そちらの状況は、コブラ・ワン、激しい銃声が聞こえたぞ」

プラーの無線機に応答はなかった。

「スケージーがやられた。おそらく死んだのだろう」と、彼はシオコールに言った。「これではやつらの頭のうえにおりていくようなものだ」

「大佐」シャフトのなかから怒鳴り声がした。「シャフトに誰かいます。撃ってきます」

「手榴弾だ」プラーが叫んだ。「手榴弾をありったけ投げ込め。それから、おりるんだ」

ヤソタイは敵がロープを離れる瞬間を捉えて、おなじやり方で四人を撃ち殺した。

じつに簡単だった。だが、やがておりてくる者がいなくなった。いたるところに煙が流れだし、火薬のかすかな臭いが鼻にたちのぼってきた。彼は後続のアメリカ兵が来たときのために、急いで弾倉を入れ替えた。そのとき、なにか固いものがエレベーター・ケージの床にぶつかるのが聞こえた。すぐに、もう一度おなじ音がして、さらにもうひとつ――

ヤソタイがシャフトから出ようとした瞬間、最初の手榴弾が爆発した。つづいて、もう一発、さらにもう一発、もう一発とつづけざまに爆発した。破片が突きささって腕の感覚が失くなった。血を流しながら、彼は通路を第一拠点まで駆けもどった。そこには、M・60一梃と部下たちのオートマチックがある。

彼がバリケードの後ろへまわりこんだちょうどそのとき、デルタのコマンドの第二グループがエレベーター・シャフトの床に着地した。

「少佐、目標を視認しました」

「撃て、撃ち殺すんだ」ヤソタイは荒い息をつきながら、声をはりあげた。M・60が射撃を始め、曳光弾が飛びだして、シャフトのドアに吸いこまれた。ほかの者もあとにつづき、銃弾がエレベーターのドアに撃ちこまれ、ドアをばらばらにして石くずと金属の破片に変えた。だがそのとき、思いもかけず、なにかが刺さったC・4爆薬のぶよぶよした大きなかたまりがドアから放りだされ、不気味な重い音を立てて通路の床に落ちた。ヤソタイはそれがエレベーターと味方の拠点のなかほどに落ちたのを見て、部下に伏せるよう叫んだ。その瞬間、爆発が起きた。

爆発はさっきより、さらに大きく感じられた。ふたたびヤソタイの身体はぼろ人形のように爆風で吹き飛ばされ、銃をもぎとられ、意識が薄れた。排水管のなかをしずんでいき、熱いガスの渦のなかに巻きこまれる感覚をおぼえ、巨大なアメリカの黒人に野球のバットでなぐられ、アメリカ人女性に沸騰したコーヒーを身体にかけられているような痛みが走った。片腕が燃えていた。さいわい、腕を足にたたきつけて火を消すだけの意識は残っていた。まばたきして、状況を見きわめ、命令をくだせる明晰さをとりもどそうとした。いたるところ煙だらけで、ベルが鳴りひびいていた。爆発の衝撃で頭が混乱したスペツナズの隊員が、ヤソタイのとなりにぽかんとした表情で立っていた。ヤソタイが見ているあいだに、兵士の胸の真ん中に小さな赤い点が現われ、そこに連射の銃弾が襲いかかった。銃弾は兵士の心臓をずたずたに引き裂いて、身体を後ろに突き倒した。兵士は支柱を切りとられたビルのようにすさまじい勢いで倒れ、床にぶつかった衝撃で両腕を大きく広げて、意識をとりもどす間もなく動物のように死んでいった。

ヤソタイは自分のウージーを拾いあげて、通路を見わたした。デルタはレーザー照射器をつかって、じつに見事な射撃をしていた。恐怖や興奮に駆られて撃っているのではなく、冷静なプロフェッショナルの目的意識をもち、あらゆる遮蔽物を利用して、驚くほどの正確さで射撃をつづけていた。銃が発した赤い光線が煙を突きぬけ、めざす肉体を発見すると、つぎの瞬間、銃弾がそのあとを追って飛んだ。彼らの最優先目標はM‐60の銃手だった。彼は頭に二発撃ちこまれた。彼だけではなく、装弾手も苦悶の表情を浮かべ、のどから血をほとばしらせながら死んでいた。爆風がバリケードの半分を吹き飛ばしており、その向こうに二、三人の兵士が大の字に倒れていた。M‐60も、野たれ死にした動物のように脚を空に突きだして横倒しになり、弾帯がめちゃくちゃにからまっていた。銃はつかいものにならなかった。

ヤソタイは弾倉一本を撃ちつくすと——まともな射撃姿勢をとっているのは彼ひとりだった——また床に伏せ、筋金入りの老トカゲのように床を這いすすんだ。

「さあ、坊やたち、撃ちかえすんだ。さあ、銃をとれ」彼はつとめて明るい声でそう言った。「ここで撃ちかえせなければ、母さんにお小言をくっちまうぞ」彼のチームがぽつぽつと応射を始めたが、レーザー照射器をこわがっているのがはっきり見てとれた。

ヤソタイは予備の弾倉をウージーにたたきこんだ。それから、慎重にゆっくりと立ちあがり、闇のなかを近づいてくるデルタのコマンドのひとりをねらい、短い連射一回でその男の頭を撃ちぬいた。さらにもうひとりの目標を見つけ、今度は胸に弾丸を撃ちこんだ。三人目は腹に命中した。そのころには、怒りくるった鳥のように、彼を探しもとめる何本もの赤い光線が煙と闇のなかを飛びまわっていた。もうすこしで光線が彼を捉えかけたとき、勇気をふるいおこした部下のひとりが、M‐60を回収するためにバリケードを飛びだした。

「そうだ！」ヤソタイは叫んだ。彼はもう一秒ほど相手を引きつけたあと、レーザー照射器の視野から身を隠した。世界が爆発したように、頭上を曳光弾が轟音をあげて何発も通過していった。だが、それとは別の音も聞こえた。M‐60が手に入ったのだ。あれをもってきて助かった、と彼は思った。あの銃には、どんなものもすごすご引きさがらざるをえない威光がそなわっている。

「少佐、やつらが後退していきます」

たしかに、自動重火器に直面したデルタのコマンドたちは大急ぎで後退していた。彼らはエレベーター・シャフトの入り口とその周辺に釘づけになった。

そのとき、ヤソタイのM‐60が弾丸づまりを起こした。

ジャックをおびえさせたのは、二度目の爆発だった。とても近かった！　彼はまばたきし、おびえ、パンツがびしょびしょになるのを感じた。小便をもらしてしまったのに気づいた。つづいて、何百人もの子供がいっせいに角材で壁をたたいているような不可解な音が聞こえてきた。あれはなんだろう？　最初はさっぱりわからなかったが、ようやくそれが小火器の射撃音であるのに気づいた。

彼らがやってくるんだ。彼らがあのドアを通ってここへやってくる。陸軍の連中だ。彼らがここにいる者を皆殺しにして、それですべてが終わる。

彼は狂った将軍のほうを振り向いた。「これではとても——」

「燃やせ！　燃やすんだ、この馬鹿め！　私の腕が通るように！　最後までやるんだ、ハメル！」

銃口が近よってきて、ぴたりと止まった。

ジャックはくじけた。彼はそれほど強い人間ではなかった。おれは死ぬ、と彼は思った。二度と子供たちにも女房にも会えないんだ。おれは馬鹿で、負け犬で、うぬぼれ屋で、役立たずの男だ。ためしてみたところで、なんのちがいもない。おれが仕事を投げだせば、この男がおれを殺す。陸軍がここに入ってきたら、彼らがおれを殺すだろう。

だが、彼はためしてみた。

「おれにはできない」と、彼は言った。「やりたくない」

将軍は拳銃をジャックの頭に押しつけた。ジャックはまるい銃口がこめかみのもろい骨をくぼませるのを感じた。カチッという音がした。

「やるんだ」将軍が命じた。

ジャックはトーチを金属の深い割れ目に突っこみ、オレンジ色の熱い針が黒い穴を取りまくチタニウムの最後の輪を溶かすのを眺めた。終わった。腕が入るだけの大きさになった。すべて、終わったのだ。

彼は顔をあげた。

「終わったよ」そう言った。

将軍は腕をふりあげ、ジャックの顔に打ちおろした。ジャックの頭のなかで、拳銃の銃身が骨を打ち、脳をゆさぶる雷鳴のような音がひびいた。押しよせる痛みのなかで、世界がゆらめき、一瞬視野から消えて、ふたたびもどってきたときにはぼやけていた。

ジャックは身体が横に引きずられるのを感じた。顔が血でべっとりぬれているのがわかった。だが、ぼんやりした意識のなかで、将軍が手を穴に差し入れ、なかをひっかきまわし、なにかを拾いあげるのが見えた。

「ヤソタイ。ヤソタイ、ついに手に入れたぞ！」

最初の爆発のショックでウォールズはひざまずき、思わずショットガンの引き金をひきそうになった。二回目の爆発はさらに大きく、彼をふるえあがらせた。銃撃音が大波のように高くなり、四方の壁にぶつかって、すさまじい音を立てて砕けた。

ウォールズは女のほうを振り返った。

「よし、ママさん。おれの尻をカバーしてくれ、わかるな?」

一瞬、彼女の黒い目が、わかったというように光った。彼女は横を向いて、なにかひとりごとをつぶやいた。ウォールズには、彼女が祈っているのがわかった。これから何秒かのあいだに起きることを、すべて神の手にゆだねようとしているのだ。それを見て、ウォールズも短い祈りの文句をつぶやいた。親愛なる神よ、と彼は言った。あんたが白いのか茶色いのか黄色いのか知らないが、おれがママと弟のジェイムズを田舎に移すまでは、あの連中に世界を吹き飛ばすような真似はさせないでくれ。そんなことをすれば、いいか、あんただって死んじまうことになるんだぜ。

ウォールズがドアをひと蹴りして開けると、すぐ目の前にソヴィエト製の対戦車ロケット砲をもって第二拠点に駆けつけようとしている、ソ連空挺部隊の青いベレーをかぶった若い兵士がいた。ウォールズは十二番径でその兵士を撃ち、肩に強い反動を感じると、すぐさまスライドを引いて真っ赤な薬莢を飛びださせ、振り向きざまに別の若い兵士を撃ち、身をかがめて通路を走りながら、もうひとりが振り向いた瞬間に弾丸を浴びせた。自分が四人目の兵士の射程に入ったのに気づいたが、彼が引き金をひく前に、ベトナム人の女がトーラスでその兵士の頭を撃ち抜いた。

ウォールズは女に向かってウィンクし、親指を突きあげてから——驚いたぜ、あの女は銃も撃てるんだ！——片ひざをついて、トリガーガードのすぐ前にある弾倉に十二番径散弾を補充した。新しい散弾を七発押しこんで、弾倉をもとの位置にもどすと、はでな音を立ててポンプを引き、間一髪のところで大きな自動ライフルをもった大男を撃ち殺した。それから、ゆっくり前進を始めた。女も十歩ほど間隔を開けて、彼の黒い尻をカバーしながら右手後方を進んだ。

さあ、来やがれ、まぬけども。おれのところに来い、ウォールズ様のところに来るんだ。ウォールズ様がこのミスター・十二番径で栄光と真実を味わわせてやるぜ。その思いがむくわれたのか、すぐに弾薬を弾倉に大急ぎで詰めているふたりの負傷兵に出くわした。ウォールズはまったく罪の意識を感じることなく必要な仕事をすませた。だが、彼がスライドを引き、熱くなった薬莢が飛びだした瞬間、叫び声があがった。銃弾の雨が手首、胸、首にふりそそぎ、彼は倒れた。

ママ、ママ、娘が炎のなかで泣き叫んでいた。助けて！　助けて！

フォンは撃たれた黒人のわきをすりぬけて、娘のほうに走りだした。途中にライフルをもった白人がいたので、彼女はその男を撃った。またひとり現われ、彼女は撃った。さらにふたり出てきたので、ふたりとも倒した。突然、まわりは白人だらけになり、自分が撃たれたのを感じた。彼女は振り向いて、二度引き金をひいた。撃ちそこなう距離ではなかった。だが、彼女は一発、また一発と、身体に弾丸がめりこむのを感じた。

ママ、身体が燃えちゃうわ！　娘が悲鳴をあげた。

フォンは痛みをこらえて身を起こし、娘のほうを向いた。さらにふたりの男の銃撃を浴びたが、彼女も撃ちかえして、ふたりを倒した。

いま行くわ、彼女は胸のなかで叫んだ。そのとき、娘の姿が見えた。フォンがそこへ行き、娘の身体を抱きしめると、ようやく炎が消えた。

痛みはひどかったが、見ると、まだ自分が防弾ベストを着けており、胸にまともにあたった一発が彼をラバのように突き倒した瞬間、ベストが見事にその銃弾を受けとめたのがわかった。手首を跳飛弾がかすめ、首からも血が流れていたが、たいした傷ではない。ウォールズは女のところまで身体を引きずっていった。

彼女は静かに横たわっていた。まわりに七人の男が倒れていた。オートマチック拳銃が、スライドを引きっぱなしの状態で床にころがっていた。ウォールズはひざまずいて、手早く脈をしらべた。なにも感じなかった。目は閉じられ、ぴくりともしなかった。

ああ、ママさん、あんたはたいしたレディだぜ。

兵士のひとりが血を流しながら、這って逃げようとした。ウォールズはショットガンの銃口をその兵士の頭に押しつけ、引き金を絞った。それから、また走りはじめた。

M‐60を力まかせに蹴ってみたが動かないので、ヤソタイは腰をかがめてブーツからナイフを引き抜き、給弾カバーを開いた。ボルトの先に薬莢がひとつ詰まっていた。ナイフを差し込み、てこの原理をつかって力いっぱい押しこむと、薬莢が飛びだした。彼はナイフを投げ捨て、弾帯をセットしなおして、給弾カバーをたたき閉め、ボルトを引いた。銃手のほうを振り向いたが、若者はヤソタイの迫力に押されて、銃に手を出そうとしなかった。ヤソタイがそのまま立ちあがると、さっそく赤い光線が彼に集中した。彼の勇気に呼応するように、デルタのコマンドが突撃を始めた。ヤソタイは引き金をひいた。銃が彼を神に変えた。曳光弾が矢継ぎ早に飛びだし、デルタのぼやけた人影がばたばたと倒れた。銃はなめらかに弾丸を送りだした。ひとりでに弾帯をカタカタと飲みこみながら、銃尾から熱い真鍮の薬莢を無数に吐きだし、床にばらまいた。そのとき、雨が降りはじめた。

突然、水に顔をたたかれ、ヤソタイは愕然として、あとずさった。分厚いシートのような水が天井からあたり一面に降りそそぎ、床に蛍光灯の光を反射したけばけばしい色の水たまりをつくり、ヤソタイの燃えるように熱い身体から汗を流し落とした。彼は顔をのけぞらせると、がつがつと水をのどに流しこんだ。ウォッカのように甘く、神々しい味がした。一瞬、銃撃がやんだ。

「飲むんだ、みんな。第二十二スペッツナズ旅団、飲むんだ！　これは神からのメッセージだ。神がわれわれの渇きをいやすために、地下に雨をお降らしになったんだ。さあ、飲め、おまえたち！」ヤソタイは狂ったように笑いだした。流れ弾丸が防火用スプリンクラー装置をこわしただけのことであるのには気づいていた。だが、目を向けると、突然の噴きでた水に肝をつぶしたデルタが、懸命に逃げだしていくのが見えた。銃弾でできなかったことを、水が代わりにやってくれたのだ。

そのとき、将軍の声が聞こえた。

「ヤソタイ、どこにいる？　ついに手に入れたぞ！　手に入れたんだ！」

「デルタ・シックス、こちら、コブラ。聞こえますか？」

「つづけろ、コブラ」

「マッケンジー大尉です。スケージー少佐は戦死、残りの者もほとんどやられました。死傷率は六十八パーセントから七十パーセント。それに、いま雨が降りだしました」

「雨だと？」

「防火装置がこわれたようです。まるでどしゃぶりです、デルタ・シックス」

シオコールが言った。「気にせずに突っこめといってください。ただの水です」

「コブラ、前進しろ。いまの位置は？」

「通路に入り、第一拠点に攻撃をかけているところですが、敵はそこにやっかいなバリケードを築いてます。あっちにはM‐60があって、そいつにかなりやられてます。ロシアのランボーみたいな野郎が立ち上がって、おれたちを笑ってます。たぶん、そいつに四十人かそこらやられたでしょう。まったく、なんてタフな野郎なんだ」

「そいつをかたづけろ」と、プラーが言った。「そいつの内臓をたたきだしてやれ」

「雨のなかでは、こちらのレーザーが役に立ちません。かなりの死者と負傷者が出ています」

「デルタ、なんとしても発射管制室に侵入しろ」

「何人送っても、全部無駄死にです。やつらがここを完全に掌握しています。C‐4が必要です。もっと兵隊が、もっと時間が必要です。それに、もっとレーザーが」

「コブラ、なにがあってもやらなければならないんだ。さあ、攻撃をつづけろ。さもないと、きみたちの妻や子供が永遠にきみたちを呪うことになるぞ」

「くそっ」若い大尉は言った。

将軍はヤソタイが雨のなかを駆けてくるのを眺めた。あんな状態で、よくあれほど優雅な動きができるものだと感心していた。髪は、眉毛（まゆげ）といっしょにおおかた焼けてなくなっていた。興奮で赤くほてっている顔には、ところどころなにかの破片が刺さって、血が流れだしている。片腕のそでも焼けていて、むきだしになった腕は真っ黒で、かさぶたのようなものが固くこびりついていた。もう一方のそでも血でぬれている。それでいながら、あんなに嬉々（きき）としているのを理解するのは容易でなかった。ヤソタイはまさに戦争の申し子だった。

「手に入れた。手に入れたんだ！」将軍はそう叫びながら、キーを高く差しあげた。「来い、アレックス。ついにやったぞ。われわれが勝ったんだ」

将軍の手にはふたつのキーがにぎられていた。両方とも、重さは一オンス、長さ二インチほどで、普通のキーのように先がぎざぎざになって、縦溝が彫ってあった。

「さあ、これをもて。私の合図にしたがえ」

彼はヤソタイの手にキーのひとつを押しつけたが、そのとき若い将校の血走った目に不思議な悲しみの色に似たものがあるのを見たような奇妙な感覚をおぼえた。

だが、将軍はかまわず第二ステーションに向かって走った。

部屋にはふたつのステーションがあった。それぞれに、電話と壁一面のボタン、コンピューターがついていたが、それは全部関係なかった。いま問題なのはただひとつ、〈発射可動用〉と書かれた赤い文字の下にあるキーホールだけだった。

「キーを差し込め、アレックス」将軍が自分のキーを差し込みながら言った。

ヤソタイもキーを差し込んだ。

部屋の赤いライトが点滅を始めた。

録音された声が言った。「発射非常態勢に入りました。認証してください。発射非常態勢に入りました。認証してください」

「コンピューターだ、アレックス。私のやるとおりにやれ。番号はここにある」

ヤソタイの目の前に十二桁の数字が突きだされた。それは、彼が十八時間前、警備主任の部屋の金庫からもちだしてきた、〈許可動作リンク〉にあらかじめセットされた今日だけ通用するコード番号だった。

将軍につづいて、ヤソタイもキーボードに番号を打ち込んだ。

「認証の指令が入りました、みなさん」美しい女性の声がスピーカーから流れてきた。

「認証の指令が入りました。キーをまわしてください」

彼女の甘い声には、どこかやさしい響きがあった。

「アレックス」将軍が言った。「私にあわせろ」

ヤソタイの目があがって、将軍の目とあい、またキーのほうにもどった。

「アレックス、スリー、ツー、ワン」

将軍はキーをまわした。

キーは動かなかった。

銃声がしだいに高くなった。叫び声、悲鳴、爆発音がまじっていた。

「アレックス？」

ヤソタイは目をあげた。その顔には、はかりしれないほど深い悲しみとどこかよそよそしい表情が浮かんでいた。彼はキーをまわしていなかった。

「ほんとうにこうするのが正しいのでしょうか、アルカーディ・シモノヴィッチ・パーシン？ 神の目に、マルクスの目に、レーニンの目に、われわれの子供たちの目に照らしても、こうするのが正しいといいきれるのでしょうか？」

「私は誓ってそういいきれるよ。もうあともどりはきかないのだ。ワシントンの爆弾がまもなく爆発するからな。いま発射しなければ、アメリカ人がもっているピースキーパーを全部つかって報復攻撃に出て、永遠に死の世界がつづくことになる。さあ、やろう。もう時間だ。われわれはこの苛酷な、おそろしい義務を果たさなければならない。男にならなければならないのだ」

ヤソタイがかすかにうなずいて、目をキーにもどした。指がキーに触れた。

「カウントする」パーシンが言った。「スリー、ツー――」

パーシンは最初、世界が燃えだしたのかと思った。永遠に絶えることなく燃えつづける炎が世界中に広がり、都会を、町を、村を、草原を食いつくしていく光景が頭に浮かんだ。途方もなく大きいが、世界を洗い清めるためには不可欠の苦痛のなかで、すべてを死に変えていく火を思い浮かべた。彼は祖国のベビーベッドにいる赤ん坊を、ベッドで眠る母親たちのことを考えた。だがそのとき、燃えているのは世界ではなく、自分の手と腕であるのに気づいた。まもなく、痛みが襲いかかってきた。彼の目に、アメリカ人ハメルの吊りあがった目と、彼のトーチが見えた。トーチの炎は焼け焦げた腕から、いちばんやわらかい部分を求めて這いあがり、筋肉を焼き、のどから喉頭(こうとう)を、ほおから舌を、目から脳を焼いていった。その苦痛は、とても――

ヤソタイは将軍が燃えあがるのを見つめた。なぜか、心のどこかでほっとしていた。だがすぐに、自分の肩に別の責任がのしかかってきただけであるのに気づいた。将軍の苦しみは見ていられないほどだったが、ヤソタイはまだ動かなかった。彼は、アメリカ人がトーチを将軍の顔に突きつけ、顔が溶けていくのを眺めた。長年の戦争体験のなかで、目をおおいたくなるような出来事に何度も出会ってきたが、これほどぞっとする光景を見るのははじめてだった。しばらく茫然としていたあと、彼はもう充分だと思い、P‐9を引き抜いてアメリカ人の胸を撃った。男はずるずると床に倒れ、トーチの炎がようやく消えた。

それでも、ヤソタイはその場に立ちつくしていた。ミサイル発射のメカニズムはまだ働いていなかった。一度にふたつのキーをまわすことはできないから、誰か探さなければならない。誰でもよかった。それで仕事は完了する。振り向いて、歩きだそうとしたとき、目の前に突然ひとりの男が現われた。ヤソタイは自分の死神が、赤いバンダナを巻き、ショットガンを手に、怒りくるった目をしたアメリカの黒人の姿をとって現われたのに気づいた。まだ身体が麻痺していたヤソタイは、身を守ろうとかたちばかりＰ‐９をかまえかけた。その瞬間、アメリカ人が彼を撃ち殺した。

グレゴールは腕時計を見た。

真夜中は間近に迫っていた。

彼は金庫室の扉の裏に乱雑にならんでいる小部屋をのぞきこんだ。偉大なるトルストイの想像力でも、こんな場面を思い浮かべることはできないんじゃないだろうか、と思った。いまにも洩らしそうなほどおびえたでぶのグレゴールが、力が抜けてがくがくのひざを交互に動かして、世界を破滅させるしか能のない爆弾をもった男を阻止するために、迷路に踏みいっていこうというのだ。まったく馬鹿馬鹿しいかぎりで、トルストイなんか引き合いに出すより、ロシアの昔話のほうがずっとふさわしい。彼はタータシキン王子で、これから〝永遠の夜の魔女〟と戦いにいくわけだ。世界が身を守るために、こんなどうしようもない英雄に白羽の矢を立てたとは、まったくお笑い草だ、と彼は苦々しく思った。

液休の勇気を注入する必要があった。彼はポケットから瓶を出し、振ってみて半分しか残っていないのを確認してから、キャップをひねり、のどが焼けつきそうになるまで長々と中身をのどに流しこんだ。世界がぼやっとかすみ、芳醇なすばらしい姿に見えてきた。ようやく、心の準備ができた。彼は、いつものめめしい卑屈さを、叔父さんのようないたわりを、八方美人になって上司を喜ばせたいという気持ちを全部かなぐりすてた。恐怖も追いはらった。自分は人を殺せると思った。それから、自分は人を殺したがってるんだと思った。

彼は暗い廊下に足を踏みいれた。

クリモフは明かりを全部消していた。

グレゴールは靴を脱いで、そっと廊下を歩きだした。不安はどこかに消しとんでいた。心臓が激しく鼓動していたが、それは恐怖のためではなく、興奮しているせいだった。いまや、グレゴールは相手を手中におさめていた。ちびのクリモフ、友だちのマグダを殺し、まもなく世界も殺そうとしているあの子豚を。ウォッカのいきおいで、彼は子豚ののどから命が押しだされていく場面を、死が訪れるとともに彼の目が生気を失い、くもっていく場面を思い浮かべることができた。

グレゴールは最初の戸口をのぞきこんだ。なかにはファイル・キャビネットがあって、そのうえに時代遅れの暗号作成機が三台のっていた。

彼は先へ進んだ。呼吸は静かで安定し、鼻からかすかに音がもれるだけだった。自分が目を細めているのがわかった。なぜか、これまでなかったほど神経が研ぎすまされているのを感じた――もっともここ何年か、神経を研ぎすましたことなどなかったのかもしれないが。両手を曲げのばしして、筋肉をときほぐそうとした。

大昔に受けた講義のことを思い出そうと努めた。

きみの身体はどこの部分でも殺しの武器になる。手のひらの付け根は、相手の鼻かのどに下から一撃をくわえられる。手の側面は、手刀にして相手の首へ。ひざは、とてつもない力で相手の急所を蹴りあげられる。こぶしは、片方を〝竜の頭〟と呼ばれるかたちで伸ばしてこめかみにむかって突きだす。ひじは、ナイフの切っ先のように相手の顔へ。親指は、目へ。きみの全身が武器になる。きみ自身が武器なのだ。

グレゴールはゆっくり二番目の戸口へ近づいた。またファイル・キャビネット、それにトランクがいくつかと、壁にかかった軍服。

彼は先へ進んだ。つぎの小部屋には旧式の通信機と暗号作成機が置いてあった。国へ送りかえすにはかさばりすぎ、捨てるには微妙すぎ、破壊するには頑丈すぎるという代物(しろもの)だ。次の部屋は武器がしまってあった。旧型のサブマシンガンＰＰｓＨ‐41が鍵のかかったラックにおさまり、対戦車ロケット砲がまるいスタンドに立てかけられ、チェーンでしばってある。さらに、爆薬や起爆装置のたぐいも残されていた。全部、偏執狂スターリンの時代の遺品で、そのころはいつ戦争が勃発してもおかしくないと考えられており、いつでも商務官が破壊活動家かパルチザンに変身できるよう用意おこたりなかった。

そのつぎは、追放された職員のオフィスから運びこんだとおぼしき家具だけの部屋だった。家具も主人同様、政治的な異端信仰に毒され、矯正労働収容所に放りこまれたという感じだった。

最後の部屋で、グレゴールはようやくネズミ野郎クリモフを見つけた。

それに、爆弾も。

グレゴールはスケッチを見ていたので、むろんすぐにわかった。それは、〝軍需用特殊原子爆薬〟と呼ばれるアメリカ製の有名なスーツケース爆弾Ｗ‐54と同工異曲のものだった。一キロトンの破壊力で、この近くにある政府の最重要建物をひとつ残らず簡単に蒸気に変えてしまうばかりでなく、爆風や熱、電磁パルスなどで川向こうのヴァージニアにあるペンタゴンを完全に破壊し、ポトマック川をさかのぼったマクリーンにあるＣＩＡ本部に相当の打撃をあたえ、さらに遠くのメリーランド州にある国家安全保障局の通信機能を回復不能の混乱に陥れるだろう。それは大きな緑色のスーツケースのような形をして、テーブルのうえに置かれていた。ケースは開いていた。南京錠がはずされ、蓋が取りのぞかれていたので、なかの起爆装置をのぞくことができた。きわめて単純で雑なつくりの時限装置だが、デジタル表示がついているところだけは現代風だった。C級アメリカ映画に出てくるような真っ赤な数字がめまぐるしく時を刻んでいた。

二三五六・三〇

二三五六・三一

二三五六・三二

ということは、もう動きはじめているんだ。クリモフはその前にすわって、デジタル表示が究極の瞬間へ向かってパラパラと数字をめくっていくのを、魅入られたように見つめていた。彼は物置から回転椅子を運びこんでいた。じっとすわりこんで、爆発といっしょに霧になるつもりらしい。

グレゴールは、子豚が振り向いて、拳銃をかまえるのを予期しながら、そばへ歩みよった。充分に近づいたと思ったとき、人も殺しかねない怒りがわきあがるのを感じた。素手でクリモフを殺せばとても気持ちがいいだろう、と思った。彼はすでに死んでしまったマグダのために、もうすぐ彼女のところへ行くことになる何百万もの眠れる人々のために、クリモフを殺すつもりだった。

じりじりと、彼は前へ進んだ。

クリモフはじっとすわったままだった。

二三五六・四五
二三五六・四六
二三五六・四七
グレゴールは一撃をくわえる用意をしながら、クリモフの肩にさわった。

クリモフはほんのすこし前に身をかたむけ、それからセメントの床に頭からくずれ落ちた。気持ちの悪いどさっというひびきと、歯が折れる音がした。

クリモフは心臓のあたりを背中から〝飛びだすナイフ〟の刃につらぬかれていた。胸の真ん中に突きでた刃の切っ先はおびただしい量の血でぬれている。血は口と鼻の穴からも流れていた。見ひらかれた目にはまったく生気がなかった。

「私がやったなんて、彼には信じられなかったでしょうね」マグダ・ゴシゴーリアンが、グレゴールの背後の戸口から言った。「あなたにも見せたかったわ、タータ、こいつの胸にナイフが刺さって、目から命が流れだす様子をね」

「マグダ、おれは――」

グレゴールは彼女のほうに行こうとしたが、彼女は拳銃をかまえた。

「こいつはなにかが起きていると感づいたのね。とても利口だったわ、このちびは。何週間も前から私のことを嗅ぎまわってた。今夜、ここへおりてきたんで、私が殺したのよ、ターター」

彼女の目がまともにグレゴールを見すえた。彼には、マグダが狂っているのが、完全に頭が狂っているのがわかった。

「そうしたら、あなたが来るのが聞こえたの。おびえたふるえ声で私の名前を呼びながらね。私は死んだ真似をして、あなたをやりすごした。あなたも撃つつもりよ、ターター。あなたを愛してるけど。道を見失った祖国を愛するのとおなじくらい愛してるわ。それに、死ぬほど愛している私の恋人アルカーディ・パーシンとおなじくらいね。あの人のためなら死ねるわ。あの人は偉大な人物だわ、ターター。ポーミャットの男よ。でも、あなたはただの男。さあ、後ろに下がりなさい。あっという間にすむわ。なにも感じないわ――爆発であなたの原子がばらばらに飛びちるときとおんなじよ」

シオコールはエレベーター・シャフトの縁に立ち、下から聞こえる銃撃音に耳をかたむけた。それはおそろしい動物のうなり声のようにシャフトの暗い空間にとどろき、ひとつひとつの銃声はまったく聞きわけられない音のかたまりとなってのぼってきた。シオコールはそれを聞きながら、ウェストに巻いたやっかいな代物を懸命にいじくりまわしていた。

「失礼」彼はそばにいるデルタの兵士に声をかけた。「これでいいのかね?」

若者はそれをしらべた。

「いいえ、スナップばね付きの環を半回転させれば、口が開き、身体から離しておくことができます。それに、ロープがうまくはまってないようですね。スナップばね付きの環と先端の留め具のあいだにすこし余裕をとらないと――」

シオコールは金具をひねくりまわしたが、どうしてもうまくいかなかった。

「なあ、ちょっとやってみてくれないか?」

兵士は顔をしかめたが、それでも身をかがめて、金具をひねり、シオコールの装備を調節してやった。

「シオコール博士?」

ディック・プラーの声だった。

「あっちはどうなってます?」シオコールがたずねた。

「うまくない。激しい撃ち合いになってる。かなり死傷者が出たようだ」

シオコールはうなずいた。

プラーは腕時計を見てから、戦場への長い下降の準備をしているデルタの兵士たちに目を向けた。

「デルタ、第二班、下降用意」下士官が大声でどなった。「銃は装塡して、ロックしてあるな?」

「装塡して、ロックしてあります」声が返ってきた。

「相棒をチェックしろ。速射技術の講義を思い出せ。撃ちながら、通路の反対側の突起部分まで走るんだ。おりる途中を狙われる心配はない。ショウが始まるのは、通路を半分行ったところだ。ふたりひと組でおりろ。さあ、デルタ、懸垂下降だ。行け、行け、行け」

下士官が肩をたたくたびに、デルタの隊員たちがすべりおりていった。

「人を増やせばなんとかなるかもしれん」プラーが言った。

「これでいい」さっきの兵士が立ちあがりながらシオコールに言った。「装備は万全です。あとは、金具にロープを通して足にはさむだけでいい。右手で金具を締めるか――あなたは右ききですね?――ロープを身体に押しつければ、ブレーキがかかります」

「シオコール、きみはなにをしてるんだね?」不意にプラーがたずねた。

「ぼくも下へ行かなければなりません」

ディック・プラーの口がぽかんと開いた。なめし革のような無表情な顔に驚きの色が浮かぶのを見るのはこれがはじめてだった。

「なぜだね？」プラーがようやくのことで、そうたずねた。「いいかね。この戦いは、銃の力で道を切りひらいてパーシンの行動を阻止できるか、あるいはできないかのふたつにひとつなのだ。きわめて単純なのだよ」

シオコールはプラーにきびしい視線を向けた。「それほど単純ではありません。あそこのコンソールと発射中止手順を熟知した人間が必要な展開になるかもしれませんからね」そう言いながらも、彼はその辛辣な皮肉に驚きあきれていた。彼ピーター・シオコールが、戦略思想家ピーター・シオコール博士がロープをすべりおりて、ゲームとしては最低の戦争のなかへ飛びこんでいかざるをえないとは、いったいどうなっているんだ？「兵隊の数以上に大切な意味があります。デルタはロシア人を皆殺しにできるかもしれないが、そうしてるあいだにもミサイルは飛んでいってしまうのですからね。ぼくは行かなければなりません。こいつはもともとぼくが起こしたことですから、終わらせるのもぼくの責任です」

プラーはだまってシオコールを行かせた。彼はデルタ攻撃チームの下降を中断させ、下士官が彼のほうを見ると、うなずいてみせた。シオコールはなんとか腰の複雑な装置にまちがいなくロープを通しおえた。彼はぽっかり口を開けたトンネルの縁まで進んだ。一瞬そこで立ちどまり、プラーの視線を捉え、コマンドより子供がするのにふさわしい、ひかえめな親指を突きあげるしぐさをしてみせてから、穴のなかに姿を消した。

ウォールズにもここがどこであるのかがわかった。彼はいま〝なか〟に――白人の脳の内部にいた。この明るい小部屋にあるのは、エレクトロニクスの機械、電話、スクリーン、それに死んだ男たちだった。彼はモスバーグに弾薬を補給し、部屋のなかに入ると、重いドアをひっぱって閉め、耳ざわりな音を立てて大きな輪をまわし、ドアに鍵をかけた。彼が撃ち殺した白人の若者の向こうに、もうひとり白人が倒れているのが見えた。その男はノース・カロライナにあるバーベキュー穴のなかの豚みたいに黒焦げになっていた。誰だか知らないが、えらく臭いやがる。ウォールズはそばへ行って、指で突ついてみた。完全にバーベキューになっていた。骨まで黒く焼けている。これだけしっかり焼けていれば、食べても腹をこわさないだろう。

そのとき、まだほかに男がいるのに気づいた。ウォールズはその男のところへ行って、指で突ついた。男の顔は、そうとうひどくなぐられたらしく、めちゃくちゃにつぶれていた。足も撃たれている。胸から血が泡になって噴きだしていた。開いた目が小刻みにふるえた。

「おれの子供たちは？」男がたずねた。

「さあ、子供のことなんか知らねえな」ウォールズは言った。

「あんたは陸軍か？」

ウォールズはどう答えていいかわからなかった。

「ああ、まあな」

「やつらがやらせたんだ」と、男は言った。「おれが悪いんじゃない。だけど、おれは将軍をやっつけてやった。トーチでな」

「やっつけたなんてもんじゃない。あんたはやつの尻をローストにしちまったよ。でも、悪くなかったぜ」

男が片手をあげて、ウォールズの手首をつかんだ。

「子供たちに、愛してると伝えてくれ。一度も口には出さなかったが、おれは子供たちをとても愛してるんだ」

「わかったよ、おっさん。ちょっと休めよ。あんたはまだ死んでないし、死にそうにも見えんぜ。血は出てないしな。あいつは心臓を狙ったらしいが、ほんのちょっとそれちまったらしいな。おれが考え事をしてるあいだ、眠るかなんかしててくれ。いいな？」

男はうなずいて、弱々しく横たわった。

ウォールズは立ちあがった。ここが例の場所だ、白色人種の脳の真ん中だ、と彼は思った。ドアに鍵をかけたから、外でつづいている死ぬか生きるかの戦いがどうなっているかわからなかった。どんな殺しあいが行なわれているのか、彼には見えなかった。

ウォールズは部屋を見まわした。なんてやつらだ。こんな部屋をつくる人間は、よほどのまぬけにちがいない。地面のずっと下にあるこの小さな真っ白い部屋は、ボタンを押すだけで世界を破滅させられる場所だった。彼はキーを見つけた。イグニッション・スイッチに刺さった車のキーによく似ていた。別の小さく区切られた場所に、もうひとつキーがあった。この白人どもは仕事をやりかけていたらしい。なおも見まわすと、明かり、ラベル、標識、スピーカー、無線機、タイプライター、壁金庫、壁にかかった大きな時計があった。くそっ、えらく遅れちまったぜ! もうすぐ真夜中だ。

ウォールズは笑い声をあげた。

白人どもめ。

そのとき突然、白人女が現われた。女の声が明るい部屋に流れだし、ウォールズは度胆(どぎも)をぬかれた。まるですぐそばにいるように聞こえたので、あわててまわりを見まわしたが、むろん白人女などいるわけがない。ラジオかなにかから聞こえてくる声だった。

ウォールズは、女がなにを言っているのか聞きとろうとした。だが、わからなかった。まるでちんぷんかんぷんだ。わけのわからないことをしゃべる白人女には、いつも悩まされてきた。今度も、ランチの用意ができたとかなんとか、たわごとをぬかしている。おいおい、この牝犬はいったいなにを欲しがってるんだ？

「自動発射（ラーンチ）手順が始動しました」彼女は言っていた。「自動発射手順が始動しました。みなさん、もし必要があれば、五分以内に発射中止手続きを行なってください。最終カウントダウンに入ります」

だが、ウォールズにも理解できたことがあった。この牝犬はミサイルを撃ちあげようとしているのだ。

二三五七・五六
二三五七・五七
二三五七・五八

「なあ、マグダ」グレゴールがしゃべりはじめた。「なあ、たのむよ、なにごともあまり結論を急がないようにしよう。あのパーシンのことだろう？　あいつはたしかに魅力たっぷりのハンサム・ボーイかもしれんが、だけどその裏じゃあ、正真正銘の狂人なんだぜ。なあ、信じてくれ、おれがきみをないがしろにしてたのはわかってるし、きみがああいう見た目のはでな男にどれだけ弱いかも知ってるけど、ほんとうにわからないのか？　あいつはきみを利用しただけなんだぞ。きみだって、死んじまえば、二度とあいつには会えないんだ。爆発しちまえばな。それとも、あいつがどこかでできみを待ってるとでもいうのか？　なあ、あと一分か二分で、おれたちはみんな灰になっちまうんだぞ」

銃口はぴたりと彼の心臓に向けられていた。マグダの射撃は前に見たことがあった。彼女はなかなかの名手だった。手がふるえるようなことは期待できない。つぎつぎと変わっていく時限装置のデジタル表示のまたたく光が彼女の顔を照らしだし、そこに奇妙な生気をあたえていた。光は彼女の異常さを、パーシンに心を開き、こんな悲劇のなかにすすんで身を投じるもとになった現実感覚の希薄さを、はっきり浮かびあがらせていた。おそらくパーシンは、たとえばオーガズムのように、この世には不可欠だが、とくに目新しくもないものを利用して、彼女の永遠の忠誠を手に入れたのだろう。適当な場所でなめらかに舌を回転させられれば、世界を手に入れることも夢ではないのだ。

「たのむよ、なあ」と、グレゴールは言った。「おれは――」

「だまんなさい」マグダがのどにかかった、低いセクシーな声でささやいた。「あとほんのわずか待っていればすむことじゃない。ふたりとも偉大なる宇宙と一体になれるのよ、タータ」

グレゴールは急に、マグダとセックスがしたいと思った。いままでなら、じつにたやすいことだった。マグダはいつでも彼の言葉に応じただろう。ひと言、そういいさえすればよかったのだ！　そうしていれば、いまごろ彼のものになっていたはずだ。それほど単純なことだった。だが、彼はそれをしなかった。ずっと、彼女を軽く見てきた。マグダ！　おろかで、怒りっぽい女、心をゆるした相棒、いつでも話に耳をかたむけてくれ、同情してくれた親友。おそらく彼女は何年も前からグレゴールをひそかに愛していたのだろう。そして、彼がいつまでたっても自分を女として見てくれないのにひどく傷ついた。そこで、パーシンと彼の狂った威光に心を移してしまったのだ。

「マグダ、なあ、なにもこんな終わり方はさせなくてもいいはずだよ。一瞬の炎のなかで溶けてしまうなんて。マグダ、きみとおれで、ふたりでいっしょに暮らせばいい。おれがきみをこの問題からぬけださせてやる。おれにはアメリカ人にも友人がいる。ふたりでワシントンや、大使館や、こういったこと全部から逃げればいいんだ。どこかのアメリカの街で夫婦として幸せに暮らそうよ。赤ん坊を養女にして、みんなで暮らそう。アメリカ人が力を貸してくれるさ。おれたちはすばらしい人生を送るんだ、マグダ、きっときみを幸せに――」

マグダが思わずはっとするような鋭い笑い声をあげて、彼の話をさえぎった。

「まあまあ、グレゴール・イワノヴィッチ。私があなたを愛してるとでも思ってるの？ あなたに愛撫されるために、祖国を売るとでも考えてるの？ よしてよ、あなたのどこにそんな価値があるっていうの？ だめよ、タータ。私の心はアルカーディ・パーシンと彼の理想の未来のものよ。それは偉大だったかつてのロシアがもっていた未来像、ポーミャットから、記憶から生まれた未来像なのよ、愛すべきグレゴール。あなたみたいにロシア人のふりをしているだけの人間にはそれが見えないでしょうね。でも私は喜んで祖国と恋人に命を捧げるつもりよ」

これもやつのよくまわる舌が生みだしたものだ。グレゴールはパーシンがどれだけ狂っているかよくわかった。その舌で、まるまると太ったマグダをまるごと飲み込んでしまったのだ。グレゴールには、自分の運命が決まったのもわかった。マグダの忠誠心はとうてい突きくずせないほど堅固だった。パーシンは、記憶だとか、祖国ロシアだとかいうたわごとで、彼女を永遠に自分のものにしてしまった。崇拝の対象を必死に探していたマグダは、それを全部うのみにした。頭の狂った牝犬め！ 馬鹿な女だ。救いようのない馬鹿なロシア女だ！ ああ、女たち！ グレゴールは女を憎んだ。牝犬に憎悪をおぼえた。

いまやグレゴールは彼女のものだった。爆弾に向かって突進すれば、あわれなクリモフのように心臓を一発で撃ちぬかれるだろう。なにもできないうちに死ぬことになる。もっとも、死ななかったとしても、どうやって爆弾の時計を止めればいいのかわからなかった。もし彼女に向かっていっても、やはり撃たれるのはまぬがれない。そう、彼女はかならず撃つ。心臓の真ん中を。喜んでそうするわけではないだろうが、この際そんなことは問題ではない。彼女はそうすることが、天才的山師アルカーディ・パーシンに対する、彼という姿で具現化した祖国に対する義務だと思い込んでいる。

「わかるだろう、マグダ」グレゴールは方針を変えてみた。「アメリカ人たちも知ってるんだ。いまごろは山に攻撃をかけてるはずだよ。いくらパーシンだってかなわないさ。彼はもう死んでるかもしれないよ、マグダ。彼の夢はついえたんだ。それに、アメリカ人がモスクワと連絡をとっているのはまずまちがいない。この爆弾が爆発して、きみとおれをふくめて何千、何万の人間が死んでも、おれたちに勝利をもたらす戦争は起こらないのさ。偉大なるかつてのロシアを基盤にしたロシアの未来も実現しないんだ。街がひとつこわれるだけさ。それに眠っている赤ん坊たちの骨が真っ黒になるだけだ」

彼はすすり泣いていた。

数字がどんどん変わっていくのが見えた。遠慮会釈なく、つぎつぎとめくれていく。

二三五八・二一

二三五八・二三

二三五八・二三

彼女はだまって彼を見つめた。顔に浮かんでいるのは憐れみだけだった。

「お馬鹿さんね、タータ。あなたは自分のことしか考えてないのね。自分のため以外には、なにもやろうとしないのね。めそめそ、鼻をすすって、憐れみを乞うことしかできないの？　あなたはだめな人間だわ、タータ。どうして立ちあがって死ぬだけの度胸がないの！　さあ、かかってらっしゃい、このいくじなしのお馬鹿さん！」

だが、グレゴールはひざまずいた。

「お願いだ」彼はすっかりしおれて、泣き言をならべたてた。「きみのいうとおりだ。おれは赤ん坊のことなんかどうでもいい。他人なんかどうでもいいんだ。だけど、マグダ、マグダ、お願いだ。おれは死にたくない。止めてくれ。爆弾を止めてくれ！　おれを殺さないでくれ！　たのむよ！」

彼女は顔を醜くゆがめた。けがらわしいものでも見るように唇をねじ曲げ、目玉をぐるりとまわした。同時に、拳銃の銃身が揺らいだ。その瞬間、グレゴール・アルバトフが飛びかかった。

シオコールは闇のなかをすべっていった。まもなくコントロールがきかなくなった。

このままでは転落すると思い、ブレーキをかけるために目の前にあるロープを引きこもうとした。それがたいへんなまちがいだった。彼の身体は壁にたたきつけられ、頭のなかで鐘が鳴りひびいた。脳震盪を起こして身体が痙攣するのを感じた。頭蓋骨から火花が飛びちり、熱い息が激しいいきおいで口から吐きだされた。顔から血が流れだし、さっきの決意が窓から逃げだしていくような気がした。彼はまばたきして、自分を取りもどそうとした。下からは、とぎれなく銃声と叫び声が聞こえてきた。だが、彼はふたつの世界の真ん中に宙ぶらりんになっていた。あとから来た黒い人影があっという間に、そばを通りすぎていった。シオコールの鼻はシャフトにこすりつけられ、革ひもが股間に食い込んだ。彼は第二次大戦を描いた映画の、木にひっかかった空挺隊員が出てくる場面を思い出した。あちこちひっぱり、ひねり、いじくりまわしてみた。あっ！　動いたぞ！　身体がふたたびすべりおりはじめた。今度はほんのすこしスピードがコントロールできた。ロープが革の手袋を焼けるように熱くするのを感じた。壁のほうに身体を振ると、うまく親指の付け根で壁を蹴ることができ、身体を外側に押し出せた。そして、ようやく底についた。

　彼は太いケーブルがとぐろを巻いているエレベーター・ケージの屋根に着地した。ごく最近に起きた爆発の臭いがまだあたりに重くたちこめていた。そのせまい空間はひどく混みあっており、デルタの兵士たちが大急ぎでコイルやスナップばね付きの環、

D形リングなどを身体から引きむしり、戦闘にくわわるために屋根に開いた穴からおりていった。シオコールも真似をしたが、とても彼らほど機敏にはできなかった。彼が上で若い兵士が教えてくれたことを思い出しながら苦労しているあいだも、デルタの突撃隊員たちが長いロープを伝ってつぎつぎと到着し、混雑のなかで手早く準備をととのえて、駆けだしていった。ぼくだけ、どうしてこんなに時間がかかるんだ！

ようやく、シオコールもロープから自由になり、慎重にエレベーター・ケージの穴を通って下におりた。おりたところに、スケージーがいた。血だまりのなかにあおむけに横たわり、光の失われた目で無と永遠を見上げていた。スケージーの見るもおそろしい顔つきと中身を押しだされた頭蓋骨を目のあたりにしたうえに、火薬の刺激臭に血と内臓の臭いがまじったものを嗅いで、シオコールは吐き気をもよおした。顔をそむけると、もっとたくさんの死体が目に飛びこんできた。彼はそれをまたぎ越え、大急ぎでケージを出て、廊下を歩きだした。

そこはたしかに彼がつくった基地だった。しかし、戦闘によってひどくよごされ、想像以上に変わっていた。水が一インチほど床にたまり、湿気が霧のようにあたりにたちこめている。スプリンクラーに穴が開いたのはまちがいない。血や体液がまざって黒ずんだ水につかった死体が、タラワ海岸に流れついた海兵隊員のようにゆっくり前後に揺れている。見るものすべてが目をおおいたくなるものだったが、シオコールはそういったものに注意を集中できなかった。サイレンが鳴りつづけ、明かりの半分が消えていた。水のなかで切れた電線が火花を散らす。声が聞こえた。大量死の天使の甘い声だった。

「……発射時刻が迫っています。認証された発射指令が出され、発射時刻が迫っています。認証された……」

あれはベティだ。コンピューターの録音された声だ。シオコールは彼女の声がちょっとミーガンに似ていると思った。

彼は悪いニュースを頭から追いはらい、水をはねちらしながら霧のなかを戦闘区域に向かって進んだ。最後は駆け足になって廊下のくぼんだ部分に飛び込み、頭を出して戦闘の中心部分の様子をうかがった。デルタはまだソヴィエト側の拠点からゆうに五十フィート離れた場所にいた。拠点には砂袋や地上からもってきた家具、荷箱などがぞんざいに積みあげてあり、すくなくとも十梃あまりの銃が据えられ、そのすべてが撃ちつづけていた。銃弾があたると、湿った壁から漆喰のくずが飛びちった。デルタの部隊もレーザー照射器の赤い光線をしきりに動かしながら突撃の機会をねらっていたが、容易に動けなかった。ほんの数ヤード前進して立ち往生をくりかえしている。爆薬かなにか、いまもっているものより大きい武器が必要なのはシオコールにもわかった。まったくの泥沼状態で、混乱の極に達していた。秩序はまるでなく、ひどくせまい場所で撃ち合いをするギャングの戦いのようなものだ。

どうしよう、とシオコールは思った。はじめてほんとうの恐怖を感じながら、壁のくぼみに身をもどした。内臓がゆるむ感じがした。彼にもいまようやくわかった。望みはほとんどないのだ。

「博士ですか?」CAR - 15をもち、顔を黒く塗った男が腰をかがめ、ハンドフリー・マイクをつかってたずねた。デルタの半獣人のひとりだ。

「そうだ」シオコールは、コマンドの指揮官とひと目でわかる男に言った。「いいか、きみたちはあそこの部屋に入らなければならない。あれだ。あれが発射管制室だ」

「ええ、わかってます。あなたの話を聞いてますからね。裏口はないんですか?」

「ない。まっすぐ行くしかないんだ。いいかね、なんとしてもあそこに入るんだ。ほかに道はないし、時間も残りすくない」

「申し訳ないが、もっと火力がそろうまで待たなければなりません」

「シャフトは混みあってる」シオコールは言った。「時間がないんだ。あれが聞こえないのか?あの声がなにをいってるのかわからないのかね?」

「ええ、聞こえますよ。でも、なにをいってるのかはわかりません」

「あれはコンピューターだ。あと四分でミサイルが発射するんだ」

将校は怪訝(けげん)そうにシオコールを見つめた。

「つまり、こういうことだ。われわれがテストを行なった結果、ミサイル管制官は全員キーを差し込むところまではできたが、実際にそれをまわす段になると、三人に一人が尻込みした。そこで安全策を採用した。キーがふたつとも差し込まれた時点で、時限装置が始動されることにしたんだ。三分後に自動発射手順が始まるようにな。キーをまわさなくても、差し込むだけで、最終カウントダウンが始まるわけだ。もしそれがまちがいであったり、重大な手違いが生じた場合は、管制室から発射手順を解除する手段がある。もっとも、解除手段は緊急事態の際に無線で知らされることになっていて、いくつかのスイッチに隠された機能があって、それを一定の順序で押す形式をとっている。その順序を知っているのは戦略空軍本部だけだ。それに、ぼくだ。いいかね、きみたちがぼくをあそこに連れていってくれれば、ミサイルを止めることができるんだ」

「ですが、私たちはあそこまでたどり着けないんですよ。わかるでしょう？　あんな状態ではとても行き着けない」

「ひとにぎりのソ連の兵隊に大きな顔をさせてるつもりか？　あそこに突撃をかけるんだ。お願いだ。ああ、たのむよ」

「突撃をかけるか、そいつはけっこうだね。だけど、こっちは牽制射撃ができないんだ。やつらは、近づいてくる人間をひとり残らず殺してしまう。火力が足りないんだよ。おれたちは勝つためには死ぬつもりでいる。だが、無駄死にはしたくない」

「このままでは戦いにけりをつけられない。負けてしまうんだぞ」

「博士、悪いな。不可能なことはできないよ。いえるのはそれだけだ」

「プラーを呼べ」

「プラーはここにいない。おれが指揮官だ。もうすこし待てば、必要な火力がととのう。チームを前進させてやつらにC‐4をお見舞いして、あそこを突破できる。だが、こっちの損害も大きいんだ。あのロシアのガキどもはえらくタフなんでな」

「やってくれ！」シオコールは叫んだ。自分の声の荒々しさに、彼自身おどろいていた。「くそっ、わからんのか、あと三分かそこらであの部屋を占領しなければ、ここにいる全員が無駄死にするんだぞ。みんな、まぬけでうすのろの役立たずだ。たのむ、お願いだ、ぼくのためとか、きみの子供のためとかいうんじゃない、ここで死んだ者たちのために――」

「できないね！」将校はシオコールに負けない大声で答えた。「したいかしたくないかの問題じゃない。できないんだよ。誰にもできないんだ、わからんのか」

シオコールは泣きたくなった。無力感と怒りで胸がいっぱいだった。どうやら、そういうことらしい。あと二分かそこらで、パーシンの勝ちが決まる。パーシンのほうが頭がよかったのだ。そのときふと、なぜ、パーシンはまだキーをまわしていないんなければ、自動発射手順が始動するはずがないからだ。

いいはずじゃないか？　キーをふたつとも手に入れているのはまちがいない。そうでなければ、自動発射手順が始動するはずがないからだ。

　そのとき、彼は気づいた。パーシンは死んだのだ。

「おい」シオコールは唐突に口を開いた。「味方があそこにいるんだ。いるにちがいない。デルタがあそこにいるんだよ。でなければ、ぼくたちはもう死んでるはずだ。ロシア人がキーをもってて、スロットに差し込んだのなら、当然もうまわしてるだろうからな。だが、誰かがそれを阻止した。だから、まだわれわれは生きている。わからないのか？　ぎりぎりの瞬間に、誰かがやつをやっつけたんだ。だが、そのときキーはすでに差し込まれていた。あそこには味方がいるんだ。まちがいない」

　将校がシオコールの顔を見た。

「認証された発射指令が出されました」ラウドスピーカーからベティの声が流れた。「最終カウントダウンの段階に入ります。発射は三分後。カウントします」

「じゃあ、電話してみろよ」将校が言った。

「なんだって？」

「そいつと話せよ。電話でな。なあ、あそこの壁を見てみろよ。あれは電話じゃないのか？」

シオコールはいわれたほうを見た。ああ、なんとも信じがたいほどの単純さだ。そうだ！　その人物に電話をかけよう！

彼は受話器をとって、Ｌ－５４５４の番号をダイヤルした。

ウォールズはまばゆい光に照らされた操作盤を見つめた。部屋はシロの亡霊で満ちているような気がした。あのいけすかない野郎どもは死んで、世界を道連れにしようとしている。シロどもめ！　なんてとんまなんだ。

彼はショットガンをにぎりしめ、スライドを引いた。弾薬がカチッと音を立てて薬室におさまった。操作盤に穴を開けて、ミサイルを止めてやる！　だが、いったいどこを撃てばいいんだ？

彼は怒りを煮えたぎらせて、操作盤をにらみつけた。まぬけな自分がいやになった。いくら部屋を見まわしても、なにも感じなかった。なにをすればいいのかさっぱりわからなかった。

「最終カウントダウンに入りました」白人女がラジオかなにかでそう言っていた。

くたばれ、牝犬！

すると、突然ふるえるような甲高い音がひびいた。

ウォールズはびっくりして飛びあがった。

「最終カウントダウンに入りました」シロの牝犬がまた言った。

ウォールズは受話器をとった。

「もしもし」シオコールの声は緊張して、ほとんど金切り声に近かった。「もしもし、きみは誰だ?」

「ウォールズ」と、声が答えた。

デルタがシオコールのまわりに集まっていた。シオコールは受話器を手のひらでおおった。

「電話に出たぞ!」彼は甲高い声で叫んだ。「助かった、あそこに味方がいる。ウォールズというやつだ。誰か、ウォールズという男を知らないか?」

「デルタにはウォールズという名前の人間はいない」将校が言った。

「おい、きみ」シオコールは電話に言った。「きみはデルタか?」

答えがなかった。ああ、いけない、もしかすると——

「その、つまり——おれはトンネルを通ってきたんだ。わかるだろう? 地下から来たんだよ」

「驚いたな。彼はトンネル・ネズミのひとりだ。地下から入りこんだんだよ。もしもし、きみ、そっちはどんな状況だ?」

「どうやらミサイルが発射しちまいそうだな。ライトがやたらにパチパチしてるよ。どうだい、操作盤をショットガンで——」

「だめだ、よせ。だめだ！」シオコールが叫んだ。「なにも撃ってはいけない。銃は捨てろ」

「ああ、わかったよ」

銃が放り投げられる音が電話からひびいた。

「ドアには鍵がかけてあるな？」

「ああ、だいじょうぶだ。誰か知らんが、あの連中に入ってこられてはたまらん——」

「聞け、ウォールズ。ぼくの言うことを注意して聞いてくれ。きみにはミサイルを止められるんだ」

シオコールの心臓は胸から飛びだしそうな勢いで鼓動していた。にぎりつぶしてしまいそうなほど、強く受話器をにぎりしめているのに気づいた。「いいな。きみはラベルのついた五つのキーを正確な順番で押すんだ。簡単なことだ。じつに単純な作業だ。それで終わりだ。できるな？」

重い沈黙が長々とつづいた。

シオコールの耳に銃声がまた聞こえてきた。秒を刻む時計の音が、永遠に向かって走りきっていく秒の音が聞きとれるような気がした。

「きみ?」もう一度呼びかけた。すすり泣きのような音が聞こえた。「きみ? そこにいるのか? まだ、そこにいるのか?」

ようやく、声が返ってきた。

「それなら、おれたちは終わりだぜ」と、声が言った。「おれは字が読めないからな」


彼女はグレゴールに二発命中させた。最初の一発は心臓のすこしうえにあたり、皮下組織と筋肉を突きやぶって、肺を切り裂き、肩甲骨(けんこうこつ)をけずりとって、背中に大きな穴を開けて飛びだした。二発目はもっと下の肋骨のあいだに飛びこみ、内臓の組織を破壊して、取り返しようのないダメージをあたえた。その瞬間、グレゴールはマグダにおおいかぶさって床に倒れ、血のつばを吐きながら彼女の顔といわず頭といわず、めちゃくちゃになぐりつけた。知らぬ間にもぎとっていた拳銃を手にしっかりにぎって、それで容赦なく打った。彼女の目がうつろになると、グレゴールはなぐるのをやめ、壁際まで身体をころがした。死んだのかどうかわからなかったが、それはどうでもよかった。たいして意味のないことだ。彼は、自分の身体にこれほどたくさん血があったことに驚いていた。血はどくどくと流れだしていた。ショックで全身が麻酔をかけられたようにしびれていた。頭のなかに日差しを受けて黄金色に輝いて波打っている麦畑の情景が浮かんだ。頭の血管が激しく脈打つのを感じて、床に頭をもたせて、しばらく休んだ。だが、そのうち内臓の感覚がもどってきて、とてつもなく痛みはじめた。なにがどうなっているのか、よくわからなくなった。爆弾だ。たしか爆弾に関係のあることだった。原子爆弾だ。はっきりしないが、たしか自分は死にかけているのだ。

彼は苦労して頭の向きを変えた。そうだ、天井のまばゆい光で、二四〇〇時に向かってせわしなく動きつづけている時限装置の数字が見える。あそこへ行かなければ。いうことをきかない身体を無理じいして、彼は身を前方に投げだした。材木が動いているような感じだった。身体は重いひびきを立てて床にぶつかり、耳鳴りがしたが、痛みはそれほどひどくなかった。彼は――やっとのことで――自分の血だまりのなかを目ざすものに向かって這いすすんだ。着いたらなにをしようというあてはまるでなかった。

くそったれパーシンめ、おまえはおれの愛したただひとりの女を奪った。それに、おれの命も。地獄に落ちろ、パーシン。

痛みが彼に力を貸した。痛みはエネルギーに変わった。彼はなおも這いすすんだ。だが、目あてのものはまだはるか遠かった。

言葉だ。くそいまいましい白人の言葉だ。

それはまるで、蛇と黴菌でかたちづくられているようだった。彼には、蛇と黴菌がとぐろをまき、折れまがり、ねじりあわさっているとしか見えなかった。どこを見まわしても、小さな黒いプラスチック板のうえに書かれた言葉が彼をにらみつけていた。それらは、まったく意味をもっていなかった。思いやりをひとかけらももちあわせていなかった。

「ウォールズ？　ウォールズ、そこにいるのか？」電話から声が聞こえた。せっぱつまって、ゆがんだ声だった。その気持ちはよくわかった。いつだって、白人は彼を見て、戸惑いと狼狽の表情を浮かべる。ほんとうに字が読めないのかね？　きみ、字が読めない若者がこの世の中をわたっていくのは楽じゃないぜ。ＡＢＣを習ったほうがいい。さもなければ、永遠に役立たずの黒んぼとして、裏街をはいずりまわることになるぞ。

「きみ？」

「ああ、いるよ」ウォールズは恥ずかしさと燃えたぎる憎しみで頭に熱い血をのぼらせながら答えた。憎しみの一部は自分自身に向けられたものだったが、別の一部は心配そうな声で話しかけてくるえらそうな白人に、一部はあのいやったらしい代物があとわずかで飛びだしていこうとしているときに、自分をこの白人の部屋に追いやった連中に対して感じていた。

「ああ、きみ、もっと早く答えてくれよ」声が言った。懸命に冷静をたもとうとしている声で、どこかおかしなひびきがあった。ウォールズはそういう声を何万回も聞いたことがある。自分が相手にしてるのが字の読めない黒んぼであるのに気づき、同時にそういう相手を怒らせればとんでもないことをしでかすかもしれないと思いあたった白人の声だ。こいつを怒らせないよう、ていねいに、ゆっくりしゃべらなければ、というわけだ。「きみは、その、文字は読めるんだろう？　アルファベットは？　言葉はいい。文字はわかるんだろう？」

ウォールズは恥ずかしさで身体が熱くなった。彼は目を閉じた。熱い涙がきらきらと輝きながら頰を流れ落ちていくのを感じた。いまにもふたつに折れるか、あるいは溶けてしまいそうなほど、力いっぱい受話器をにぎりしめた。

「最終カウントダウンに入っています」シロの牝犬がさげすんだような、よそよそしい声で言った。すくなくとも、彼にはそう聞こえた。その牝犬を絞め殺したいと思った。

「ああ、できるよ」と、彼は言った。「文字はちゃんと読める」彼はまぬけなハウス・ボーイのようにゆっくり答えた。

「ああ、そいつはすばらしい。いいぞ、たいへんいい」声が伝わってきた。「それなら、ふたりで力をあわせ、おたがいを信頼しあい、あわてずにやればだいじょうぶだ。まだ時間はたっぷりある。文字だけつかってもできることだ。いいぞ。まだ時間はあるから、きっとやりとげられる。そうだな？」

ウォールズは相手の声にパニックの気配をはっきり感じとった。パニックはのどぼとけを這いあがって、のどをねばねばしたもので詰まらせようと虎視眈々と機会をうかがっていた。

「ああ、わかった」と、彼は言った。こいつには死ぬまでイエスといいつづけよう。こいつを喜ばせるものをすべてくれてやろう。五歳のときにもどって、徹底的にイエス、イエスと答えてやる。笑みと魅力と胸に秘めた屈辱感を全部さらけだしてやる。

「おれたちはゆっくりやる。あわてないでやれば、おれたちにはできる。いいぞ。わかった」

「よろしい」と、声が言った。「ではまず、きみは電話をにぎっているのだから、椅子に腰をおろしてるな？　そうだろう？」

「ああ、そうだ」ウォールズはいわれるままに椅子に腰かけた。

「よし、では、電話の差し込みから始めよう。コードは壁から出ているはずだ。それを見てくれ、いいな？」

「ああ、見たよ」ウォールズは壁にあるコードの差し込み口に目を据えた。

「つぎに、目を二インチばかりうえに向けてくれ。左側に小さなハンドルがあり、その先にでっぱりがある。そのでっぱりに、斜めに反対側を向いた操作盤があるはずだ。壁と直角ではない。斜めに突きでている。わかるか？」

「ああ、わかる」

「よろしい。ではその斜めに突きだした部分——向かって左側に——いろんな種類のスイッチがある。二列ずつ、五つのグループに分かれ、全部で十列ある。二列のグループも途中で、六個のグループ——三個ずつ二列だ——と、八個のグループ——四個ずつ二列——と、四個のグループ——二個ずつ二列——に分かれている。そういうかたまりが五つあるはずだ、わかるか？」

よしてくれ、とウォールズは思った。ちがうぜ。あんたはまた考えちがいをしてるな、まぬけ野郎。それは迷路だった。小さな白い箱やスイッチ、電線が悪夢のようにごちゃごちゃになり、まるでわけがわからなかった。ウォールズは目を閉じて、それが全部目の前から消えるのを、あるいはもっとすっきり見えるようになるのを祈った。目を開けると、彼はまだ迷路のなかにいた。

「わかるね？」声が鋭くなった。

「なにもわかりゃしねえよ」と、ウォールズは言った。

「見るんだ！　この野郎、見るんだ！」

声にすすり泣きがまじっていた。ヒステリーとパニックと恐怖が聞きとれた。

ウォールズは目をもどして、なんとか見ようと努めた。スイッチがぼんやりとまたたき、なにかの映画のなかで人間が棒でなぐったり、ナイフで切ったりしていた奇妙な変形生物のように、形を変えながらのたくっていた。

「最終カウントダウンに入っています」白い牝犬の砂糖のように甘い声が言った。「最終カウントダウンに入っています」

そのとき、彼はそれを見つけた。こいつだ、まちがいない！　見つけてやった！　二列ひと組みになり、途中でいくつかの小グループに分かれているかたまりが五つ、ボードのうえにならんでいた。

「くそっ、やったぜ！」ウォールズは叫んだ。「おい、おっさん。その牝犬を捕まえたぜ。見つけたぞ！」

「いいぞ！　いいぞ！　すばらしい、すばらしい！」声が叫んだ。「最高だ。じゃあ、つぎに――」

そのとき、電話が切れた。

「切れた、切れた、切れちまった」シオコールが金切り声を発した。「くそっ、切れちまったぞ」

「最終カウントダウンに入っています」ベティの声がラウドスピーカーから流れた。

誰かがシオコールの腕をつかんでなだめた。軍曹だった。

「落ち着いて」軍曹は言った。

シオコールは無表情な兵士の目を見た。きみたちにはわからないのか、と彼は思った。なにが起きているのか、わからないのか？　これにどれだけのものが懸かっているのか理解できないのか？　これは――

「やつらが電話の接続器を撃ったんだ。博士、見てくれ」

将校が、ソヴィエト側の射程内の壁の高いところにある箱を指さした。箱は銃弾でこわされ、蝶番が吹き飛び、ばらばらになった切り換え装置の中身がはらわたのように垂れさがっていた。

「ほかに電話はないのか？」と、将校がたずねた。「なかに接続器がついているやつだ。外側にあると、みんな狙い撃ちされてしまう。どこかに電話に組み込まれているのがあるはずだ」

電話だと！　電話がある場所なんて知るもんか！　一時は文字どおりサウス・マウンテンの設計図の迷路のなかで暮らしたことがあるシオコールは、その記憶から電話の位置を掘りおこそうとした。実物は一度も見たことがない。だが、たしかあそこにあるはずだ！　彼は思い出した。

「廊下のこの先にある。二十フィートほどのところだ。そこにもうひとつ電話がある。ほんのすぐだよ」

みんなが信じられないという目で、彼を見つめた。

「それでは、ソヴィエト側の銃口にまともに身をさらすことになる」

「ミサイルが飛んでいっちまうんだぞ！」

「あんたは八つ裂きにされる」

「一分かそこら電話をつかえばすむんだ」

「おれたちが掩護射撃をしよう」と、将校が言った。「ありったけのものをぶちこむよ」

「ぼくがいっしょに行く」誰かの声がした。「電話しているあいだは、銃を撃っている人間が必要になるはずだ」

シオコールは目をあげた。よごれた顔に気弱そうな表情を浮かべた、どこかで見たことがある兵士だった。やがて、シオコールは気づいた。彼は兵士ではない。若いFBIの捜査官アクリーだった。いったい、こんなところでなにをやってるんだ？

「じゃあ、行こう」シオコールは言った。

彼は引っ込んだ壁の端まで走った。その先に、ソヴィエト側の拠点と電話がある。廊下の反対側からデルタがロシア兵に向かって銃撃を始めた。銃撃音が高くなった。

それは思わず身震いするほど衝撃的だった。なにもかも、シオコールが憎んでいるものばかりだった。銃、騒音、あたりに重くたちこめる危険の臭い。とりわけ自分の恐怖が、かたときも離れず自分にとりついている恐怖が憎かった。それに、彼女——ベティ、すなわちミーガン——を憎んだ。彼を愛し、彼を憎んだ女を。彼が一度も喜ばせてやれなかった女を。

「最終カウントダウンに入っています」ミーガンが言った。

アクリーが彼のとなりにいた。両手に一梃ずつ、細長い弾倉のついたドイツ製のサブマシンガンをもっている。彼もおびえているように見えた。

廊下のこちら側にいるデルタは忙しげにボルトかなにかをカチャカチャ鳴らして、射撃の準備をしていた。

「用意はいいか、博士？」声がかかった。

声がうまく出てこなかった。「ああ」のどからなにかがきしるような音が出た。

「よし、デルタ。おれの号令にあわせろ」若い将校が言った。「撃て！」

デルタの兵士たちが廊下に飛びだし、銃撃を始めた。騒音はさらに高くなり、シオコールには、ボルトとナットの詰まったドラム缶が鉄の階段からころがり落ちる音に聞こえた。銃弾があたった場所で、漆喰や木くずが飛びちるのが見えるような気がした。彼は夢中で、水をはねちらしながら走った。光線と火花があたりをすき間もないほどに飛び交っていた。叫び声が廊下に満ちあふれた。どれも意味をなさない声だった。シオコールは電話が設置してある壁のくぼみにたどり着き、そこに身体を押しつけた。すぐそばに弾丸が命中し、彼がしがみついている壁の一部をえぐりとった。弾丸がいたるところを飛んでいた。その速度たるや、気ちがいじみており、非現実的な感じがした。昆虫のように飛びまわって、壁にはねかえり、床の水にしぶきを蹴たてた。横では、アクリーがロシア人の銃口とシオコールのあいだに割り込むように身体をシオコールに押しつけ、両手の銃を同時に撃ちまくっていた。シオコールはアクリーの身体のぬくもりを感じながら、壁の暗がりに押しつぶされたようにうずくまった。

彼は電話を取りあげた。

つながっていなかった。

彼は一瞬うろたえたが、ふと考えて受話器を見ると、別の線につながっているのがわかった。ボタンをたたきつけると、ダイヤル・トーンが耳に飛びこんできた。

「急いで」アクリーが撃ちつづけながら叫んだ。

「最終カウントダウンに入っています」ミーガンが言った。

だまれ、ミーガン！

シオコールはダイヤルをまわした。

どうにかグレゴールはテーブルにたどり着いた。まだ生きているのが信じられないくらいだった。だが、テーブルのうえまで身体を引っぱりあげるのが問題だ。ふたつの傷口からはいきおいよく出血していた。這ってきた床に血の跡ができて、パンツは血でぐっしょりとぬれていた。しだいに弱まり不規則になってきた呼吸のあいまに、耳なれない音が聞こえた。まるで、穴の開いたアコーディオンをひいているような音だった。彼はそれが自分の身体の発しているうめき声であるのに気づいた。胸に開いた穴から吸いこまれた空気が、つぶれた肺嚢(はいのう)からもれて、あわれなきしり音をたてているのだ。のどもとに血の味がしたので、それを飲み込んだ。

やがて、彼は立ちあがった。どこにそんな力が残っていたのか不思議だった。彼のでっぷりと太った、不恰好な身体が隠しもっていた力だった。苦痛の大波が押しよせるなか、ようやく立ちあがり、よろめくようにいまいましい機械のうえに身を乗りだす。呼吸がすすり泣く声に変わり、胸がぶつぶつと貪欲(どんよく)そうな音を立てた。頭は痛み、血管が激しく脈打っていた。身体がほとんど麻痺していた。指の動きもぎこちなく、自分の意志どおり動くかどうか心もとなかった。舌はかわいたトカゲのような感じがした。唇は石灰石に変わっていた。

彼は手のひらを機械のうえにのせた。そのまま、魅せられたように、機械のかすかな振動を手のひらに感じていた。

二三五八・三五
二三五八・三六
二三五八・三七

数字がつぎつぎと変わっていく。この世にあるどんな力も、それを止めることはできなかった。彼は催眠術にかかったように、数字が究極の二四〇〇時に向かって動いていくのを眺めた。その瞬間に、爆弾が起爆し、世界が真夜中になるのだ。

グレゴールはすすり泣きをはじめた。

こんな魔法を敵にまわして、ただの人間になにができるというのだ？

彼はおぼつかない太い指で機械の表面にある、わけのわからないボタン類に触れようとしたが、指の動きをうまくコントロールできなかった。触れたいところに指がいかなかった。もっとも、どこを押せばいいのかわかっていたわけではない。意識が遠のくのを感じた。

のっぺりした機械の黒い表面に涙がこぼれ落ちた。涙は水滴になって、動きつづける数字の赤い光を反射した。時限装置をのぞけば、機械には接極ボタンがひとつあるだけで、安全ピンは抜きとられていた。ボタンもすでに押してあり、小さな穴のなかに頭を引っ込めていた。

彼はこれからなにが起きるかを想像してみた。これは内破装置だった。高性能爆薬の球がプルトニウムの球を包みこみ、さらにそれが中心にある中性子の供給源であるベリリウムの球を包んでいる。爆薬が起爆剤になって、その力でナノ秒のあいだにプルトニウムをベリリウムにぶつけ、臨界量に達し、連鎖反応を引き起こす。

こんなものとどうやって戦えばいいんだ？

二三五八・五六

二三五八・五七

二三五八・五八

電話が鳴った。

ウォールズはびくっとしてしばらく電話を見つめてから、受話器を取りあげた。

「もしもし？」

「ウォールズ」悲鳴のような声だった。「そこにいるんだな？」

「もちろんさ」

「残りは、あとわずか――うっ。すまん、やられたらしい――くそっ、痛い、足だ。ちょっと見てくれ――よし、きみ、いいな？　ここはちょっと危険な状態なんだ」

「わかった、つづけてくれ」

「よし、よく聞けよ。きみはもうスイッチの列を見つけたな？」

「ああ、楽勝だ」

「よろしい、たいへんよろしい。では、左からかぞえて三番目の列を見ろ」

ウォールズはそれを見た。

「見たぜ」

「よし、じゃあ、すこし顔を近づけて、いちばんうえからラベルの最初の文字を読んでいってくれ。文字だけでいい」

「楽勝だ」

「Pから始まるやつを見つけてくれ」

ウォールズはスイッチの列に指を走らせ、Pを見つけた。〈実用電気誘導チェック〉のPだ。

「あったぜ」

「押してくれ」

ウォールズはそのスイッチを押した。

「つぎは、Aから始まるものだ」

ウォールズはラベルをひとつずつ見ていった。

Aがあった。〈改良型回路手順〉だ。

「あった」

「押してくれ——ああ、いかん。となりにいる男が撃たれた。くそっ、とにかく押してくれ」

ウォールズはスイッチを押した。

「つぎは、Iだ」

ウォールズは、〈慣性誘導回路チェック〉のIを見つけた。

彼はそれを押した。

「いいぞ、もうすぐだ。ああ! ちくしょう、いまの弾丸はすれすれだった」

電話の声の後ろから、騒音と悲鳴がひびいてきた。

「Mだ。Mを見つけてくれ」

簡単に見つかった。〈手動再充電装置〉のM。

彼はそれを押した。

「やったぜ」

「いいぞ、こんどはB。Bを見つけて、押してくれ」

ウォールズはラベルの文字を見ていった。視線が列のいちばん下までたどり着き、パニックが襲ってきた。突き刺すような痛みが走った。涙があふれでて、見るものすべてをかすませ、きらきらと輝かせた。

「見つけたか? 見つけるんだ。いいか、そいつを見つけなくちゃならないんだ。さあ、がんばれ。手順の半分は終わってるんだ」

ウォールズはすすり泣きはじめた。

「ここにはBがない」

「だまれ、見つけろ。見つけるんだ！　ABCのBだ。めそめそしないで見つけろ！」

ウォールズはもう一度やってみた。

「Bなんかありゃしないぜ」彼は、のしかかってくる重い現実を押しかえすことができない自分を嫌悪しながら叫んだ。「Bはないんだ」

「最終発射手順に入ります」ベティがもっともらしく言った。


プラーはシャフトのドアのそばにしゃがみこみ、地下にいるデルタの状況報告に耳をかたむけていた。長いシャフトいっぱいを満たすように、すさまじい銃声がたちのぼってきた。まるで、浜辺で砕ける波のようだった。

「そういうことです、デルタ・シックス。博士は電話をかけています。相手と通じたようですが、敵が彼のほうに射撃を集中しています。ああ、いかん。彼についていた男が撃たれました」

「掩護してやれ！」プラーがぴしゃりと言った。

「ありったけのものをつかってやっています、デルタ・シックス。まだ博士は電話で話してます。なにか叫んでるのが見えます――ああ、くそっ――」

「撃たれたのか？」

「いいえ、ちがいます。あの声です。スピーカーが最後のカウントダウンに入るといっています。これじゃあ、とても――」

プラーは息をするのも苦しいほどだった。胸が心臓発作でも起こしたように重くしめつけられた。彼は闇のなかをのぞきこんだ。そのとき、不意に左のほうで轟音がひびいた。距離はあったが、衝撃はすさまじかった。プラーは一瞬頭がくらくらとなって、後ろへ倒れた。まわりにいた者たちも突然の爆風を受けて、身をすくめた。だが、それは爆弾ではなかった。

「サイロの扉が吹き飛んだんだ」誰かが言った。「ミサイルが飛ぶんだ」

事実、それからまもなく、自爆したサイロの重い扉の破片がシャワーとなってあたりに降りそそいだ。発射まであと三十秒という意味だ。

サイロのなかから光の柱が剣の刃のように空高く、まっすぐに伸び、暗い夜空にのぼるにつれ細くなりながら、ミサイルの飛ぶコースを指し示した。

「ちきしょう」誰かが言った。「もうだめだ」

光の柱から逃げだした男たちが山のでこぼこの斜面を走りまわっていた。やがて、一次点火の轟音がひびき、排気翼から四本の白い蒸気が闇のなかにたちのぼった。

「行っちまうぞ。行っちまうぞ。行っちまうぞ」叫び声があがった。

　プラーはふと、それはどんな光景なのだろうと考えた。すると、脳裏にミサイルが地上に現われ、尾部のまばゆい光の力で空にのぼっていく場面がはっきりと浮かんできた。最初は、荘厳といってもいいほど堂々と姿を現わし、やがて速度を増し、精神異常者のような性急さで空へ駆けあがっていく。光がしだいに遠ざかり、まもなく見えなくなって、空はふたたび夜のとばりにつつまれる。

「もうだめだ」誰かがくすくすと笑っていた。プラーはそれがすすり泣きであるのに気づいた。「もうだめだ。負けたんだ。おれたちは、あいつらに負けたんだ」

「よし」アクリーの死体に押しつぶされそうになりながら、シオコールは声をはりあげた。アクリーの血が顔にしたたりおちた。「それじゃあ、とにかくその列のいちばんうえから頭文字を読んでいってくれ。まだまにあうぞ、ウォールズ、読んでくれ」

「S」という声がした。

〈ソフトウェア調整インターフェース・チェック〉だ。

「わかった」

「P」

弾丸がシオコールの腕をかすめた。

〈実用電気誘導チェック〉

「よし」

「A」

〈改良型回路手順〉

「よし」

「I」

デルタの自動火器の音がひびきわたった。ものすごい騒音だった。銃弾が吐きだされるたびに、熱いガスが押しよせてきた。銃撃音に取りかこまれている感じだった。いつのまにかデルタ・チームのひとつが廊下を前進してきて、彼をつつみこむようにして撃ちまくっていた。空薬莢が小さな滝のように彼のうえに降ってきた。それが床ではねる様子を見て、シオコールは雨のしずくを連想した。

「ちがう。それはLのはずだ。よく見ろ」

「くそっ。ああ、たしかにLだ」

〈発射塔引き込み機構〉だ。

「よし」

「I」

〈慣性誘導回路チェック〉

「よし」

「S」

シオコールの目の前で、デルタのひとりが重い音をたてて床に倒れた。

〈保護用繊維ガラス排出機構チェック〉

「よし」

「A」

シオコールは、〝A〟とはなんだろうと考えた。

Aだって？

弾丸が一発、頭から二インチほどのところにあたった。破片が飛びちり、シオコールの顔が切れた。鋭い痛みが走った。くそっ！　彼は顔をしかめた。

Aとは何のことだ？

「ひとつずつ、文字を読みあげてくれ」

電話の声がゆっくり文字を読んでいくのが聞こえた。

「マーーーヴーーとーーうーーじーーょーーう」

なんだと？　それはいったい何なんだ？

グレゴールは自分のまぬけさかげんにほとほと愛想がつきた。彼は原爆にスイス製のアーミー・ナイフで立ちむかっていた。意識が何度も薄れかけた。数字は猛烈な速度で変わっていた。彼は、爆弾が爆発したらどんな感じがするだろうかと思った。太い指をあやつって、ナイフの刃を出すのさえひと苦労だった。彼はふと、数時間前、このナイフをつかって車の窓をこじあけたことを思い出した。どうして、これほど世界は変わってしまったのだ！　出血のせいで、頭がよくまわらなかった。ナイフの刃をやみくもに接極ボタンの穴に突き刺した。効果はまるでないようだった。矢のように時間が過ぎていくなかで、ナイフがなにかにひっかかり、動かなくなった。グレゴールはナイフに体重をかけた。

ポンという音がして、ボタンが穴からはじけだし、どこかに飛んでいった。抜けたぞ！　彼は身をかがめてのぞいてみたが、プラスチック外装につつまれた電線が一本穴を通って本体のなかに消えているのが見えただけだった。

彼は電線をにらみつけた。

肺がこわれたオルガンのようなうめき声を発し、最後にひとすじ、開いた穴から長く引きのばした優雅な音色をしぼりだした。グレゴールは、自分がどうしようもないとんまに思えた。こんな狂った世界のなかで、人間になにができるというのだ？

数字はぱたぱたとめくれて、世界を炎と無のほうに押しやろうとしていた。グレゴールはその狂気に向かって思わず悲鳴をあげている自分に気づいた。怒りがふくらみ、身体のなかで動物のように成長した。彼は残っている力をふりしぼり、声の大きさで時計の数字が止まるとでもいうように、何度も何度もくりかえし叫びつづけた。

数字がぼやけて見えなくなった。

まばたきすると、またはっきりした。

二三五九・一八

二三五九・一九

二三五九・二〇

彼はまた悲鳴をあげた。

銃を拾いあげると、銃身を接極ボタンの穴に突っ込んだ。

引き金をしぼった。

銃がはねあがり、手を離れて宙に舞った。火薬の臭いが鼻をついた。

グレゴールは笑いだした。

おれは原爆をナイフで突き刺し、今度は銃で撃ったのだ！

世界の終わりを迎えても、まだウィットだけは失くしていないらしい。

もっとも、そのウィットも数字を止めることはできなかった。目の焦点がぼやけ、やがてなにも見えなくなった。身体の内部の痛みは途方もなかった。首輪のはずれた犬が内臓に食らいついているような気がした。

ウォッカだ！　そう、ウォッカだ！

彼は上着のポケットに手を入れた。まだそこにあった！　グレゴールは瓶をひっぱりだした。爆弾をつかんでいる片手を放したくなかったので、そのまま瓶の口をテーブルに打ちつけて割り、ぎざぎざになった先端を口に運んだ。

燃えるように熱いものがのどを流れ落ちた。一世紀分の慈悲の味がした。これこそ、ウォッカだ。ウォッカのために乾杯！

時間が最後の、究極の、永遠の真夜中に向かって飛ぶように進んでいくなか、グレゴールは瓶を高々と差しあげた。

「爆弾のために乾杯！」彼は叫んだ。

「祖国のために乾杯！」

「同志アルカーディ・パーシン将軍のために乾杯！」

それから、彼は爆弾にウォッカを飲ませた。

弾丸でさらに広がった接極ボタンの穴から、瓶ののこりを全部そそぎこんだ。

「飲めよ、ろくでなし」と、彼は叫んだ。「善良なる人々を道連れにする前に、ウォッカで悲しみをまぎらすんだ、ろくでなしの役立たずめ」

爆弾は酒をごくごくと飲み込んだ。

二三五九・五二
二三五九・五三
二三五九・五四
　グレゴールはぼんやりと無関心な目つきで数字が変わっていくのを眺めた。血の赤潮が、その腐りきった悪のなかに世界を引き込み、窒息させようとしているように思えた。笑いが泡のようにグレゴールの口からぶくぶくともれた。彼は時間が真夜中へ手を伸ばしていくのを見つめた……
二三五九・五五
二三五九・五六
二三五九・五七
二三五九・五八
二三五九・五八
　　　　・五八
　　　　・五八
　グレゴールは数字をにらんだ。いつまでにらんでいても、・五八から変わらなかった。
　そのとき、爆弾のライトが消えた。

グレゴールの頭ががくりと前に垂れ、身体がずるずると床にすべり落ちて、呼吸が静かに止まった。

ジョークだ！

馬鹿馬鹿しいジョークなんだ！

〝マーヴ登場〟

「何に書いてある文句なんだ？　紙切れか何かか？」

「カードだよ。テープでとめて――」

「はがせ！　はがすんだ！」シオコールが怒鳴った。

彼はすこし間をおいた。

「そこの文字は？」

「Ｂ」

Ｂだ！

〈側路一次分離モード・チェック〉！

「発射が開始されます」

「そいつを押せ」

宇宙全体が凍りついたような一瞬だった。

「押せ！　押せ！　押せ！」シオコールは叫びつづけた。

「中止指令が出ました」ミーガンが言った。「発射中止指令が出ました」

デルタの隊員たちから歓声があがり、通路にひびきわたった。

「やったな、ウォールズ！」混じり気なしの喜びに、心からの喜びにひたりながら、シオコールは叫んだ。その瞬間を記憶するために、腕時計を見ると、午前零時を十秒すぎていた。ついにやったのだ。ついにやりとげたのだ！

ぼくはきみを負かしたぞ、ミーガン。

彼はむせび泣きながら、真実をつぶやいた。

愛してるよ、ミーガン。ああ、ぼくがどれだけ――

真夜中以後

午前一時半に電話が鳴った。アトリエのとなりにある小部屋のベッドで寝ていたミーガンは、ベルの音で目を覚ました。彼女はぼんやりした頭を振り、まばたきをした。一瞬またピーターがかけてきたのかと思った。すると、さっき電話線を伝って聞こえてきた、すこしゆがんではいたが、はっきり彼のものだとわかる声が記憶によみがえった。心臓の鼓動が速まった。彼の顔が頭に浮かんだ。彼のにおいを嗅いだ。心のなかで、彼に触れることができた。だがそのとき、歓声と叫び声、拍手の音が聞こえた。捜査官たちは独立記念日のお祭りをしている子供たちのようにはしゃいでいた。それは子供じみたパーティで、彼女には関係なかった。他人のパーティだった。彼女はおびえていた。

彼女は起きあがると、アトリエに入った。捜査官たちは肩をたたきあい、握手をし、抱きあっており、彼女はひとりのけ者にされたような気分だった。そのとき、いちばん年上の捜査官、レオと呼ばれていた男がその騒ぎにくわわっていないのに気づいた。

　レオは彼女のところに歩みよった。感情を押し殺した顔が、やりたくはないが、これも義務なのだという気持ちをはっきり物語っていた。勝利感はあったが、喜びはなく、苦痛の色のほうがはるかに大きかった。

「ミセズ・シオコール、今夜の午前零時ごろ、デルタの部隊がサウス・マウンテン基地の防御を突破して、発射寸前のピースキーパーを無力化したという報告が入りました」

「じゃあ、第三次世界大戦は起こらないわけね？」彼女は、すこしは関心があるような口ぶりでたずねた。

「今夜のところはね」彼はそう言ったが、その表情にはなにかもっと別のものがあった。むろん、彼女にはわかっていた。

「ピーターはだめだったのね？」

「ええ、残念ですが。デルタが突入して、発射を中止させる直前に頭に銃弾を受けました」

「わかったわ」

　彼女は大きく息を吸った。ふと、床にころがってぎらぎらと光を反射しているつぶれた空き缶のことを思い出した。彼の頭も弾丸でつぶされたんだわ。ピーターは堅牢な政府の建物のなかで、引き締まった身体つきの兵隊たちが自分の存在を賭けたドラマを演じるなかで、よたよたうろつきまわっていたのだ。まったく馬鹿な話ね。彼女はもうすこしで笑いだしそうになった。

「これになにか意味があるかはわかりませんが、ヒーローは彼だったそうです。信じられないほどの働きをしました」

ああ、それはけっこうなことだわ。「ヒーローね」ああ、そんなものは遠慮させてもらいたいわね、お馬鹿さんたち。それがなにになるっていうの？　あなたたちの仲間に引き込みたいの？　勲章を抱いて眠るとでも思ってるの？　私まで、

「ええ、意味があるとは思えないわね」と言って、ミーガンは彼らに悲しみを見せないために自分の部屋へもどった。


ウォールズは光の消えた操作盤を見つめて、じっと椅子に腰をおろしていた。身体から生気が全部しぼりとられてしまったような気分だった。また独房に、ドアに〝くたばれ、黒んぼ〟と落書きされた、あの小さな部屋にもどったような感じがした。

それから、彼はにやりと笑った。

いや、そうじゃない。今日はドアをいくつか通りぬけてきたんだ。

彼はさらに一時間ほど発射管制室で待たされた。すわりこんだおなじ姿勢のまま、なにかを感じようと努めた。彼が感じたのは空腹だけだった。彼は飢えていた。コン

ソールの上に油のしみがついた紙のランチ・バッグが置いてあるのに気づいた。開けてみると、ピーナッツ・バターのサンドイッチ、トウモロコシ・チップスの袋、リンゴが入っていた。ウォールズはサンドイッチをがつがつとむさぼり食ったが、まだ腹はおさまらなかった。だが、チップスの袋を開ける気力が残っているとは思えなかった。

ようやく、また電話が鳴った。彼は受話器をとった。

「もしもし?」

「ウォールズ、こちらはデルタ・シックスだ。ソヴィエト側の抵抗をすべて排除した。出てきていいぞ」

「わかった。衛生隊をここに呼んだほうがいいな。ひどい傷を負った男がいるんだ」

「よし、すぐ衛生隊を呼ぼう」

ウォールズはショットガンを拾いあげてドアへ行き、重い鍵を開け、外へ出た。そのときはわからなかったが、やがて彼もそのことに気づくことになる。彼はたんにカプセルの外に出たというだけではなく、歴史のなかに足を踏みだしたのだ。

ウォールズがドアを出た瞬間、フラッシュがまたたいた。彼は気にとめなかったが、それはたまたまカメラをもってくるのを思いついたレンジャーのひとりが撮ったもので、四日後には〈タイム〉と〈ニューズウィーク〉のカバーに載り、マスコミに〝真夜中までの一日〟と名づけられ、十年、あるいは半世紀も語りつがれることになる物語を生む端緒となる。写真には頭に赤いバンダナを巻きつけたハンサムな黒人の姿が映っていた。泥だらけで汗が光るやつれた顔は、どことなくセクシーだった。タフで美しく、全身から危険のにおいを発し、途方もなく勇敢な姿に見えた。目は戦闘に疲れた兵士の目だったが、倦怠と疲労の裏に深い人間性を感じさせた。ショットガンを形よく片手でもち、迷彩服は汗でぬれていた。腰は細く、肩幅は広かった。両腕に血管と筋肉が浮きだしていた。

彼はすべての者たちの、サウス・マウンテンで戦い、死んでいった者たちの聖像だった。新聞は彼がどうやってなかへ入ったか、どこで敵を殺したか、どれほど果敢だったか、どれほど幸運だったか、どれほど冷静に頭を働かせたかを、微にいり細をうがって図解入りで報じた。彼が字の読めない、正真正銘の犯罪者であったことが、八〇年代後半のアメリカ文化の少々ひねくれた潮流に乗って、おおいに有利に働いた。彼は欠点だらけの男で、決して穏やかな性格の西洋風スーパーマンではないと見なされた。それでも、彼の勇気は議論の余地がないもので、〈タイム〉はある将軍の、サウス・マウンテンでのウォールズの戦いぶりに対しては自分のもっている勲章をすべて譲ってもいい、これは史上もっとも偉大な武勲のひとつだという言葉を引用した。当然、ウォールズは残りの刑期を免除され、英雄として、昔の暮らしからぬけだし、もちまえの根性と才能を元手に新しい生活に入った。

もっとも、それはすべて、これから起きることだった。いまのウォールズは通路へ出て、フラッシュの光に目をしばたたき、どこへ行けばいいのかわからぬまま、通路を歩きはじめた。兵士たちは――ほとんどがデルタ支援のためにおりてきたレンジャーの隊員だった――まぶしいものを見るように、だまって彼を見つめた。

そのとき、誰かが叫んだ。「行け行け、デルタ」

「デルタがやったんだ」別のひとりが言った。

「デルタがやりとげた」また別の兵士が言った。

「それがデルタだ。最高の部隊だ」

「ざまをみろ、デルタが尻を蹴とばしてやったぜ」

ひとりが拍手をしはじめ、別の者がそれにならい、たちまち大喝采(だいかっさい)がひびきわたった。ウォールズはなにをすればいいのか、誰に報告すればいいのかわからないまま、穏やかな笑みを浮かべて立っていた。

そのとき、世界を救ったこの男が、のちに世界中の語り草になる言葉をつぶやいた。

「朝飯はなにを食わせてもらえるんだね?」

午前六時にソ連大使館を出たトラックは、三つの棺(ひつぎ)を乗せてコンスティチューション通りからルーズヴェルト橋をわたり、ジョージ・ワシントン・メモリアル・パークウェイに入った。トラックがベルトウェイを走るあいだも、ずっとFBIのヴァンが尾行していた。

「ダレス空港に行くようだな」と、運転手が言った。

「わかってる」ニック・マホニーが答えた。

ソ連のトラックはデルタ航空の取付け道路へ入り、カモメの形をしたターミナル・ビルの横を通りすぎ、貨物専用取付け道路と表示された道に曲がった。FBIのヴァンは尾行を気づかれるのもかまわず後を追い、〈アエロフロート〉の看板がある大きな金網フェンスの前で止まった。そこからは、法律上ヴァージニア州がソヴィエトに変わることになる。トラックは速度をゆるめることなくゲートをくぐり、格納庫のなかに姿を消した。

「引き返すかい？」運転手がたずねた。

「いや」と、マホニーが言った。「しばらく停まってよう。開けた場所がいい。やつらに、おれたちがいるのをじっくり見せてやりたいんだ。おれたちが見守っているのをな」

マホニーはヴァンをおりて、車体によりかかり、タバコに火をつけてから、これみよがしにフェンスのなかをのぞきこんだ。空気は肌寒く、太陽がのぼりはじめていた。

マホニーは太陽を見た。

おはよう、お日さま、と彼はつぶやいた。会えてうれしいよ。

まもなく、格納庫からひとつの人影が出てきて、タルマック舗装のうえをゲートのほうへ歩いてきた。

「マホニー、なにか用か？」男がうんざりしたように言った。「また公式の抗議文書を出させたいのか？　みんな、たいへんな夜を過ごしたところなんだぞ」

「まったくだな。やつが止めたときは、どれぐらいきわどかったんだ、マックス？」

マックス・ストレトフはKGBの上級局員で、大使館の保安責任者をしていた。彼とマホニーは長年の敵同士だった。

「そいつは、そっちに聞きたいね、マホニー」

「うちのマイクはそれほど性能がよくないのは知ってるだろう？　だけど、午前零時を過ぎたとたんに、そっちで大騒ぎになったことは想像がつくね。医者が呼ばれ、警備班全員、KGBの上級局員、GRUの駐在官、その他もろもろの職員がたたき起こされて、駆けつけてきた。どれだけすれすれの状態だったか、おれたちが知らないとでも思ってるのかね？」

ストレトフはだまってマホニーを見つめた。それから、おもむろに口を開いた。

「やつはあんたがたとぐるだった。あわれなグレゴールはな。やつが二重スパイにな

ると は思ってもいなかったよ」

「まさか、冗談じゃないぜ。おれたちはやつに狙いをつけていたが、寝返らせるようなことはしなかった。くずの偽情報を流すのにつかってただけさ。それほどの大物じゃない。昨日の夜は、たいへんな大物に変身しちまったがな。そうだろう?」

「あのパーシンという野郎が——」

「故アルカーディ・パーシンだ」

「そうだ。やつは狂人だった。昔のやり方にあこがれるポーミャットとかいう狂人集団の幹部だ。やつは自分の利益のためにあんなことをやったんだ」

「むろん、そうさ。それが公式発表というわけだな? まあ、事件の分析は頭のいい連中にまかせておこう。ところで、マックス、きみにちょっと頼みがある」

「おれがきみに頼み事をされるような立場にいないのは知ってるはずだ」

「規則をほんのすこし曲げてくれよ、相棒」

マホニーはポケットに手を突っ込み、青と白の小さな飾りひもを取りだした。

「うちの局の人間がもっていたものだ」彼は言った。「たいしたものじゃない。ただの飾りだ。こいつをグレゴールの未亡人にわたしてもらうわけにはいかないかな?」

ロシア人はそれを見て、すぐにそのリボンが銀星章のものであるのに気づいた。マホニーが一九六六年に海兵隊の大尉だったとき、アプ・フン・ギアでの功績でそれを授与されたことも知っていた。

「おれにはできないよ、マホニー。でも、なかなかいい考えではあるな。やつにはそれをもらう資格がある。ゴシゴーリアンの牝犬に二発撃たれたのに、世界を破滅から救うまで生きながらえたのだからな。運よく、やつはアル中だった。ウォッカで起爆装置をショートさせたんだ。まったく馬鹿げた勝利だよ。とにかく、きみからそいつをあずかることができたらうれしいんだがな」

「ああ、そうだな。おれもそうなってくれればいいと思ってたんだ。最後にひとつだけいっておきたい。あのでぶのまぬけのためにな。あいつは王子だった」

「王子か」ロシア人もそれに同意を示し、格納庫へもどっていった。

夜明けが来た。また、明るく気持ちのよいメリーランドの寒い一日になりそうだった。ディック・プラーは指揮所の前に、ひとりぽつんと腰をおろしていた。彼は後始末を全部専門家たちにまかせ、夜のあいだに山をおりた。いまは医療関係者のための時間だ。おびただしい負傷者が出ており、重傷者をエレベーター・シャフトから山頂に引き上げ、救急用ヘリコプターに運ぶ作業はたいへんな労力を要した。

彼がすわっているところから見ると、そこはなにかの災害が起きた現場のようだった。ヘリコプターが負傷者を乗せて山を飛びたち、赤十字のマークがついた大きなテントの下に設営された、ショック性外傷対応チームのいる野戦病院に運んでいた。同時に、世界中から集めたと思えるほどの救急車がテントのまわりに群がり、比較的傷の軽い者を地元の病院に送り込む作業をしていた。狂ったようにまたたく赤い光と、せまい場所でのあわただしい動きが、どよめきのような、方向性のない熱狂的雰囲気に拍車をかけた。プラーはぼんやりと、その光景を見つめていた。ひとつひとつの動きを識別するエネルギーは残っていなかった。

そうする代わりに、彼は悲しみに身をゆだねた。もっとも、それは自分自身のためではなかった。まもなく自分は全面的な攻撃の矢を受けることになるという不吉な予感はあった。さして頭をつかわなくても、こういった問題がどう展開するかは予想できた。ふたたび身の破滅に追いやられる可能性も大いにある。おそらく、ブラヴォーの件を申し開きしなければならなくなるだろう。なぜ二度にわたって、肉屋やパン屋、ロウソク職人たちを死地に追いやったのか？　と問いただされるにちがいない。だが、いま彼が感じている悲しみは自分についてではなかった。

多くの男たちが、善良な人々が帰らぬ旅に出た。戦いのあとで自分が堕落し、卑しい人間になったようにいつも感じるのはそのためだった。このままどこかへ行き、横になって眠っていれば、彼らの肉体に魂がもどり、ふたたびもとの健康な人間にもどっているということになればいいと思う。だが、どこにも行くあてはない。代わりに、もう一度山を眺める気になれるだろうかと考える。斜面を埋めつくして、母親の名を呼び、なぜほかの者ではなく、自分がこんな目にあわなければならないのかと問いかけながら死んでいく若者の姿を思い描かずに山を眺められるだろうか、と。それは、プラーの長い軍隊生活と数多く体験した山岳戦のなかで、いまだに答えを出せない質問のひとつだった。

彼はロッキング・チェアのうえで、ゆっくりと身体を前後に揺すっていた。腕時計は午前七時を指していた。新しい一日の朝の訪れだ。夜明けの光は、白にかぎりなく近い青だった。その光が雪に不思議な質感をあたえ、ほとんど青といっていい色に染めあげていた。山のうえの空もおなじく青かった。混じり気のない真っ青な空で、それをよごす雲はどこにも見当たらなかった。彼はぶるっと身震いして、上着の前を引きあわせた。とても寒かった。頭痛がして、目の前にある、いまは穏やかだが、どこかよそよそしい雰囲気をたたえている山より老けこんでしまったような気がした。この出来事のどこかに教訓があったとしても、彼にはそれが見いだせなかった。これは寓話(ぐうわ)ではなく、ただの戦いにすぎない。

やがて、若い男が指揮所を出て、雪におおわれた草原を横切って近づいて来るのが見えた。いや、あれはスケージーではない。気の毒なアクリーでも、ディルでも、ましてピーター・シオコールでもない。彼らはみんな、この夜を生きぬくことができなかった。あわれなピーター、彼はどんな兵士にも負けないほど勇敢だった。頭のよさも十二分に発揮した。それに、アクリー。場違いな場所にやってきて、最後までがんばり、ピーターを狙う銃撃を自分の身に引きよせた。そして、フランク。フランク、きみはいやな人間で、ひどく短気で、狂人といってもいいほどだった。だが、われわれには攻撃を指揮する人間が、手順を正確に心得ていて、真先に地下へおりていく人間が不可欠だった。きみは一瞬のためらいもなく飛び込んでいった。

プラーは近づいてきたのが、ソヴィエト側の拠点に対する最後の攻撃の指揮をとったデルタの下級将校マッケンジーであるのに気づいた。スケージーたちの遺産を引き継ぐ男だ。

「大佐、大統領がこちらに向かっていることを報告しておこうと思いまして。まもなく到着する予定です」

「なるほど」プラーは言うべき言葉をそれしか思いつかなかった。その知らせは、彼に途方もない疲れをおぼえさせた。彼はこの部分がいちばん嫌いだった。戦闘が終わると大物がやって来て、生き残った若者たちに声をかけ、出身地はどこかとか、故郷の人々はきみを誇りに思うだろうなどと言ってまわるのだ。まあ、それも若者にとってはなにがしかの意味があるのかもしれない。

「死傷者数の最終結果は出たかね、大尉？」

「かなりひどいですね。ブラヴォーは七十六名戦死、六十ないし七十名負傷。デルタは一次攻撃で十二名を失い、地下に送り込んだ百五名のうち、六十五名戦死、残りも傷を負いました。無傷で出てこられた者はわずか七名です。第一班二十二名の死亡率は百パーセント。レンジャーは五十一名が戦闘中死亡、約七十五名が負傷しています。第三歩兵師団はせいぜい髪が乱れた程度ですみました。十一名が戦闘中死亡、三十一名負傷です。墜落した二機のヘリコプターの乗員六名が死亡。それから、FBIの特別捜査官アクリー。それに州警察の警官十六名が最後の攻撃に参加し、七名死亡して、残りのほとんどが負傷しています。地元の警官たちはとても勇敢でした。ここの州ではかなり彼らをきたえあげてるようですね。トンネルに送り込んだ四名のうち、あの気の毒なベトナム人女性をふくめて三名が死亡。彼女はサイロの出入り用ハッチのそばの通路で空のオートマチックをにぎったまま死んでおり、そのまわりに七名のロシア兵の死体がころがっているのを発見しました。彼女がいなければ、おそらくウォールズも発射管制室には近づけなかったでしょう。それと、ネズミ・チームのためにトンネルを開く任務についていた十四名が全員死亡。さらに、州空軍のパイロットが三名。基地の警備班の定数十六名全員死亡。サイロにいた管制官が二名。結局、戦死者の総数が二百六十七名。負傷者は約四百名。おそらく、もっと悪い数字が出るでしょう。これに比べれば、ベイルートで死んだ海兵隊員は――」

「もういい、大尉。あの溶接工はどうした？　パーシンを燃やした男は？」

「助かるとの話です。命に別状はなさそうです。ひどい出血でしたが、わりあい元気そうでした」

「それはよかった。ソヴィエト側は？」

「そうですね、どうやら敵の総兵力は七十名程度だったようです。六十二名を死体袋に詰め、残りの八名は重傷を負っています」

そのとき、どこか場違いな朝の明るい日差しのなかで、不意にマッケンジーがにやりと笑った。わきあがってくる無邪気な興奮のせいで、うわついた表情を浮かべていた。

「大佐、あなたのお手柄です。あなたが彼らをたたきつぶしたのです。作戦のあらゆる段階で、あなたが彼らの一歩先を行ったのです。正直なところ、昨日はデルタのなかであなたを非難する声が高まっていました。ですが、あなたは自分のやっていることをちゃんと心得ていた。あなたが勝ったのです。あなたが〝対抗者1〟の尻を蹴とばしたのです」

マッケンジーの声に見当ちがいの崇拝のひびきがあるのを感じて、プラーはむかつきをおぼえた。馬鹿な男だ。プラーは鼻を鳴らした。

「ピーター・シオコールの手柄だよ。私は兵隊を山にのぼらせただけだ」

だが、マッケンジーは簡単に引き下がらなかった。

「いいえ、ちがいます。彼を負かしたのは、あなたです。デルタが彼に勝ったのです。それが教訓になります。なにか問題が起きたら、プロフェッショナルを呼べ。プロフェッショナルがかたづけてくれる。あなたのエリート部隊が」

いいや、それは教訓などではない。プラーには、いまそれがわかった。結局、山の頂きにのぼったのはデルタではなかった。プロフェッショナルではなかった。それは、普通の人々だった。黒人の懲役囚。ベトナム難民。若い連邦の捜査官。神経症の国防コンサルタント。溶接工。州空軍のパイロット。体育教師。会計士。主婦。

彼は地上に堂々とそびえている大きな山を見つめるうちに、自分がしなければならないのは、あの頂きにのぼって、狂気の前に立ちふさがることだと気づいた。

それをやるのはプロフェッショナルではない。普通の人々、〝その他の人々〟だ。あれはわれわれの山で、われわれがのぼらなければならない。もしわれわれがのぼらなければ、誰がのぼるというのだ?

不意に、頭上でヘリコプターの爆音が高くなった。緑と白の巨大なシー・スタリオンが三機、姿を現わし、降下を始めていた。距離はあったが、そこに合衆国大統領の印章が描かれているのが見えた。

「大佐、出迎えに行きましょう。統合参謀本部議長も来ているはずです。それに、まもなくマスコミの連中がやって来ます。昼までには、連中が山を埋めつくすことになるでしょう。カーニバルが始まるんです」

プラーは立ちあがり、タバコを投げ捨てた。たしかに大尉の言うとおりだ。大統領に会いにいったほうがよさそうだ。

著者の覚書

　メリーランド州の地理を細かく観察したことがある人なら、著者が劇的効果に合わせて州の地形を改竄(かいざん)しているのに、すぐに気づかれるだろう。ここに、はっきり現実を改変した部分を二個所記しておく。サウス・マウンテンは、位置こそ私が書いたとおりの場所にあるが、それほど高い山ではないし、山頂も私がもっともらしく描いたほど手ごわいものではない。それに、サウス・マウンテンとバーキッツヴィルの位置関係もそのひそみにならい、ストーリーにより都合よく適合させるために数マイル修正してある。

　軍隊の行動の描写についても、私はおなじ程度の許容範囲を設定した。陸軍特殊作戦部隊デルタや、レンジャー部隊、第三歩兵師団第一大隊（増強部隊）は、メリーランド州軍の軽歩兵連隊やメリーランド州空軍の戦術地上支援部隊と同様実在するが、読者諸氏はこれがあくまでフィクションであるのを、また事態の進行の記述についてはあくまで正確さを追求してきたものの、国家的危機におけるこれらの部隊の行動はまったくの作りごとであるのをご理解いただきたい。

最後になったが、著者の調査の過程で惜しみなく時間とエネルギーを提供してくれた人々に感謝したいと思う。そのなかには、同僚のマイケル・ヒル、ランディ・ヘンダーソン、マット・シーデン、パット・マクガイア、ウェイン・スワッガー、フレッド・ラスムッセン、友人のレン・P・ミラー・ジュニア、ジョー・ファンゾーネ・ジュニア、ジェラルド・F・〝バズ〟・バスナック、T・クレイグ・テイラー・ジュニア、デイヴィッド・ペッツァル、アーネスト・ヴォルクマン、義理の父親リチャード・C・ハーグマン、医学関係のアドヴァイザーの義兄ジョン・D・バロック博士、私の弟ティム・ハンター、それに、サウス・マウンテンへの日曜日の長距離ドライブを(多少は)手伝ってくれたふたりの子供ジェイクとエイミーが含まれる。そして最後に、私を信じてくれた四人の人々に特別の感謝を捧げたい。彼らの支援がなければ、途中で投げだしていたにちがいない。じつに根気よい私のエージェント、ヴィクトリア・グールド・プライアー、私の編集者であるバンタム・ブックスのピーター・グッザルディとアン・ハリス、それになかでもとくに、働き者で、いつも陽気で、寛大な妻ルーシー・ハーグマン・ハンターに謝意を表したい。

解説

古山裕樹（書評家）

時は冷戦末期、アメリカ東部の人里離れた山の中。厳重な警備システムに守られた戦略ミサイル基地が、正体不明の武装集団の襲撃を受けた。彼らは難攻不落のはずの基地を占拠する。管制官の機転によって発射装置の鍵は封印されたものの、破られるのは時間の問題。タイムリミットは真夜中までの18時間。果たしてアメリカ政府は、限られた時間で基地を奪回できるのか……？

この『真夜中のデッド・リミット』は、スティーヴン・ハンターが一九八八年に発表した、映画のノベライズを除けば四作目の長編である。ハンターの看板シリーズとなる〈スワガー・サーガ〉の第一作『極大射程』よりも五年前の作品だ。

この時点でのハンターは、今日から見れば、まだその個性を十分に確立していたとは言い難い。

デビュー作の『マスター・スナイパー』では第二次大戦下の狙撃銃をめぐる秘話。

第二作の『クルドの暗殺者』は、現代アメリカに潜入したクルド人兵士と彼を追うCIA工作員を描くサスペンス。第三作『さらば、カタロニア戦線』は、第二次大戦直前のスペイン内戦を背景に、英国・ソ連の暗闘を描くスパイ小説。

これらの作品にも、後の〈スワガー・サーガ〉との共通点を見出すこともできる。とはいえ、それはあくまでも今日の視点から見た話である。当時のハンターは、戦乱を背景に、多数の視点からなる謀略の物語を紡ぐ——そうしたスタイルは一貫していたものの、〈スワガー・サーガ〉のような明快な個性を発揮する一歩手前にいた。

こうした三作品のあとに発表された本書は、謎の武装集団に占拠された基地をめぐるタイムリミットサスペンスだ。「スワガー以前」のハンター作品の中では最も高く評価され、初めて邦訳された一九八九年には、年末のミステリ・ベスト選びのアンケートで多くの支持を集めた作品である。

そんな本書の特色について、いくつかの側面から述べることにしよう。その切り口は三つ——記憶、人物、そして展開だ。

まずは「記憶」だ。

すでに読まれた方はご存知のとおり、「記憶」は本作の後半から浮上する重要なキーワードである。だが、作中のキーワードとしての「記憶」だけではない。本書に登場する人々の中には、この事件を通じて、過去の記憶とどのように向き合うかが問われる者たちがいる。

たとえばプラー大佐。数々の戦功を重ね、特殊部隊デルタ・フォースの創設に関与しながらも、イランでの失敗から失意のうちに軍を去った過去を抱えている。これは彼にとっては名誉回復のチャンスとなる戦いなのだ。

その副官を務めるスケージー少佐は、かつてイランで作戦の方針を巡ってプラー大佐と衝突し、彼を殴りつけたことがある。大佐とは因縁のある間柄だ。

基地へと至るためのトンネルに潜入することになるウォールズは、かつてベトナム戦争でもトンネルでの戦いで活躍したが、今では犯罪者として収監されている。

同じくトンネルに潜入するフォンも、同じくベトナム戦争で、アメリカ軍相手に戦ってきた。だが、家族を失い、今ではかつての敵国だったアメリカで暮らしている。

基地の設計に関わったシオコールは、神経症を患い、やがて妻との関係が悪化して離婚に至った過去があるものの、今でも妻に未練を抱いている。

ほか、詳述されることはないものの、溶接工のハメルにも、窓際スパイのグレゴールにも、そしてミサイル基地を占拠する男たちにも、それぞれの過去がある。

この物語の最初のページから最後のページまでに過ぎ去る時間は、わずか一日程度にすぎない。だが、それ以前に人々が積み重ねたもの、背負ったもの、失ったものがある。事態が進展する中で、人々の過去も掘り下げられる。作中の経過時間は約一日とはいえ、それより遥かに長い日々のことが語られる。

自らの記憶と向き合い、そして現在の事態にどう対処するのか。自身の過去の克服、あるいは切り捨て、あるいは受容。それが人々の動機となり、ミサイル基地をめぐる戦いを動かす力となる。それは次の切り口と密接に結びつく——人物だ。

人物といえば、この物語には特定の主人公がいないように見える。

奪回作戦を指揮するプラー大佐は確かに事態の中心にいるのだが、彼は前線で死闘を繰り広げる立場ではない。彼以外にも大勢の人々が、それぞれの持場で苦闘を続ける。これはプラー大佐を主役とする物語ではないし、そのようには見えないはずだ。

また、大佐は特殊部隊デルタ・フォースの指揮官であり、作中にも隊員たちが多く登場するものの、本書におけるデルタ・フォースの影は意外に薄い。これは決して、デルタ・フォースというエリート部隊の活躍を中心に据えた物語ではない。

トンネル・ネズミの二人は、過去はどうあれ、物語の開始時点では受刑者と保母だ。他に印象に残る面々も、FBI捜査官であったり、基地の設計者であったり、酒浸りのソ連スパイであったり、あるいは溶接工であったりする。物語のそれぞれのシーンで主役を務めるのは、もちろんデルタ・フォース隊員のこともあるけれど、こうした多彩な立場の人々である。

基地占拠という事態に立ち向かう一人ひとりの物語が重なり合い絡み合い、ミリタリーアクションものであると同時に、人間同士の濃密なドラマに仕上がっている。

また、基地を占拠する敵役の人物もきちんと描かれているところも見逃せない。物語の構造上、序盤はその思惑をストレートに描くことはできない。だが、彼らが何を考え、どのように判断し、どのように困難に立ち向かったのかはしっかり描かれている。ちなみに、敵側の首謀者のような、有能ではあるが狭量な思考の持ち主は、後のハンター作品に登場する敵役たちとも重なり合う。

そして、本書の登場人物たちはあっさり命を落とす。たとえ重要なキャラクターでも油断はできない。これは決して一人ひとりのキャラクターを軽く扱っているということではない。むしろその反対だ（と、本書をすでに読まれた方には今さら念を押す必要もないだろう）。

個々の人物がどのように生き、何を愛し、何を重んじていたか――それが描かれているがゆえに、一人ひとりの死が、読む者の心に鋭く突き刺さる。そっけなく簡潔に語られる死は、その簡潔さゆえに、語られない多くのことを読者の心に刻みつける。

数々の死を経てたどりつく結末は、決して単純明快なカタルシスをもたらすものではない。死者の上に築かれた苦い解決。最終章での「ヒーロー」への快哉はどこか皮肉な響きを帯び、ある人物が多くの死の苦みを振り返る様子が重い余韻を残す。後のハンター作品には見られない、こうした重さこそが、本書の大きな特徴でもある。

そうした結末へと至る展開についても述べておこう。

ハンター作品の多くは、序盤の展開はゆっくりしている。冒頭から全速力で突進するわけではなく、状況が語られるにつれて、徐々に物語の緊張が増していく。そんな中で物語を牽引するのは、さまざまな謎だ。

そもそも、ミサイル基地を占拠した者たちの正体もなかなか明かされない。彼らは何者なのか？　基地を占拠して何をするつもりなのか？　基地のセキュリティ上の秘密をどうやってつかんだのか？　窓際スパイのエピソードは、基地の占拠とどう関わってくるのか？

いくつもの謎が仕掛けられ、徐々に真相が明かされる。ハンターの小説の中心にあるのは冒険とアクションだが、謀略を扱うその作品世界を動かすのは、謎と秘密の探求であり、意外な真相がもたらす驚きなのだ。

秘密の開示が事態を動かす。だが、それがまた新たな謎を浮上させる。事態は一進一退を重ねる。読者を焦らす停滞と、読者をぐいぐいと引っ張る進展とが組み合わせられ、単純にスリルが連続するわけでもない、独特のリズムで読ませる。静と動のうねりが、読者を飽きさせずに結末へと連れて行ってくれる。溜めるところと放つところの緩急の差。この複雑なダイナミズムが、ハンター作品の楽しさを作り上げている。

さて、本書を読み終えたあとに読むべきものは何だろうか。

多くの方は、おそらく〈スワガー・サーガ〉でスティーヴン・ハンターを知って、本書を手にとったのではないだろうか。それならば、この解説の始めに触れた、ハンターの他の初期作品を読んでみることをおすすめしたい。荒削りなところも目立つけれど、後のハンター作品に通じる要素も多い。〈スワガー・サーガ〉につながる人物も登場していて、ハンターの遊び心も垣間見える。

もしも、〈スワガー・サーガ〉を読んだことがなければ、あなたは幸運だ。『極大射程』から始まる冒険と謀略の年代記を、これからじっくり楽しむことができる。本書の登場人物と違って、タイムリミットは存在しない。

あるいは、本書の再訪も良いだろう。作中のミサイル基地と同じく、知略を凝らして構築された作品だ。一回の攻略で済ませてしまうのはもったいない。

ハンターが用意した数々の仕掛けは、何度でも読者を惹きつけて楽しませてくれるのだから。

◉訳者紹介　**染田屋 茂（そめたや・しげる）**
編集者。翻訳者。主な訳書に、ハンター『極大射程』（扶桑社ミステリー）、フリーマントル『嘘に抱かれた女』（新潮文庫）、ヒュームズ『「移動」の未来』（日経BP社）など。

真夜中のデッド・リミット（下）

発行日　2020年10月10日　初版第1刷発行

著　者　スティーヴン・ハンター
訳　者　染田屋 茂

発行者　久保田榮一
発行所　株式会社 扶桑社
〒105-8070
東京都港区芝浦1-1-1　浜松町ビルディング
電話　03-6368-8870(編集)
03-6368-8891(郵便室)
www.fusosha.co.jp

印刷・製本　図書印刷株式会社

ISBN 978-4-594-08598-8　C0197